TUDO
QUE
NUNCA
DISSEMOS

SLOAN HARLOW

TUDO QUE NUNCA DISSEMOS

Tradução
LÍGIA AZEVEDO

SEGUINTE

AVISO DE CONTEÚDO: AGRESSÃO FÍSICA E PSICOLÓGICA.

Copyright © 2024 by Alloy Entertainment LLC.
Publicado mediante acordo com Rights People, Londres.

O selo Seguinte pertence à Editora Schwarcz S.A.

Grafia atualizada segundo o Acordo Ortográfico da Língua Portuguesa de 1990, que entrou em vigor no Brasil em 2009.

TÍTULO ORIGINAL Everything We Never Said

CAPA Kelley Brady

IMAGENS DE CAPA Flor: Don Farral/ Getty Images; vidro quebrado: remotevfx/ Adobe Stock

PREPARAÇÃO Larissa Roesler Luersen

REVISÃO Bonie Santos e Luiz Felipe Fonseca

Dados Internacionais de Catalogação na Publicação (CIP)
(Câmara Brasileira do Livro, SP, Brasil)

Harlow, Sloan
   Tudo que nunca dissemos / Sloan Harlow ; tradução Lígia Azevedo. — 1ª ed. — São Paulo : Seguinte, 2024.

   Título original: Everything We Never Said.
   ISBN 978-85-5534-341-4

   1. Ficção norte-americana I. Título.

24-205007   CDD-813

Índice para catálogo sistemático:
1. Ficção : Literatura norte-americana 813

Cibele Maria Dias – Bibliotecária – CRB-8/9427

Todos os direitos desta edição reservados à
EDITORA SCHWARCZ S.A.
Rua Bandeira Paulista, 702, cj. 32
04532-002 — São Paulo — SP
Telefone: (11) 3707-3500
www.seguinte.com.br
contato@seguinte.com.br

*Para todas as Hayleys e Ellas do mundo,
e para todos que já se sentiram perdidos e sozinhos*

1
ella

Grandes ondas de chuva castigam a janela do meu quarto, os raios e trovões de uma tempestade na Geórgia estilhaçam a manhã de segunda-feira. Faz quatro horas que estou acordada, ouvindo o uivo do vento e fantasiando que um redemoinho vai derrubar a parede e me arrastar junto.

Do lado de fora, o piso está rangendo. Vejo a sombra da minha mãe debaixo da porta. A madeira faz barulho sob seus pés. O som da indecisão. Bater ou não bater na porta da filha?

Ela vai embora para o próprio quarto.

Não bater, então.

Um ano atrás, minha mãe teria surgido do nada, e eu levaria uma bronca por ainda estar deitada. O silêncio seria inconcebível. Porque tudo era diferente naquela época. Eu mereço esse gelo, pesado como uma pedra no meu pescoço. Sem alternativa, afasto as cobertas e faço o impossível:

Me arrumo para o primeiro dia como aluna do último ano do ensino médio na escola North Davis.

Embora pareça outra vida, lembro do nervosismo no início do ano passado. Por mais que eu lambuzasse o cabelo preto com óleo de argan, foi impossível me livrar do frizz provocado pela umidade da Geórgia. O delineado gatinho, tão *femme fatale* na noite anterior, me deixou com cara de quem usaria gás do riso para dominar Gotham City.

Em pânico, mandei uma selfie para a minha pessoa preferida no mundo: Socorro.

A resposta de Hayley chegou na mesma hora. Sério? Você tá GATA. Dá uma passadinha aqui que eu te ajudo com o cabelo. Isso aí não é páreo pra minha chapinha.

Mas hoje...

Assim que levanto, meus dedos pisam no seguinte: o jeans de ontem (e de anteontem, e de antes de anteontem) e um moletom cinza com uma mancha velha de molho. Nem sei quando foi a última vez que olhei no espelho.

A tristeza abriu um abismo entre mim e a garota boba que começava o segundo ano do ensino médio. Seus maiores problemas eram maquiagem borrada e frizz. Que ódio dela.

Mas que saudade também.

Caminhando pelos corredores da North Davis, sinto que não sou mais Ella, mas sim sua sombra, um fantasma vivo. A ideia corta meu coração como papel. Bem que eu queria ser um fantasma. Em outra dimensão, voltaria a falar de verdade com Hayley. Contaria coisas importantes.

Por exemplo, o fato de que Albert Wonsky ficou com o armário dela. Hayley resmungaria: *Por favor, salva as fotos do Pedro Pascal, antes que o meu marido seja soterrado por pornô de anime.* Depois de dar risada, eu responderia: *Foi mal, mas já era.*

E diria que o amassado continua lá. Da vez que dei um chute num armário porque tirei B em latim. E ela também, no armário vizinho.

— Tô no estágio da negação — ela disse.

— Acho que você não sabe o que isso significa — retruquei.

Faria questão de que ela soubesse que os restos de cera cor-de-rosa nunca saíram do pequeno vão perto da sala de música. Foi onde Sawyer Hawkins e eu ficamos agachados, com sorrisos maníacos, e pulamos segurando bexigas e um cupcake com uma vela acesa.

— Parabéns! — nós gritamos.

Sawyer.

O nome é como um soco no estômago. Mal consigo pensar nele. Já é demais. Se eu pensar, as minhas costelas vão quebrar de novo.

Então é claro que ele surge no meu campo de visão neste exato momento. No fim do corredor, muito mais alto que Mike Lim, Sawyer está com um sorriso torto por causa do que os dois discutem.

O golpe é tão certeiro que fico paralisada. Apoio na parede e seguro os livros de tal forma que CÁLCULO I vai ficar gravado no meu peito por dias.

Como se sentisse a minha presença, Sawyer olha de repente. Paro de respirar. Pela primeira vez desde o funeral, cruzo com aqueles olhos castanhos e gentis.

Só que não sobrou nada de gentileza ali.

Sawyer, o único cara que conheço que comemorava mesversários com presentinhos perfeitos, que ficava feliz em providenciar pipoca e Sprite durante as nossas maratonas de *Crepúsculo* quando Hayley não estava se sentindo bem, que amava minha melhor amiga tanto quanto eu...

Este Sawyer me encara com tanta fúria que dá vontade de vomitar.

Eu já sabia. *Ele me culpa.*

Eu deveria deixar o julgamento me dilacerar. É o que mereço, pelo que roubei dele. E dela.

Em vez disso, dou meia-volta, reprimindo um soluço de

choro, pronta para fugir correndo da escola, talvez para sempre. E acabo dando de cara com o sr. Wilkens.

— *Opa!* Devagar aí!

O psicólogo da escola cambaleia para trás, mas consegue me segurar pelos ombros para eu não cair.

— Nossa. Desculpa mesmo — digo, horrorizada.

— Ah, não, Ella, não tem problema. Você tá bem. Eu tô bem. — Ele abaixa o queixo, tentando olhar nos meus olhos. — Ei. *Ei.* Foi até bom ter esbarrado com você. Como você está?

Dou de ombros, porque não confio na minha voz.

— Tão bem assim? — ele brinca.

Em geral, o sr. Wilkens não usa barba, mas noto uns pelinhos ao longo do maxilar. Os olhos azuis, em vez de brilhantes, parecem manchados como hematomas. Vai ver ele é um desses psicólogos que se preocupam de verdade com os alunos. Talvez também esteja triste.

Tomara que sim.

— Ella, sei que é um dia difícil. Espero que acredite que estou aqui se precisar. — O sr. Wilkens é interrompido pelo sinal. — Ah, salvo pelo gongo. — Ele dá risada. — Não vá se atrasar. Conversamos depois, pode ser?

Ele fica me analisando enquanto me afasto, com a testa franzida de preocupação. Que fofo esse cuidado. E a vontade de ajudar. *Nem se dê ao trabalho, sr. Wilkens*, eu deveria dizer. *Guarde o tempo e o esforço pra quem não é uma causa perdida. Alunos que merecem.*

E que não mataram a melhor amiga.

Tento parecer invisível até o fim do dia, ignorando tanto os olhares acusatórios quanto os cheios de empatia e pena. Só que é impossível. Quando passo por um grupinho de meninas no bebedouro, elas param de falar. Na aula de inglês, Seema Patel, uma garota com quem não converso desde o ensino fundamental, me oferece um pacote de Skittles azedinhas.

— Você deve estar precisando.

Já diante do meu armário, antes do almoço, me vejo ao redor das pessoas que eu pretendia evitar: o antigo grupinho. Bom, o que restou, pelo menos. Nia Wiley, Beth Harris, Rachael Evans e até Scott Logan. A ausência de Sawyer é notável. Não tanto se comparada ao maior buraco, do tamanho de uma cratera.

Na verdade, todos são amigos de Hayley. Nia e Beth eram da turma de atletismo, Beth e Rachael namoram desde o nono ano, Scott é tipo uma sarna que nunca melhora — uma mistura de alívio cômico e adolescente arrogante. Hayley me apresentou ao grupo, que ficou insustentável sem a presença dela. Depois de mais ou menos uma semana recusando as ligações, vou voltar para a minha própria órbita, deixando todo mundo mais confortável.

Então os braços de Beth enlaçam meu pescoço.

— Ella, por onde você andou? Fiquei superpreocupada. Liguei, tipo, todo dia, as férias inteiras!

Com delicadeza, Nia ajuda a me soltar de Beth, e diz:

— Como já falei, eu mesma provavelmente não atenderia se você ficasse ligando sem parar.

Beth faz bico e se apoia em Rachael. Nia balança a cabeça e me olha como quem pede desculpas.

— A gente só queria saber como você estava, Ella. Tipo, fora o óbvio.

— É. Sentimos saudade — diz Rachael, com um sorrisinho. Beth concorda. Nia dá uma cotovelada em Scott, atrás delas, olhando para o celular com a testa franzida.

— Isso aí, Ella, a gente tá aqui se precisar — ele diz, deixando a tela de lado por meio segundo.

Nia faz cara feia, depois fica calma.

— Como você tá, amiga?

Beth e Rachael parecem nervosas. Scott nem presta atenção. Melhor do que a compaixão de Nia, que age como soubesse de tudo.

— Tem sido difícil, mas eu tô bem. Juro. — Me esforço para sorrir e fecho o armário. — Não se preocupem comigo. Obrigada, de verdade. Mas eu tô bem.

Beth e Rachael ficam aliviadas. Nia não se convence.

— Ella, você sabe que pode...

— Você ouviu — Scott interrompe quando o sinal toca. — Ela tá bem. Com os chacras alinhados, a aura pura, Mercúrio retrógrado ou sei lá. Não quero me atrasar pro espanhol.

Nia faz cara feia de novo, agora para Scott indo embora, mas não insiste. Pela primeira vez, fico grata por ele ser meio babaca.

Ainda assim, meus antigos amigos não são os únicos. Os professores também querem saber de mim.

Como o sr. Wilkens, eles tocam meu cotovelo de leve, baixam a voz e perguntam como estou. O que esperam que eu diga? O que *todos eles* esperam nos três minutos entre as aulas? Tudo que não consegui admitir para meus pais ou para os muitos profissionais de saúde mental nos quatro meses desde que Hayley se foi? Dou uma única resposta, a que eles querem ouvir:

— Bem. Eu tô bem.

Por algum milagre, o tempo passa, chegando ao fim do dia. Parece que estou em um barco a remo, com buracos no casco de madeira, cada um é uma lembrança — a carteira vazia na terceira aula, a mesa do refeitório onde sentamos nos últimos anos, ocupada por alunos novos. O mar está revolto, e eu luto para que não afunde. As ondas quebram, e eu quase viro, mas fico firme.

Às três e quinze da tarde, o sinal toca.

Finalmente.

Já correndo na direção da saída, uma voz me para.

— Srta. Graham! Eu estava te procurando.

A sra. Langley, professora de cerâmica, faz sinal para eu me aproximar da sala de artes. Olho ansiosa para as portas duplas no fim do corredor e a placa acesa de SAÍDA, porém vou até lá.

— Oi, sra. Langley — ajeito a sacola de livros no ombro, à medida que o impulso de ser educada entra em guerra com o desespero de ir embora.

— Eu só queria te dar uma coisa, vai ser rápido.

Ela faz um gesto para esperar, reaparecendo com uma caixinha de papelão. ELLA E HAYLEY está escrito com canetinha na lateral. Tem duas canecas de cerâmica feitas à mão.

Simples assim, o barquinho que me mantinha boiando começa a afundar.

— Achei que você fosse querer — a sra. Langley sussurra, soando quase tão triste quanto me sinto. — Essas só foram pro forno depois que... Bom, guardei pra você.

— Hum — fico piscando para a caixa.

Foi ideia de Hayley moldarmos essas canecas. Para tomar café quando dividíssemos um quarto no alojamento da Universidade da Geórgia. Minha amiga ficou tão orgulhosa do desenho, um *D* decorado na lateral. D de... *dentadura.* Reclamei que não ia beber nada de um treco *para guardar dentadura.*

— Espera aí. É uma caneca pra vida toda. Só tô me preparando pra melhor fase da nossa amizade: quando formos velhas caquéticas. Imagina só como vai ser divertido. — Os olhos verdes de Hayley brilharam. — Vamos virar melhores amigas de novo toda vez. — Ela deu de ombros. — Fora que você já vai ter onde pôr a dentadura.

As canecas ficaram lindas.

Mal presto atenção ao me despedir da professora. Saio da escola em transe, incapaz de tirar os olhos das cerâmicas se batendo na caixa de papelão. Eu adoraria focar em outra coisa. Quero fazer isso, de verdade. Atirar tudo longe. No entanto, seria como pisotear os próprios órgãos. De alguma maneira, preciso dessas canecas para ir em frente.

Passo a mão na de Hayley. Tem um amassado embaixo, onde ela esqueceu de alisar. Noto linhas formando redemoinhos.

Sua digital.

Friamente, sei que existe um mundo inteiro à minha volta. Grama e o céu. Ouço vozes ao longe.

Porém, estou totalmente concentrada em pressionar o amassado.

É tudo muito rápido.

De repente, faróis estão diante de mim, e um ônibus bem na minha cara. Gritos e buzinas berram como um dragão. Meu coração pula na garganta com o último pensamento: *as canecas*. Então voo para trás.

Não morro.

Caio contra algo sólido. Meu cérebro ridículo imagina uma parede de tijolos, mas é uma superfície quente, com um coração batendo. Alguém me empurrou. E me salvou.

Ergo o queixo para os olhos arregalados e em pânico de Sawyer Hawkins.

— Sawyer! — Me livro dos seus braços. Os livros caíram

no gramado, mas continuo agarrada à caixa. Por um milagre, as canecas estão inteiras.

— Ella.

Sawyer está ofegante, ajeitando os cabelos grossos com a mão, e a outra no peito, visivelmente em choque. Ele respira fundo para se recuperar, de olhos fechados. Até que ardem de fúria.

— Ella, você ficou maluca? Podia ter *morrido*. Tipo, *sério*. Se eu não estivesse aqui olhando... *Meu Deus do céu.*

— E por que você fez isso?

Percebo que falei em voz alta.

— Quê?

Ele fica parado, confuso.

— Por que estava me olhando? Na verdade... — Engulo em seco. — Por que me salvou?

Fico horrorizada com as lágrimas que escapam. Não consigo mais fingir que estou bem.

O rosto de Sawyer está pálido. Os traços de raiva evaporaram. Ele parece mais chocado com as palavras do que com o fato de que quase fui atropelada, se é que isso é possível. Sawyer lambe os lábios e mantém a boca entreaberta, porém nada sai.

Quero saber a resposta. Um diamante microscópico de esperança no meu estômago implora para que eu ouça o que ele vai dizer.

Mas não posso continuar.

Sei a resposta. Qualquer gentileza seria por pena, uma misericórdia que não mereço. Eu vou embora.

Sawyer não me chama. Uma pontinha de esperança quer que eu, ao menos uma vez, olhe pra trás. Não olho.

E juro nunca mais falar com ele.

2
ella

Na volta para casa, mantenho a testa na janela suja do ônibus enquanto repasso o momento em que achei que fosse morrer. O brilho dos faróis, o cheiro de borracha queimada e gasolina. Não tive tempo de gritar ou pensar em nada além das canecas que estão tilintando na caixa sobre minhas pernas.

Você teve tempo de pensar, Hayley?

Conhecendo minha amiga, ela deve ter estalado os dedos e dito: *Tá, vamos ver o que vem por aí.*

Ainda não entendo como ela pode ter partido, enquanto eu continuo aqui.

Aparentemente, nem Sawyer.

O que ele teria dito se eu tivesse aguardado a resposta? Teria admitido como *realmente* se sente?

Conheço Sawyer. Ele não é um monstro. Claro que ia dizer: *Ah, Ella, que bom que você não virou uma panqueca de carne no asfalto diante dos meus olhos.* Mesmo que, no fundo, Sawyer ache que devia ter sido eu.

A verdade é que foi por pouco. Pelo menos disseram isso no hospital, quando acordei com as costelas quebradas, uma concussão e nenhuma lembrança das vinte e quatro horas anteriores.

— Consequência do trauma — os médicos falaram. — É normal.

Como se houvesse qualquer normalidade naquilo tudo. Era para eu ter recuperado a memória, mas até agora... nada. Com base no relato da polícia, não sei se gostaria disso.

Aconteceu depois de uma festa na casa de Scott, semanas antes do fim do ano letivo. Testemunhas me viram beber uma cerveja, pôr Hayley bêbada e chateada no banco do passageiro e assumir o volante. A gente estava a caminho de casa quando passei por cima da mureta, perto da ponte do rio Silver. Fui encontrada no banco do motorista, o carro amassado contra uma rocha no declive acima da água agitada.

Não encontraram Hayley.

Tudo o que acharam foi um buraco no para-brisa, por onde o corpo voou, e sangue no vidro. Ela não estava de cinto, e se não havia sido morta pelo impacto, foi pelo afogamento. O Silver é famoso pela força da corrente, pelas pedras afiadas e pelas quedas bruscas — todo mundo em Cedarbrook sabe quão traiçoeiro é o rio.

E isso se mostrou verdadeiro, já que não conseguiram nem resgatar os restos mortais de Hayley. Tentaram, claro, porém com a correnteza não dava para ter noção do paradeiro dela, e mesmo os melhores mergulhadores hesitavam em entrar no rio. Depois de uma semana frustrante, em que uma das pessoas da equipe de resgate quase teve o mesmo fim, as buscas foram encerradas.

Hayley se foi, e é tudo culpa minha. Eu bebi. Eu dirigi. Eu a matei.

O ônibus faz um chiado. Finalmente chegamos ao meu bairro.

Indo para casa, o sol dourado da tarde faz longas sombras

no gramado. Com a luz diminuindo, a umidade deixa o ambiente abafado.

Encontro tudo em silêncio. Um ano atrás, minha mãe teria me recebido na porta. *Vamos repassar os seus horários; você tem a programação da natação? A sra. Prescott recebeu o meu e-mail?* Minha irmã mais nova, Jess, reviraria os olhos para mim, com empatia, e logo meu pai chegaria do trabalho, me salvando com uma piadinha que faria minha mãe bater no seu braço, ainda que não conseguisse segurar a risada.

Hayley passava metade do tempo comigo. Se estivesse junto, minha mãe ficaria toda alvoraçada, parecendo uma galinha com seus pintinhos, sem distinguir uma ninhada da outra. Hayley adorava isso. Mesmo quando minha mãe dava bronca nela pelas notas C.

Ouço um miado aos meus pés. Uma gatinha cinza se esfrega na minha perna. Ela pisca os olhos verdes e mia de novo.

— Cadê a sua coleira, Midna? Tirou de novo.

Apoio a caixa com as canecas no quadril e me abaixo para pegá-la com um braço. Midna ronrona quando enfio o rosto nos pelos e a levo para o quarto. Abro a porta com o ombro, e a gata pula para se espreguiçar na escrivaninha. O movimento faz a cerâmica tilintar. Com o coração apertado, guardo a caixa debaixo da cama.

Então noto com o que Midna está brincando. Pego o exemplar cheio de orelhas de *The Coven's Secrets*, o segundo livro da série Realms of Wonder. Eu amei o primeiro volume.

— Você ainda não leu, né? — Jess pergunta, encostada no batente. A sombra verde e o batom escuro fazem as feições marcantes se destacarem ainda mais. Sem dúvida, uma cortesia de Kelly, sua melhor amiga, que aos catorze anos já é uma guru de beleza. Reprimo a pontada de inveja ao pensar na menina dando risadinhas enquanto passa o pincel de maquiagem nas pálpebras da minha irmã.

Dou uma pigarreada.

— Nem sabia que já tinha saído — sussurro. Com tudo o que aconteceu, esqueci completamente. O lançamento era um evento que eu marcaria no calendário e aguardaria ansiosa. Não sei qual foi a última vez que pensei em abrir um livro.

— Não vou dar spoiler, mas é bom. — Jess dá de ombros. — Pode ser uma boa distração.

— Obrigada. — Fico tocada de verdade. Com essa única palavra, torço para que ela acredite na sinceridade.

Jess assente.

— E... — Ela ergue a mão, revelando a velha coleira roxa pendurada no dedo. O sininho tilinta. — Achei no vaso da costela-de-adão. As folhas ficaram amassadas de novo. Mamãe não vai gostar.

— Meninas?

A voz da nossa mãe ecoa entre o som da porta dos fundos abrindo e fechando. Jess e eu ajeitamos a coleira em Midna, que se contorce. A gata vai embora (provavelmente para dormir nas plantas outra vez) quando minha mãe aparece no quarto. Ela estava mexendo no jardim. A testa brilha de suor, e ela cheira a sol. A blusa cor de pêssego permanece impecável, e as unhas, limpas.

Minha mãe perfeita. Aqui fica mais evidente: a lacuna entre quem sou hoje e quem fui no passado — a filha perfeita.

E, a julgar pelo jeito dos seus olhos escuros, ela também percebe. Essa mágoa... essa decepção... Eu mereço tudo isso.

Depois de um silêncio desconfortável, Jess faz barulho.

Minha mãe volta à realidade.

— Podem me ajudar com o jantar? Papai tá chegando.

Na cozinha, minha mãe passa batatas da despensa para Jess enquanto eu vou lavar a louça.

— Então — minha mãe diz, olhando para mim. — Como foi hoje?

A pergunta que eu temia. Sei lá como responder. Por sorte, não preciso.

— Normal — minha irmã diz. — Todo mundo fala que o ensino médio é bem mais difícil, mas deve ser só pra assustar. E caí na turma da Kelly em duas matérias. Aliás...

Agradeço mentalmente por Jess ficar tagarelando enquanto corta as batatas. Começo a esfregar a esponja na louça. Só que minha irmã termina, e minha mãe presta atenção mim. Sou salva quando a porta da frente se abre.

— Oi. Cheguei.

De braços abertos, meu pai vem para a cozinha, esticando a barba escura com um sorriso.

— As minhas belas mulheres! — Meu pai abraça Jess, beija a cabeça da minha mãe e se vira para mim. Os olhos cor de avelã se suavizam. — Como você tá, filha?

— Hum — mordo o lábio, quase chorando com o tom carinhoso.

— Conseguiu falar com a sra. Carter? — minha mãe pergunta, indo à pia para pôr água na panela de arroz.

Fecho os olhos. A sra. Carter é a técnica da equipe de natação. Eu estava torcendo para adiar essa conversa por pelo menos uma semana. Cogito mentir, mas não tenho energia, sinceramente.

— Não.

Jess fica parada, e meu pai se mexe, desconfortável.

— Ela não foi hoje? — minha mãe questiona enquanto revira o arroz, fazendo a água ficar branca.

— Não falei com a sra. Carter porque não vou voltar pra equipe de natação, mãe.

Sua mão para na hora. Os ombros ficam tensos. Minha mãe leva o pote pesado até a panela elétrica, enquanto nós três ficamos à espera de uma bronca.

É chocante, mas tudo o que ela diz é:

— Mas você ama nadar. — Seu tom calmo é incomum. — Desde pequena. Quebrou um recorde no ano passado. — Quando ela me encara, fico ansiosa com a dor e o medo na sua expressão. — E quanto ao futuro? A sra. Carter disse que olheiros das melhores universidades do país estão mandando e-mail. Pensa nisso, Ella. Pensa em como...

Meu pai põe a mão no ombro dela.

— Foi só o primeiro dia de aula, Michelle — ele murmura.

Algo familiar e cortante passa pelos olhos castanho-escuros da minha mãe. Todos percebemos, e Jess e meu pai ficam tensos. Não dura muito. Por fim, minha mãe assente uma única vez antes de se concentrar em silêncio na panela de arroz.

Jess volta ao que estava fazendo, com os lábios franzidos, e meu pai me dá um beijo na cabeça.

— Já volto. Vou tirar essa roupa quente.

Para aliviar o clima, ele força uma careta boba enquanto puxa o nó da gravata. Funciona mais ou menos. Então dá um sorriso triste e sobe as escadas.

Pisco incrédula para minha mãe, que está de costas.

Ela vem de uma longa linhagem de mulheres corajosas, guerreiras e armadas. Sempre contava sobre como sua *lola* ("avó" em tagalo) arrastou a *minha* lola e seus irmãos até uma plantação de cana-de-açúcar para se esconder das tropas inimigas durante a Segunda Guerra Mundial, nas Filipinas. Minha lola ainda tem estilhaços de bala no pé esquerdo.

Fico feliz que essas táticas de guerrilha nunca foram postas à prova, porém sem dúvida minha mãe é uma mulher que faria um soldado chorar. Não teve medo de deixar todos os amigos e parentes para trás, com o objetivo de construir uma vida do zero num lugar desconhecido.

A mesma mulher que está desmoronando, de ombros caídos, tendo que engolir as próprias palavras na cozinha.

Eu que fiz isso. Com ela e todos nós. Por um momento, penso que daria tudo para ouvir sua clássica bronca estridente. O grito por um A menos numa prova de história. Assim, pelo menos, eu não teria acabado com minha família.

Nem com a minha indestrutível mãe.

Sem dizer nada, Jess termina a tarefa e sobe para se trocar. Continuo lavando a louça. O silêncio se prolonga, até que minha mãe diz:

— A mãe da Hayley ligou hoje.

Deixo um prato cair na pia, quebrando num barulhão. Minha mãe faz cara de preocupação, porém não fala nada nem dá bronca por não tomar cuidado.

— O que ela queria?

Com os dedos trêmulos e o coração na garganta, recolho os cacos de cerâmica.

— Você vai ter que passar lá na sexta, depois da escola. Ela quer sua ajuda. — Minha mãe solta um suspiro. — Parecia *péssima*.

Aí vem uma náusea forte.

— Mãe, como eu... O que posso fazer pra ajudar?

— Ela quer que você arrume o quarto da Hayley.

Percebo minha mão fechar com força até sentir uma dor aguda, a palma cheia de sangue.

— Mãe. Por favor, não me obriga. Por favor.

Eu volto pra equipe de natação, dá vontade de dizer. *Faço qualquer faculdade, mas não me manda pro santuário das lembranças da minha melhor amiga que morreu, por favor.*

Minha mãe dá as costas para o fogão e me encara. Fico surpresa ao perceber um certo arrependimento.

— A mulher disse que nem entra no quarto da filha. — Os lábios se contraem. — Ela tá vivendo sozinha naquela casa. Não tem mais ninguém. E nenhuma pessoa conhecia a Hayley como você. Vai saber o que ela gostaria que fizessem com as coisas.

Não consigo respirar. Quero gritar: *Como é que eu vou saber o que a Hayley ia querer? Nenhuma adolescente de dezessete anos fala sobre a própria morte, quanto menos faz preparativos.*

— Não consigo.

Minha mãe me olha com tristeza.

— Sei que você não quer, Ella. Sinto muito. Mas não tem escolha.

O cheiro de arroz na panela, em geral tão reconfortante, revira meu estômago.

— Sexta à tarde. Direto da escola. Ela vai estar esperando.

3
ella

— Ninguém? Mesmo? Vamos, pessoal. — O sr. Moss ajeita os óculos no nariz com o dedo do meio quando está frustrado. É a terceira vez que faz isso no último minuto. — Com certeza esse pobre professor de latim nem passou pela cabeça de vocês nas férias inteiras.

Para dizer o mínimo.

— Mas ninguém lembra a diferença entre o nominativo e o genitivo? Hein?

Eu lembro. A antiga Ella daria ao resto da classe uma breve chance de responder. Quando acertasse, ficaria feliz com os elogios do sr. Moss.

Porém estou escondida na última carteira, rezando para não ser vista, estrategicamente atrás dos cachos ruivos de Thomas Jones.

O professor suspira, sobe os óculos outra vez e escreve na lousa. Ouvimos apenas o tom de reprovação agudo da caneta.

Cada músculo meu fica aliviado, e dou um longo suspiro. Observo em volta. Ninguém retribui o olhar. Ou estão escrevendo no caderno, ou folheando o livro didático, ou mexendo no celular furtivamente por baixo da mesa.

Rachael está na minha turma de latim. Ela acenou para eu sentar ao seu lado, porém notei o modo como seus ombros relaxaram quando recusei educadamente. Não posso culpá-la. Como *ela* saberia o que dizer se minha própria família não sabe? Se *eu* não sei?

Afundo na carteira. *Só mais dez minutos.* Faço as contas, rabiscando numa página em branco. Que aperto no coração. *Ainda faltam mais de setenta e três mil minutos pro fim do ano letivo.* Preciso arranjar uma maneira de ficar invisível e distraída nos próximos setenta e três mil minutos.

O alto-falante dá um estalo, fazendo todos pularem.

— *Sr. Moss, por favor, precisamos de Ella Graham na diretoria* — diz a voz monótona.

É o fim da invisibilidade.

O único motivo disso é o que aconteceu com Hayley. Andei me perguntando se haveria alguma consequência ou punição por eu ter bebido. No ano passado, o dr. Cantrell, diretor da escola, me deu os parabéns por ter quebrado o recorde estadual na natação. Agora ele talvez me expulse.

Mordo o lábio para não chorar enquanto o sr. Moss abre a porta. Deixo o cabelo cair no rosto e curvo os ombros, desejando me teletransportar daqui para evitar a humilhação, como se fosse alvo de paparazzi.

Nos longos corredores vazios até a diretoria, decido que vai ficar tudo bem. Posso fazer supletivo e faculdade onde ninguém me conheça. E usar meu nome do meio.

Abro a porta com o ombro, imaginando como seria ser chamada de Anna.

— O dr. Cantrell tá me esperando? — pergunto à sra. Bertram.

— Ella? — Eu vejo o sr. Wilkens num canto. — Pode vir.

Hesito, confusa.

— Achei que o dr. Cantrell quisesse me ver e... — Mordo o lábio, constrangida. — Me expulsar.

— Desculpa pela preocupação à toa. — O sr. Wilkens coça a nuca. — Fui eu que te chamei. Vamos pra minha sala. Vou explicar tudo.

— Ah. — Me sinto boba enquanto o sigo.

O gabinete parece mais uma sala de reunião. Uma parede é coberta por estantes, e várias poltronas e um sofá formam uma espécie de círculo.

Os lugares estão ocupados por alunos.

Bom, quase todos. Sobrou um para mim.

Bem ao lado de Sawyer Hawkins.

Claro.

Sawyer não levanta o rosto, como se minha presença passasse despercebida. Os braços estão cruzados, e as pernas balançam com irritação. Minha garganta se fecha, e meu estômago se revira.

— Desculpem. — O sr. Wilkens sinaliza para eu sentar. — Agora que a Ella chegou, a gente pode começar.

Ao ouvir meu nome, Sawyer ergue a cabeça. Sento no sofá entre as almofadas dele e de Mary Collins, tentando desesperadamente não encostar nele.

— Muito bem — o sr. Wilkens diz delicadamente, se recostando na cadeira e cruzando as pernas. — Obrigado por terem vindo. Imagino que devam estar se perguntando por quê. — Sua voz fica suave. — Hayley Miller.

Meu corpo reage instintivamente, e culpa e tristeza me assolam. É imaginação ou Sawyer se contraiu igualzinho a mim?

— Foi uma grande perda, e o luto vem em ondas. Agora que as aulas voltaram, com certeza vocês estão sentindo ainda mais a ausência da Hayley. A escola me pediu para fazer sessões em grupo com os alunos do último ano, para criar um espaço de escuta e cura. Quem quer começar? Dizer o que está pensando? Que tal você, Scott?

Fiquei tão concentrada em Sawyer que nem notei Scott. O cabelo castanho-claro está bagunçado de propósito, como de costume, e as roupas são casuais, embora eu saiba o preço do tênis branco de couro e do relógio — principalmente porque ele faz questão disso. A família de Scott não era rica, até sua mãe se casar com o dono de uma empresa de marketing bem-sucedida de Atlanta, um fato que ele mencionava a qualquer custo. Hayley sempre revirava os olhos.

— O Scott é um cara irritante que a gente tolera pelas piadas — ela disse certa vez. — Age como um idiota, mas no fundo tem um bom coração. Eu acho.

Scott está esfregando as mãos animado, com aquele típico sorrisinho.

— Ah, que bom, sr. W., agora a cura finalmente vai começar. Vamos ver... — Ele conta nos dedos e faz uma voz afetada: — Não parece verdade que a Hayley se foi, ela era uma força da natureza. Meu Deus, é tão injusto, fico louco que ela tenha morrido. Se a minha mãe e o meu padrasto não viajassem tanto, talvez eu não tivesse dado aquela festa incrível e ela ainda estaria aqui. Nossa, nem acredito em como eu tô triste...

— Scott... — corta o sr. Wilkens, em tom de reprovação.

— Espera, já tô terminando. Vou sentir saudade da Hayley, mas sei que vou aprender a amar outra vez. — O belo rosto de Scott se contrai com um sorriso cínico. — Pronto! Os cinco estágios do luto em tempo recorde.

O sr. Wilkens fica encarando, com a mão no queixo.

— Às vezes, o humor é uma tentativa de lidar com algo particularmente doloroso. Uma maneira de *não sentir*. Isso é compreensível, Scott.

Os olhos de Scott parecem se acender, porém Jackie Nevins logo interrompe.

— Sr. Wilkens — ela soluça —, é tão horrível! Só penso nela.

Reviro os olhos. Jackie foi colega de Hayley na equipe de atletismo por uns três minutos. As duas devem ter conversado no máximo duas vezes.

— Agradeço pela coragem, Jackie. Sei que não é fácil. Por favor, fique à vontade para se abrir.

O professor entrelaça as mãos e se concentra na garota, que pestaneja de uma maneira que me faz pensar que, provavelmente, era isso que ela queria o tempo todo.

O sr. Wilkens é bem gato — para um professor. Ele cresceu em Cedarbrook, foi rei do baile, orador da turma e estrela do time de beisebol. Se não fosse tão pé no chão, seria insuportável. Todo mundo sabe que ele namora uma professora de artes igualmente gata da escola rival. *É claro* que não está solteiro.

Que pena, Jackie.

Fico surpresa ao perceber que Sawyer está cutucando a minha perna. Ele acena de leve com a cabeça na direção de Jackie, que se acaba de chorar. Entendo exatamente o que Sawyer diz. *Quem é essa daí?*

Mordo a bochecha e, bem discretamente, pego lápis e papel.

Corria com H, mas foi dispensada depois de meio semestre, rabisco.

Seus olhos seguem meus dedos, e os cantos dos lábios sobem quando termina de ler a mensagem. Sawyer ergue a sobrancelha da cicatriz e faz que sim, dando um sorrisinho. Uma pequena chama se acende no meu peito, com o calor dessa intimidade.

Depois que Jackie termina a história triste, é a vez de outros alunos. Tem esse garoto, Andrew, que chamou Hayley para sair no nono ano e levou um fora educado. Da maneira que está contando, ela foi o amor da vida dele.

— Se a gente tivesse tido mais tempo... — Andrew dá um suspiro.

Scott desdenha, de braços cruzados. Tento atrair a atenção de Sawyer. *Poxa vida*. Mas ele parece esquecer que tem companhia. Volta a franzir a testa para os próprios sapatos, sem a leveza de agora há pouco. De volta à realidade, sem Hayley.

Só quero que isso acabe.

Quando o sinal toca, fico tão aliviada que fecho os olhos. Todo mundo levanta e se alonga.

— Espera aí, pessoal — o sr. Wilkens diz. — Nem todos tiveram a chance de falar. — Ele sorri para me encorajar. — Ella, nem imagino como deve estar sendo difícil pra você. Tá se mantendo firme?

Ah, não.

Meu coração acelera tanto que sobe na garganta. Sawyer fica tenso ao meu lado. Scott presta atenção. Os outros se acomodam, frustrados.

Minha boca está seca. Agarro os livros junto ao peito.

— Obrigada por perguntar. De verdade. — Contra vontade, minha voz perde força, engolida pelo pânico. — Só não sei o que dizer... ou, hã, *como* posso dizer...

— Tudo bem — o sr. Wilkens continua calmo. — Não há maneira certa...

— Esse é o problema dos psicólogos, sabe? — A interrupção de Sawyer me assusta. — Gostam tanto dos próprios conselhos que nem *ouvem* os outros. Se não tô enganado, esse é o único trabalho de vocês. — Ele passa a mão pelo maxilar, balançando a cabeça e fingindo pena. — Imagina fazer um mestrado em "ficar ouvindo de bico calado" e ser um fracasso. — Sua expressão é fria. Letal. — Ela disse que não quer falar.

Fico de queixo caído, enquanto um coro de surpresa ecoa pela sala. Até mesmo Scott parece impressionado. Nem em um milhão de anos eu imaginaria Sawyer falando assim com um funcionário da escola.

O sr. Wilkens se endireita na cadeira e cruza os braços.

— Muito bem, vamos nos acalmar. — Ele olha pensativo para Sawyer. — Querem saber? Ele tem razão.

O silêncio é assombroso. Os olhos castanho-escuros de Sawyer brilham, e o queixo permanece erguido, numa postura desafiadora.

O psicólogo olha em volta.

— O Sawyer tem razão. Eu não escutei. Ella, eu não devia ter insistido sem você estar pronta. Peço desculpas. — Ele fica muito sério. — Em geral, eu não toleraria esse comportamento, sr. Hawkins. Mas a raiva é absolutamente normal nessas circunstâncias. — Ele inclina a cabeça. — E, muitas vezes, mal direcionada.

Scott solta uma risadinha baixa. A voz de Sawyer sai calma, porém ácida:

— Uau. — Fico mais assustada do que quando ele estava gritando. — Você é bom mesmo nisso.

Sinto os punhos de Sawyer tremendo, todos os músculos ficam tensos antes de se levantar do sofá num impulso, e o movimento derruba os livros no meu colo. Sawyer sai batendo a porta, fazendo o diploma emoldurado na parede cair no chão.

Ninguém respira. Até o sr. Wilkens está abalado, sem saber como reagir. Minhas mãos estão trêmulas, e minha mente vai a milhão.

Que merda foi essa?

4
sawyer

Saindo da sala, eu bato as costas numa parede e apoio a cabeça. O cabelo engancha nos tijolos ásperos, provocando uma dorzinha gostosa. Fecho os olhos.
Eu não devia ter perdido o controle assim.
Mas... quem não perderia? Num show de horrores para tratar o luto? Ouvindo Scott falar merda? Vendo Wilkens forçar Ella a falar?
Quem ficaria quieto diante daqueles olhos castanhos amedrontados? Enquanto o corpo dela praticamente se dobrava? Qualquer pessoa que conheça Ella como eu (se tratando da melhor amiga de Hayley, sou um especialista) saberia que mesmo com todas as cartas na mão, a garota nunca apostaria em si mesma.
Aí fiquei fora de mim. Hayley disse uma vez:
— Dá vontade de proteger a Ella e rugir igual a uma leoa.
— Ela é a sua melhor amiga ou a sua filha? — eu provoquei.
Mas agora... depois de quase salvar Ella de um ônibus, depois de ver os lábios franzidos enquanto ela escrevia o bilhete, depois de ver como ajeitava o cabelo atrás da orelha enquanto Wilkens insistia... depois de me dar conta de que só sobrei eu, agora sou o único que pode rugir para o mundo por sua causa...

Bom, é claro que fiz isso.

Mas ainda assim...

Foi uma péssima ideia, Sawyer.

Passo a mão pelo rosto. Mal estou me segurando. A última coisa de que preciso é ser expulso, aparecer no radar do diretor ou de qualquer um. Que sorte Wilkens não me dedurar.

Sinceramente, também foi sorte a explosão não ter sido pior, considerando tanta coisa tóxica acumulada nas minhas entranhas nos últimos quatro meses, sempre ameaçando escapar. Não lembro a última vez que dormi uma noite inteira. Nem a última vez que acordei sem sentir pedras no meu estômago e cinzas na minha boca.

Distraído, passo o polegar pela cicatriz na minha palma esquerda, um rio fino e cor-de-rosa, um relevo ainda macio. Não penso na maioria das minhas cicatrizes, mas nessa não tem como. É sério: experimenta ignorar as próprias mãos. Impossível.

Um pouco mais calmo, consigo ser racional. Até que a vejo.

Ella vem olhando para o chão, mordendo o lábio inferior e segurando firme os livros. É a primeira vez que tenho a chance de dar uma boa olhada. Tipo, de verdade. Nem imagino como deve estar sendo difícil. Esse pensamento me enche de culpa. Estive tão envolvido na dor que esqueci que não sou o único a encarar um ano infernal. Ella está com olheiras. Mais alguém com insônia.

Assim que seus olhos pousam em mim, ela congela.

Ficou assustada por *minha* causa de novo. Que soco no estômago. Como se eu tivesse pisado sem querer no rabo de um filhote de cachorro.

Ainda estou pensando no que dizer quando ela curva os ombros e começa a recuar devagar. Exatamente do jeito que eu fazia ao roubar bolachas Oreo da despensa, imaginando que tinha sido muito discreto, quando na verdade minha mãe me observava o tempo todo, de braços cruzados.

Não consigo me conter. Uma risada escapa.

— Ei, Graham, eu já te vi. Mas pode fingir que a gente não fez contato visual.

Ela está claramente constrangida, com o pescoço avermelhado. Então dá uma espiada, como se considerasse fugir. Aí parece pensar melhor, se endireita e me encara.

Suavizo a expressão para demonstrar arrependimento sincero. Ela continua agindo como se eu fosse me transformar num lobisomem adolescente. Fico arrasado, por isso acabo soltando:

— Ei, como tá a sua gata?

Boa, Sawyer. Tudo a ver.

— Minha... gata?

Ella fica piscando.

— É, hum, Edna? Ela tá bem?

Coço a nuca e faço careta.

Ella solta uma risadinha, talvez surpreendendo a si mesma, o que me dá esperança. Depois balança a cabeça.

— *Midna*. Ela tá... ótima, na verdade. Mudamos a ração, e tem soltado menos pelo.

Incrível que essa seja a nossa primeira conversa desde o funeral de Hayley. A julgar pela expressão, Ella está pensando o mesmo.

— Isso, *Midna*. E, ei, que legal essa história de... ração nova. É sempre bom... menos bolas de pelo.

Pigarreio.

Aí sim. Um sorriso. Apesar de discreto, ilumina o rosto dela, e os olhos estão como o pôr do sol. O vento faz o cabelo escuro e comprido esvoaçar, e o sol deixa algumas mechas num tom entre vermelho e dourado, de modo que os olhos ficam extraordinários, igual a brasas queimando. Como não notei isso antes?

É claro. Porque não seria legal notar.

Nem sei se posso agora.

Caramba, quanto tempo faz que não digo nada?

Ella faz um barulho, desconfortável.

Droga. Tempo *demais*. Dou umas piscadas, tentando clarear as ideias.

— Então, hum, os livros. — Desvio o rosto. — Eu... não estraguei nenhum, né?

— Os meus livros?

Ela franze a testa.

— Derrubei todos quando saí daquele jeito.

— Ah, tá.

— Desculpa. Eu devia pelo menos ter te ajudado. Fui um babaca.

Ella inclina a cabeça.

— Você ficou bem bravo.

Solto o ar com força pelas narinas. *Calma*.

— É. Tipo, e aquela garota agindo como se fosse a própria gêmea siamesa que tivesse morrido?

Ella ri.

— Acho que foi uma tentativa de fazer o sr. Wilkens olhar pro decote dela. *Que nojo*.

Pressiono minha cicatriz com o dedão.

— Tudo foi nojento. A galera só queria um motivo pra não voltar pra aula. — De repente, me sinto muito cansado. — Mas eu não devia ter gritado. — Surge uma necessidade de ser sincero. — Minha vida tem sido, tipo, um pesadelo. Dá pra segurar alguns dias. Aí bato o pé numa cadeira e fico tão puto que gostaria que a cadeira fosse um ser vivo pra matar bem devagar, sério mesmo.

Ella arregala os olhos. Talvez eu tenha sido honesto demais. Pigarreio para limpar a garganta.

— Pra você ter uma ideia de como, hã, eu tô lidando bem com tudo.

Esperando que ela continue distante, vejo que pisca depressa, contendo as lágrimas.

— Eu acordo, me mexo na cama e pego o celular pra mandar mensagem pra Hayley, igual sempre fiz. Só então eu lembro. E fico querendo me enfiar dentro do colchão. — Ela balança a cabeça. — Passo a maior parte das noites olhando pra uma mancha de mofo no teto. Nem sabia como era silencioso às três da manhã.

— Me disseram que comer uma banana à noite é bom pra insônia.

— Ah, é? — Ella ergue a sobrancelha.

— Bom... funcionou zero vezes no meu caso.

É impossível não notar como o rosto dela se ilumina ao dar risada.

— Sinto muito — digo. — É a pior coisa do mundo.

O sorriso de Ella se desfaz, porque *não*, insônia não é *a pior* coisa do mundo.

Um silêncio pesado, na forma de Hayley, recai sobre nós. Ella fica retraída, e de repente entro em pânico, como se a estivesse perdendo. Nem faz sentido. Não tenho o que perder.

— Bom — soa como uma despedida —, vou dizer pra Midna que você mandou oi.

Ela está prestes a ir embora, com o cabelo sedoso e preto esvoaçando.

— Espera, Ella.

Seguro seu pulso. Os olhos cor de mel brilham, e ela deixa escapar um barulho.

O modo como a boca se abre acaba me pegando.

Solto Ella como se sua pele tivesse me queimado.

De repente, uma sensação quente me percorre, só por ter tocado nessa garota, e é claro que o problema é de *quem* estamos falando.

Meu Deus, cara, é Ella. *Ella*.

— Essa história de grupo de apoio ao luto é besteira. — Minha voz sai um pouco rouca. — Eles não sabem como é de verdade. Mas eu sei. Se quiser conversar... — Dou um passo para trás, dando espaço. Para *mim*. — Tô aqui.

Ella assente.

— Obrigada. Isso significa muito — diz, e dá um sorrisinho tenso. — A gente se vê, Sawyer.

Fico observando, coçando o pescoço, me sentindo ao mesmo tempo mais leve e mais pesado, enquanto ela se afasta. Meu estômago se revira. Parece que estraguei tudo, e a culpa me corrói.

Talvez porque tocar em Ella foi algo novo, mas familiar?

Porque a última vez que toquei uma garota tinha sido igual?

Bom, era Hayley.

5
ella

É sexta-feira, depois da escola, e eu estou na varanda da casa de Hayley. Já sinto sua falta. Sem minha amiga para cuidar das azaleias na entrada, elas escureceram e secaram, assim como a hortinha que transbordava de manjericão. Hayley havia montado dezenas de "estações de hidratação" para abelhas, basicamente vasos de cerâmica com bolinhas de gude azul-cobalto, de modo que os bichinhos pudessem beber sem se afogar. A água ficou marrom, e uma abelha boia na superfície. Respiro fundo, fecho os olhos e luto contra o instinto de fugir.

A porta logo se abre. O homem no batente se assusta, chocado com minha presença, e é recíproco. Ele estreita os olhos verdes.

— Olha, a pequena Ella.

— Sean, o que você tá fazendo aqui? — A surpresa me faz ser direta.

— Oi pra você também. — Ele pega um maço de cigarro do bolso.

Sean é o ex-namorado da mãe de Hayley. Seu cabelo loiro-acinzentado está bagunçado, e a barba por fazer não prejudica sua beleza rústica. Fiquei chocada da primeira vez que o vi, porque ele é bem mais novo do que Phoebe. A juventude não era a única coisa que chamava a atenção.

— Não quero ouvir nem uma palavra — Hayley tinha dito ao perceber como eu o olhava.

— Claro que não! Não vou dizer nada sobre como o namorado da sua mãe é...

— Eca, Ella!

— Você tem que reconhecer, vai...

Hayley não admitia, mas ela também achava Sean gato. Assim como Nia e outras colegas. O cara é eletricista, e a escola contratou a empresa dele para regularizar toda a fiação da ala mais antiga no ano passado. Hayley ficava inquieta sempre que alguém secava Sean. Ela lançou um olhar fulminante quando Jackie se atreveu a dar em cima dele, que por sua vez não tirava o sorrisinho do rosto.

Infelizmente para Hayley, a empresa demorou meses para concluir o trabalho, mas o charme de Sean perdeu o efeito. Ele bebia demais, contava mentiras e brigava aos gritos com a namorada. Depois começou a sumir, e Phoebe descobriu que ele a estava traindo com uma mulher mais nova. Nunca soube com quem — Hayley não falava sobre os dois —, mas pelo menos ele desapareceu da vida delas.

Ou foi o que pensei.

Não estou conseguindo disfarçar a aversão. Com o cigarro em punho, Sean abre a boca:

— Pode me julgar à vontade, você não sabe a história toda. Eu também amava a Hayley, tá?

Ele apaga o cigarro com o salto da bota, tilintando as chaves no cinto.

— A tempestade queimou uns disjuntores da escola, então a gente se vê.

Ele me dirige um último sorriso torto antes de entrar numa BMW preta brilhante estacionada no meio-fio. Deve ser nova; quando Sean e Phoebe estavam juntos, ele dirigia uma van branca com SERVIÇOS ELÉTRICOS CEDARBROOK escrito na lateral. Soltava fumaça preta do escapamento e só pegava no tranco.

— Bem feito — Hayley chegou a comentar. — Deu perda total quando dirigia a mais de cento e quarenta por hora perto de uma escola. Idiotas não merecem nem vans capengas.

Essa SUV é uma melhora considerável. Imagino o desdém de Hayley: *Teria sido mais barato comprar uma camiseta estampada:* ESTOU COMPENSANDO OUTRA COISA.

Depois que Sean vai embora, abro a porta da casa escura. A única luz entra pela fresta da veneziana.

— Phoebe?

— Na cozinha — responde uma voz rouca.

Passo por uma série de caixas de papelão abertas, com coisas transbordando. As fotos foram tiradas das paredes, as estantes estão meio vazias. Não reconheço o lugar que já foi minha segunda casa. Parece abandonado, um imóvel que ladrões saquearam, fugindo às pressas em seguida.

A cozinha está assim também: tem gavetas e portas de armário abertas, com poucos utensílios. Entre caixas cheias de conchas e garfos, vejo Phoebe acender um cigarro com os dedos trêmulos. Sentada no lugar que costumava ser de Hayley quando ela, Sawyer e eu comíamos um lanche entre os filmes que víamos nas festinhas do pijama. Diante de Phoebe tem uma xícara com o Pernalonga, o Taz e o logo do parque de diversões Six Flags Over Georgia — lembrança de uma visita que eu e Hayley fizemos na semana do saco cheio, alguns anos atrás.

Phoebe passa um dedo na mesa, mantendo a testa enrugada. Nem nota quando cinzas caem no piso de linóleo.

Eu nunca chamaria Phoebe de mãe-modelo. No entanto, ela estava sempre com o visual em dia. Diferente da mulher vestindo uma camiseta cinza furada, com uma estampa tão desbotada que mal identifico o símbolo do Atlanta Braves, o time de beisebol. O cabelo castanho-avermelhado está escorrido e oleoso; o rosto, caído de tristeza. Até mesmo os olhos verdes brilhantes viraram um poço de dor e escuridão, como se o luto tivesse alterado seu DNA.

Essa não é a Phoebe que eu conheço. E como poderia ser? Um tornado varreu sua vida, e ela ficou no meio dos destroços, olhando confusa para uma lasca de madeira e se perguntando: *Isso era a cama da minha filha ou parte da sala?*

Me sinto culpada por ficar surpresa e pensar: *Então ela se importava com Hayley.*

Isso me lembra de algo que minha lola disse quando eu era pequena e fiquei furiosa com minha mãe.

— Odeio a mamãe! — Eu gritava e chorava.

— Não, *anak* — ela disse, com gentileza. — Você ama a *nanay*.

Quando insisti no contrário, minha lola enxugou as lágrimas com um sorriso sábio.

— Amar não é como entrar num rio, em que ou você se molha ou não. Amar é o próprio rio. Às vezes, é tranquilo e constante, como o meu amor por você. — Ela me deu um beijo. — Outras vezes, tem pedras cortantes e uma correnteza violenta. As quedas e as curvas repentinas são confusas e dolorosas, mas ainda é o mesmo rio. Ainda é amor.

Com as palavras da minha lola voltando à memória, finalmente compreendo. Seria fácil se as coisas fossem simples, se o amor fosse binário, se apenas existisse ou não. Vendo os olhos vermelhos de Phoebe, sei que a verdade é muito mais complicada.

Pigarreio baixo.

— Oi, Phoebe.

— Ah. — Ela se recosta na cadeira, revelando rapidamente a antiga beleza naqueles olhos turvos. — Você veio.

Faço que sim com a cabeça, analisando todas as caixas. Tem tanta coisa que é quase chocante. Nesses anos, só via a mãe de Hayley na cozinha para pegar um abridor de garrafa ou um saca-rolhas.

— Você... vai se mudar? — A ideia provoca uma pontada no meu peito. Ainda que Hayley odiasse morar com ela, muitas das *minhas* lembranças vivem nesta casa.

— Não tem sentido ficar aqui sozinha. Já cuidei da maior parte, mas preciso que você dê um jeito no quarto da Hayley.

Ela diz o nome da filha com dor.

É péssimo pensar desse jeito, mas será que Hayley ficaria tocada ao ver a mãe assim? Devastada pela morte dela.

— Você... quer que eu ponha tudo nas caixas ou...?

Não consigo dizer a alternativa em voz alta. Jogar fora o que resta da vida da sua filha.

Phoebe solta uma risada sem alegria.

— Quero ficar com algumas coisas, mas não suporto olhar pra nada agora. Acho que a Hayley ia preferir que você fizesse isso.

Phoebe tem razão. Hayley odiaria que a mãe revirasse os pertences dela, sem o devido carinho pelas suas amadas preciosidades. Sem compreendê-las.

— Vou separar o que pode te interessar e o que Hayley ia querer que ficasse com você.

Ela me conduz pelo corredor, parando na porta fechada. Vejo as fotos do Pedro Pascal e do BTS, recortadas de revistas ou impressas em segredo na impressora colorida da escola. No meio, tem uma polaroid do último baile — Sawyer,

Hayley e eu. Ela deve ter sussurrado uma piada hilária, porque minha cabeça está jogada para trás e minha boca, aberta. Fui pega no meio da gargalhada. Sawyer olha para nós, com uma alegria contida, seus cílios compridos fazendo uma sombra delicada nas bochechas.

Nós três parecemos radiantes. Lindíssimos. Impossivelmente eternos. Eu me lembro dessa noite. Pensei que seríamos sempre assim e que Hayley estava maravilhosa, e me senti igual. Achei que até Sawyer estava maravilhoso.

Olho para os pés e pisco algumas vezes.

— Eu tentei, sabe? — Phoebe comenta, baixo. — Mas não pareceu certo. Como se eu não me encaixasse aqui. Olhando as paredes e as coisinhas, percebi que era o quarto de uma desconhecida. Minha própria filha.

Fico desconfortável, sem saber como agir. Levo uma mão hesitante ao seu ombro, porém Phoebe se afasta. Ela funga e me encara, com os músculos tensos.

— Sinto muito, Phoebe. Sei que você e a Hayley...

Ela me corta com uma risada cruel, praticamente um rosnado.

— Ah, imagina. Não tem sentido. Ela se foi completamente. Não tenho nem um corpo pra visitar. Não posso levar flores, como uma mãe normal.

Eu me encolho.

— Mas não importa — Phoebe dá uma risada trêmula, se transformando em outra pessoa —, porque nem sei quais eram as flores preferidas dela. Que tipo de mãe é assim? — Ela me encara. — Mas aposto que você sabe, né?

Sua voz vira um silêncio.

— Girassol — sussurro. Ela não viu a tatuagem de girassol no tornozelo esquerdo de Hayley? Então nunca vai ver.

— Girassol. — Phoebe pisca, como se lembrasse onde

está. — Ah, é? — Dá um passo longe. — Pode ficar com o que quiser. — A voz soa neutra. — Vou doar o resto.

Então ela volta à cozinha, me deixando sozinha com as lembranças de Hayley.

6
ella

Respiro fundo. A dor ameaça tomar conta do meu peito, mas tenho um dever a cumprir e preciso manter o controle. Enrolo um pouco, tirando as fotos da porta do quarto com todo o cuidado, tentando não demorar demais na Polaroid.

Então arranco o band-aid de uma vez e giro a maçaneta.

Sou atingida pelo cheiro de jasmim — o perfume de Hayley. De repente, ela está comigo. Quase acredito que Hayley está escondida sob as cobertas, dando uma risadinha enquanto lê uma fanfic obscena de *Pokémon*.

Como esperam que eu faça isso, se parece que Hayley vai voltar a qualquer momento? Se esse quarto é uma cápsula do tempo perfeitamente conservada da sua vida?

As pequenas lâmpadas de LED permanecem firmes e fortes, com as luzinhas acesas. Tem uma lata de Sprite aberta na cômoda, manchada de batom lilás. Na lousa em cima da cama está escrito, na letra dela: *Objetivo do último ano: finalmente arranjar um cara gato pra Ella*. "Gato" foi corrigido para "gostoso".

Isso mexe tanto com a minha cabeça que sinto tontura de verdade. Dou um passo para trás e esbarro na luminária, que cai contra a parede, estilhaçando a lâmpada.

O som me assusta, e de repente minha melhor amiga está morta outra vez. Estou aqui, no quarto de Hayley, para fazer um trabalho.

— Por onde começar? — murmuro, em busca de algo simples que não envolva sentimentos de mais. A cômoda e o guarda-roupa estão cheios de histórias e piadas internas. *Não*. Tem uma pilha de roupas e a mochila da escola na poltrona em que eu costumava sentar. De jeito nenhum. A escrivaninha parece mais segura. Onde Hayley devia fazer a lição de casa, mas a função passou a ser acumular lixo.

Caminho como se fosse um campo minado. Está lotada de papéis amassados. No topo tem vários cupons para fazer a sobrancelha e remover cera de ouvido no shopping.

— Eca, Hayley. — Dou uma risadinha.

Os cupons me ajudam a reprimir a dor e começar a faxina. A maior parte é lixo, tralha que ela enfiava na mochila e deixava na escrivaninha quando chegava em casa. Tipo folhetos divulgando feiras de arrecadação de fundos para diferentes clubes e equipes da escola.

Hayley adorava esse tipo de feira. Principalmente porque foi um dos principais motivos que uniram ela e Sawyer. Ele não fazia nenhuma aula com a gente, por isso foi apenas "o gato do almoço" durante meses. Até ela aparecer na nossa mesa acompanhada. Eles se conheceram numa feirinha que eu tinha perdido porque estava doente, e o gato do almoço se tornou importante na nossa vida.

Limpar a pilha (convenhamos, Hay, de *lixo*) não demora, e não resta escolha a não ser encarar a parede de fotos, desenhos e bilhetes que trocávamos durante a aula.

Subo no colchão e passo os dedos pelas beiradas de um retrato em que estou mostrando a língua. Também tem um poeminha que escrevi. Fiquei com vergonha quando

Hayley pendurou aquilo, mas ela me mandou calar a boca, porque era *arte*.

> **Sem você em Química**
> **Do meu lado o Will C.**
> **Que só dorme e peida**

Não é arte, mas me pego rindo, eternamente grata a Hayley por não ter jogado fora.

Vejo uma foto que Jess tirou de mim e Hayley sentadas à mesa da sala de jantar de casa, com a boca cheia de comida. Nunca notei minha mãe ao fundo, ligeiramente horrorizada. Embaixo tem outro bilhetinho.

Tô menstruada e acho que vou matar alguém se não comer lumpia da sua mãe de noite

Não acredito que você desenhou um emoji

Você sabe que a minha mãe só faz lumpia em aniversários e ocasiões especiais. Sua menstruação não conta, desculpa

Tá, qual é a receita? A gente faz

Os ingredientes vêm do Manila Mart, que fica superlonge, e o trânsito de Atlanta é infernal, então a gente acabaria voltando tarde demais ☹ ☹ ☹

Não se preocupa, meu filhote de passarinho ansioso, eu vou ficar bem

Dou um sorriso, pensando em como Hayley e eu estávamos fazendo uma lista de compras quando minha mãe chegou por trás na cozinha, viu o que estava escrito e revirou os olhos. No fim das contas, ela tinha a massa congelada, e já que estava de folga e de bom humor, nos ajudou a fazer um monte de rolinhos crocantes e deliciosos. Ela gostou de ensinar a enrolar a carne e a nunca pôr recheio de mais.

Mas ela *não* gostou quando Hayley apostou que eu não conseguia enfiar três lumpias na boca de uma vez só, e eu provei que aguentava quatro.

Tinha esquecido muita coisa, como uma foto de um piquenique no Centennial Park. Da turma toda. Nia ficou linda, como sempre, comendo um algodão-doce rosa. Beth está do lado, abraçando Rachael, com um sorrisão. Scott, claro, também aparece. Com o braço nos meus ombros, porém de olho em Hayley, que está mordendo de brincadeira o ombro de Sawyer.

Mais fotos aleatórias. Sawyer puxando Hayley para a chuva, os dois ensopados. Scott dando um beijo na bochecha de Hayley, com uma expressão indecifrável. Em outra, ele mostra o dedo do meio, com algumas mechas de cabelo na frente dos olhos entediados. Hayley correndo na pista de atletismo com Nia, as duas a passos da linha de chegada, enquanto o restante de nós aplaude da arquibancada. Beth e Rachael vestidas como personagens de *Schitt's Creek* no Halloween.

Fico ainda mais triste, porque mesmo antes de Hayley morrer, fazia meses que não ficávamos todos juntos e felizes assim. Perto do fim, quase sempre éramos só Hayley, Sawyer e eu.

Eu ficava ocupada com a natação e as provas finais das turmas avançadas. Hayley era capitã da equipe de atletismo, o que a estava deixando *muito* estressada. O treinador pressionava demais.

— Quase não é mais divertido — ela me disse, parecendo derrotada como nunca.

Faço careta, alisando o canto de uma foto. Pensando bem, Hayley estava tensa o tempo todo. Na escola, no atletismo, em casa com Phoebe... O último mês foi bem pesado. Eu estava torcendo para que ela relaxasse nas férias, ficando feliz como antigamente.

Porém Hayley nunca teve a chance.

Nas horas seguintes, desmancho em silêncio a vida que Hayley e eu construímos juntas. Ponho as lembranças com cuidado numa caixa, separando as que acho que Hayley não se incomodaria que eu deixasse com a mãe.

Mexer nas roupas não é tão ruim quanto eu pensei. Conheço esse guarda-roupa tão bem que é fácil separar o que vai ser doado. Phoebe vai ficar com uma camiseta da época do fundamental que virou um cropped e com as joias. Algumas são herança da avó de Phoebe. Hayley raramente usava, porque preferia guardar tudo em segurança.

— Afinal — ela dizia com um sorriso irônico —, é a única coisa que vou herdar da Phoebe além dos traumas ou do alcoolismo.

O legado de Phoebe vai se encerrar assim.

Fico com um único colar de Hayley. Uma correntinha delicada de ouro com um pingente: um círculo gravado com a silhueta do estado da Geórgia. Fiquei surpresa quando ela gastou o primeiro salário nisso.

— Você sempre reclama que a Geórgia é um saco!

— Mas é onde a gente se conheceu e se apaixonou. — Hayley apertou meu nariz.

Ponho a corrente no pescoço e pressiono o pingente de ouro na clavícula. Apesar de pequeno, sinto um calorzinho no peito por ser de Hayley.

Depois de horas de trabalho, reduzi o que restou da minha amiga e seu quarto a caixas de papelão. Atordoada, sento no colchão e olho para o teto, procurando qualquer coisa que faça sentido. Para lembrar do cantinho no mundo que criamos em dupla.

Outra família logo vai se mudar para cá e construir as próprias lembranças, sem saber que duas garotas chamadas Hayley e Ella contemplaram os grandes mistérios da vida embaixo deste teto.

Sem corpo, sem quarto, sem casa.

Vai ser como se Hayley nunca tivesse existido.

Sinto as lágrimas subindo pela garganta, um vazio terrível por dentro. E algo estranho na cama. Não é imaginação. Tem algo duro no colchão.

Franzindo a testa, enfio a mão e alcanço um objeto. Puxo um caderno preto, sem nada na capa. Na primeira página, vejo as palavras *Este diário pertence a Hayley*. Fecho na hora.

O diário de Hayley.

Ouço passos no corredor. Phoebe. Se Hayley descobrisse que a mãe leu seus pensamentos, levantaria do túmulo inexistente só para morrer de constrangimento.

Sem pensar duas vezes, enfio na mochila. Então apago a luz e saio desse quarto pela última vez.

7
ella

Na quinta-feira seguinte, o sinal toca às três e quinze. Um dia a menos de escola.

Guardo o material devagar e cumprimento o sr. Wilkens e a sra. Langley, que conversam na frente da sala dela. Vejo Nia, Rachael e Beth se abraçando. Nia vai para o tênis, e as outras duas provavelmente para a casa de Beth a bordo do Honda detonado dela.

Todo mundo tem compromisso, menos eu. Minha mãe pegou dois turnos no hospital, meu pai vai ficar até tarde no trabalho, e Jess está na casa de Kelly. Por mais difícil que seja lidar com a decepção dos meus pais, não suporto a ideia de passar horas em silêncio em casa.

Com a cabeça baixa e os pensamentos longe do presente, nem presto atenção aonde meus pés me levam: a arquibancada do campo de futebol americano, com vista para a pista de atletismo. Faz sentido, de um jeito perverso.

Costumava esperar aqui o fim do treino de Hayley. Eu fazia a lição de casa, lia ou ouvia música, dando umas olhadas na minha amiga. Ela normalmente estava concentrada na prova dos duzentos metros, porém de vez em quando retribuía os olhares e fazia careta ou murmurava sobre um cara qualquer: *Olha aquele babaca.*

No entanto, meu lugar de sempre está ocupado por um grupo de garotos do primeiro ano. Eles estão jogados, fumando vape e formando nuvens com cheiro de Froot Loops. Competem entre si, tentando soltar anéis de fumaça, sem ligar para mim.

Com coisas espalhadas e braços e pernas estendidos sobre o metal, não tenho como atravessar sem invadir o espaço.

Aí fico observando.

Um dos garotos acaba de soltar um anel de fumaça impressionante quando me nota.

— Ah, merda! — ele grita, quase caindo. Seria mais divertido se não estivessem olhando (ou melhor, *não olhando*) como se eu fosse uma medusa prestes a transformar todos em pedra.

— Posso passar rapidinho?

O grupinho recolhe os pertences. Nunca vi garotos dessa idade tão eficientes.

Sento no *meu* lugar para assistir ao treino. É outono, o que significa que é temporada de cross-country, e a equipe está se aquecendo, erguendo os joelhos para se alongar.

Apesar da confusão mental, algo em particular vem ocupando minha cabeça desde que arrumei o quarto de Hayley na sexta-feira. Me chamando e quase abrindo um buraco na mochila.

O diário.

Eu não deveria nem considerar a possibilidade. Estou guardando o caderno com os pensamentos íntimos de Hayley como se fosse o anel de *O Senhor dos Anéis*. Se cair nas mãos erradas, destruiria o universo dela.

De muitas maneiras, a garota era um livro aberto. Quando Sawyer disse "quero ver o que você falou de mim aí", em tom de brincadeira, tanto ele quanto eu ficamos impressionados com a resposta firme.

— De jeito nenhum. Preciso de pelo menos um lugar pra despejar tudo. Tudinho mesmo. As confissões mais sombrias e desprezíveis. Sem me preocupar com julgamento.

Minha mão toca distraída o pingente no pescoço.

Seu diário, seus pensamentos, sua caligrafia. É o mais perto que vou chegar de uma ressurreição. Fora que não existe nada que ela não compartilharia comigo.

Certo?

Com os dedos formigando, abro o zíper e pego cuidadosamente o caderno preto. Aliso a lombada. A escolha me surpreende. Hayley era mais do tipo capa-coberta-de--adesivos. Se ela realmente precisava de um refúgio, um diário despretensioso devia ser a melhor opção.

Ainda assim, é estranho. Provavelmente mais um motivo para eu *não* ler.

Mas...

Levanto a capa de leve.

Só uma página, Hayley. Prometo que vou levar pro túmulo. Só preciso ler uma página.

E abro.

Passos na arquibancada me assustam. Com o coração acelerado, guardo o diário. Sawyer está me olhando.

— Ah, merda! — grito, soando igualzinha ao garoto do vape. — Desculpa. Eu não estava esperando ninguém.

— Tô vendo. — Sawyer dá um sorriso torto. — A gente devia parar de se encontrar assim. — Ele começa a contar nos dedos. — Quase tive um ataque do coração por sua causa no primeiro dia de aula. Depois te dei um susto na terapia em grupo. E agora foi como se eu fosse o assassino de um filme de terror. Ainda tô ganhando, então pode me assustar mais uma vez pra empatar.

Ele se recosta na arquibancada, apoiando os cotovelos no

metal. Usa uma calça jeans de cintura baixa, deixando à mostra a pele bronzeada e lisa entre o cinto e a bainha da camiseta. Desvio o rosto depressa.

— Mais um susto. Beleza. Vou fazer isso.

Sawyer me olha de lado.

— Você tá meio que no meu lugar, Graham. Venho aqui às vezes. Porque é vazio. Do jeito que eu gosto.

Sinto as bochechas queimarem.

— Ah, eu posso...

Quando vou pegar a mochila, ele põe a mão na minha.

— Brincadeira.

— Ah, dã. Desculpa.

Solto um suspiro, me sentindo boba. O que devo fazer com as mãos? Considerando que a dele continua na minha?

Sawyer recolhe a mão.

— Eu costumava me perguntar se essa foi a primeira palavra que você disse na vida, sabe?

— Que palavra? — Minha cabeça começa a girar. — Dã? Ele dá risada.

— *Desculpa*. É sua palavra preferida, principalmente quando não tem motivo pra se desculpar. Você devia dizer menos.

Minha resposta é automática:

— Tem razão. Descu...

Tampo a boca. Sawyer solta uma risadinha.

Tudo o que fazemos é assistir à equipe de cross-country dar início à corrida, os apitos ecoam no ar úmido. De alguma maneira, o silêncio com Sawyer é espaçoso e libertador. Diferente do da minha casa, tenso e claustrofóbico.

Então me dou conta de uma coisa.

— Espera aí. Você não devia estar lá? — Aponto para o campo.

— Hum?

— Você não é dessa equipe? Acho que lembro da Hayley me dar bolo pra ver as competições.

Uma lembrança passa rapidamente pelos olhos dele.

— Você também podia vir, sabe.

— Tentador. Parece incrível ficar olhando a linha de chegada enquanto você corre cinco quilômetros.

O sorriso de Sawyer não dura.

— Tive que desistir. O dia não tem horas o suficiente. Escola, esporte, atender mesas. Eu só podia escolher duas coisas.

Acompanho seu olhar, fixo na pista.

— Você deve sentir falta — digo, baixo.

Ele dá de ombros.

— Não muito. Ganho boas gorjetas e posso fazer qualquer horário no La Michoacana. Não é como se eu fosse conseguir uma medalha olímpica. — O sorrisinho reaparece. — Fora que eu posso comer todas as tortilhas com salsa que eu quiser.

— Ah, você devia ter começado por aí. Explica tudo.

A gente dá risada. Olho de canto para os cílios pretos, a cicatriz que corta sua sobrancelha, e a cicatriz na mão, ainda vermelha e inchada. Então a expressão dele fica séria.

— Mas sinto falta dela — Sawyer diz, baixo.

Meu coração aperta.

— Eu também. Tanto que às vezes nem consigo respirar.

Seus olhos se fecham, e uma sombra passa pelo rosto. Parte de mim está desesperada para saber o que ele está pensando. A outra parte, para *não* saber.

— O que você disse na última vez?

Sawyer se ajeita, passa a mão no maxilar e desvia o olhar.

— Quer saber a verdade?

— Sempre.

Ele suspira.

— Eu não saberia dizer nem se a minha vida dependesse disso. Provavelmente foi algo banal, que ódio. Mas... bom, os últimos meses foram... — Sawyer pigarreia. — Só... tinha muita coisa rolando. As últimas semanas ficaram meio confusas na minha cabeça. Talvez seja melhor eu não conseguir lembrar as partes dolorosas.

— Eu ia preferir lembrar. — Minha voz falha. — Mesmo sendo ruim... é o que eu queria. Sabe por quê, Sawyer? Eu não faço ideia de como foi o meu último dia com a Hayley. De nada. De antes, da festa, da... da volta pra casa... É tudo um grande branco. Quero muito lembrar. Quero muito lembrar *dela*...

Estou chorando demais para continuar falando.

Aí sou cercada por Sawyer. Ele me envolve com os braços, passando um pela minha cintura e levando o outro à minha cabeça, com os dedos no meu cabelo. Sawyer me abraça apertado. Sinto a pulsação na sua bochecha, e esse perfume me deixa tonta.

— Eu sei — ele murmura no meu ouvido. — Eu sei, Ella.

E o lance é que ele sabe mesmo. Talvez seja o único.

— Tudo isso... — Inspiro, trêmula. — É culpa minha. Se eu tivesse dirigido devagar, sido mais responsável, cuidadosa...

— Ei. Não. — Sawyer se afasta para me olhar com compaixão. — Escuta. — Ele aperta meus ombros com tanta força que dói. — *Nada* disso é culpa sua.

Com uma incrível delicadeza, Sawyer passa o polegar pela minha bochecha, enxugando as lágrimas. Seu rosto está sério.

— Nada disso — ele murmura.

E talvez seja o modo como chorar faz bem. Talvez seja o

pôr do sol, que dá a sensação de que nós somos as duas únicas pessoas no mundo, fortalecendo as palavras dele. Ou talvez seja o olhar de Sawyer; pela primeira vez, é como se alguém não sentisse pena de mim, mas sofresse comigo.

Por qualquer que seja o motivo, acredito nele.

— Obrigada — sussurro.

O céu está em tons de escarlate e dourado. O campo ficou em silêncio, os atletas devem ter ido para dentro. Os grilos se preparam para a cantoria do fim de tarde. O som de um sapo chega de algum arbusto úmido. O rosa no céu evolui para roxo, como se a noite se anunciasse só para a gente. Uma brisa traz o perfume das flores de glicínia e madressilva, nossos cabelos esvoaçando de leve. Vejo os cachos volumosos e escuros de Sawyer dançarem ao vento. Aí percebo os polegares nos cantos dos meus lábios e a proximidade dos rostos.

Acabo pensando: *O pôr do sol cai bem em Sawyer.*

Eu lembro como Hayley ficou ridiculamente feliz quando começou a sair com ele. Cada toque, cada olhar, cada palavra a deixava tonta, sorridente, desconcentrada. Eu tinha que chamar a atenção para a lição de casa e repetir tudo. Isso me irritava, porém Hayley me pegava pelas mãos e me girava.

— Um dia você vai entender.

E agora, Deus me perdoe, eu entendo.

8
sawyer

Já anoiteceu quando chego correndo em casa. Encosto na madeira desgastada e dou um tempinho antes de entrar. Com o coração batendo mais devagar, viro a chave e passo pela porta.

— Meu Deus do céu! Vem aqui, Callan, você não vai acreditar. O presidente finalmente chegou! — A voz sai de baixo da mesa da cozinha. — Quem diria que a gente é *digno* de um jantar com ele?

Reviro os olhos.

— É por sua causa que o Callan faz tanto drama, mãe.

A cabeça dela aparece, e os olhos cor de avelã fingem choque.

— *Moi?* Dramática? Nunca. Agora vem cá. Preciso da sua ajuda.

Ela desaparece.

— Eu achei que eu tivesse arrumado essa merda.

— Olha a língua — ela diz sem convicção, enquanto briga com a perna quebrada da mesa. — Segura aqui enquanto eu pego a cola de madeira.

Vai ser a terceira vez que damos um jeito nisso. Ninguém diz o óbvio: precisamos de uma mesa nova. Mas o aluguel subiu no mês passado, e não é como se minha mãe pudesse arranjar um *quarto* emprego.

Pego a madeira com as duas mãos e fico olhando minha mãe concentrada na cola. Sempre que saímos, as pessoas acham que é minha irmã. Quase não acreditam na verdade. *Você é nova demais pra ter um filho desse tamanho!*
Com razão. Minha mãe tem apenas trinta e três anos. Eu vou fazer dezoito em maio. Matemática básica.
Ela parece jovem porque *é* jovem. Observo sua careta e como envelheceu recentemente. Com três empregos, dois filhos e nenhuma ajuda, a vida cobra seu preço.
— Tô ouvindo essa preocupação daqui. Para com isso. Tô bem. — Ela termina de passar a cola com capricho. — Pronto! — Minha mãe dá uma cheirada. — Nossa, Saw--Saw. Achei que tivesse esquecido de passar desodorante, mas é você!
— *Mãe.*
Como ela consegue fazer eu me sentir uma criança de oito anos?
— Você saiu pra correr? — Ela engatinha de baixo da mesa.
Eu tiro o pó do jeans.
— Tipo isso — murmuro.
— Ah, que ótimo!
Minha mãe pega o avental da Waffle House e a bolsa. E fica triste.
— Você deve estar com saudade do cross-country.
Praticamente a mesma coisa que Ella disse na arquibancada. Sinceramente, só percebi que estava correndo depois de mais de um quilômetro. Não era a intenção.
Num minuto, o rosto de Ella descansava nas minhas mãos; no outro, eu avisei que estava atrasado para o jantar, quase caindo apressado dos degraus.
Ela é uma das suas melhores amigas, eu pensei, calmo. *Você*

só estava ajudando uma amiga num momento difícil. Aí percebi que o vento fazia os olhos arderem e que os pulmões queimavam.

Eu estava *correndo*.

Devo ter achado que, se corresse rápido o bastante, me livraria desse sentimento que não conseguia ignorar. Quanto mais as pernas se movimentavam, eu passava a me concentrar apenas no esforço muscular.

No entanto, os cinco quilômetros só me deixaram exausto e ofegante na porta de casa. Fui atingido pela lembrança de Ella, quente nos meus braços. Os olhos grandes, cor de âmbar e cheios de lágrimas me encararam como se eu tivesse todas as respostas.

Merda.

Não posso gostar da Ella. Isso não vai acontecer.

— Ei, tem alguém aí? Tô falando com você, Sawyer. Gosta dela?

— Quê? — Entro em pânico e aperto o nariz. — *Não. Talvez. Sim? Argh, mas eu não posso...* — Deixo a mão cair. — Não. A resposta é não.

Minha mãe fica piscando.

— Que sentimento estranho pra uma liquidificadora nova.

Ao lado da pia, ela segura um liquidificador que não estava ali de manhã. Minha mãe tem uma relação peculiar com objetos inanimados. Trata todos no feminino: abajures, hambúrgueres, fios-dentais etc. Ela diz que se sente melhor assim. Como se estivesse desafiando o patriarcado ou coisa do tipo.

— Que pena que você não gosta dela, mas foi presente da Linda, do trabalho. Compraram uma novinha, e a nossa antiga estava nas últimas. — O olhar da minha mãe é perspicaz. — A menos que você não esteja falando *dessa* moça.

— Afe, mãe. — Escondo as bochechas vermelhas.

— Então tá, senhor presidente, se não quiser, não fala. — Minha mãe sopra uma mecha de cabelo. — *Callan!* Se eu tiver que te buscar, juro por Deus...

Um borrão azul bate com tudo na minha barriga.

— Finalmente! — Minha mãe suspira enquanto eu tento respirar.

— Senhor presidente! Senhor presidente! — meu irmão mais novo, Callan, abraça minha cintura e fica pulando com o pijama do *Thomas e seus amigos*.

— E aí, cara? — Bagunço o cabelo castanho dele. Ninguém consegue me fazer sorrir tão fácil quanto Callan, mesmo quando acaba me machucando.

— Callan. — Minha mãe soa desconfiada. — O que você andou fazendo? Comeu giz outra vez? Diz que não, por favor.

— Não! — Callan abre um sorriso coloridíssimo. Preto, azul, vermelho, rosa... e todas as cores do arco-íris. Fico surpreso que consiga falar.

Minha mãe suspira.

— Fica de olho pra ele não engolir giz de mais, Saw. — Ela vê as horas. — Merda, tô atrasada.

— Merda! — Callan grita, superanimado. — Merda, merda, merda!

Ele marcha para a sala, batendo continência a cada palavra. Minha mãe me dá um olhar sofrido.

— Pode deixar.

— Obrigada, Saw. — Ela está com um sorriso cansado. — O jantar tá no forno. Você pode esperar o ônibus do Callan amanhã?

— Claro.

Uma folha de papel na geladeira chama atenção. Noto as

palavras "convidada" e "terceira fase de entrevistas". Bloqueio o caminho antes que ela saia.

— Mãe! — Sacudo a folha. — Isso é incrível! Por que não contou? É importante!

— Ah, Sawyer, não é nada de mais. Talvez eu vire assistente executiva, não astronauta.

— Eu vi a descrição do cargo. E os zeros no salário. Fora os benefícios...

— Sawyer, sem expectativa...

— Se chegou até aqui... Agora é uma questão de ter a cara da empresa, e todo mundo gosta de você! Mãe, com esse emprego...

— Nem me fala. — Minha mãe pega mais leve, com os olhos brilhando. — Mas obrigada, Saw. — Ela grita: — Callan, mamãe tá indo embora, você não vai dar tchau?

Seguro aquele borrão azul antes que ele derrube alguém. Meu irmão dá um abraço forte nela, ganhando pelo menos dez beijos no topo da cabeça.

Eu reclamaria, mesmo na idade do Callan, porém ele só retribui com mais força.

— Ixi, tô tão atrasada que talvez fosse melhor nem aparecer. — Minha mãe se afasta e suspira. — Brincadeira. Infelizmente. Tchau.

Ficamos acenando enquanto mamãe sai com o carro. Está começando a garoar, aí ouço o barulho do limpador de para-brisa se arrastando pelo vidro.

Vou ter que trocar isso, penso.

Sei que a esperança é perigosa, porém é impossível não imaginar como seria se ela conseguisse o emprego. Em casa, eu não teria que fazer uma lista de prioridades do que vai ser substituído ou consertado. Poderia simplesmente comprar o limpador de para-brisa novo, e até um cristalizador.

Não me preocuparia mais com a possibilidade de minha mãe ser surpreendida por uma tempestade.

Poderíamos jantar sem medo de que o espaguete fosse parar no chão a qualquer momento. Minha mãe teria um dia de folga — não, o fim de semana inteiro! *Dois* dias! Para levar Callan à biblioteca, ao parque, talvez até ao zoológico. O maior sonho da vida dele é ver um gorila.

O maior sonho da minha mãe é dormir sete horas seguidas. O trabalho novo tornaria possível tanta coisa.

Sinto a camiseta ser puxada.

— Saw-Saw — Callan sussurra.

— Fala.

— A gente tem que continuar aqui? — ele ainda está sussurrando. — Tô com fome.

— Desculpa, Cal. — Tranco a porta da frente. — A gente precisa tirar todo o giz dos seus dentes. Aí vamos comer.

Callan choraminga até o banheiro.

— Comer primeiro, comer primeiro!

Fora isso, até que obedece, mantendo a boca aberta. Limpo tudo o melhor que posso, mas alguns pedaços estão realmente presos. São tantas cores. O que fazer?

— Você tá bravo — Callan diz.

Dou risada.

— Não tô bravo. Só tô pensando.

No fim, decido dar um jeito depois do jantar. Talvez a comida solte a cera, e não é a primeira vez que ele come giz. Se bem que acho que antes foi uma caixa de oito, e cometemos o erro de comprar uma de dezesseis. Por outro lado, por mais paciente que Callan esteja sendo, não vai me deixar passar fio dental, então comer deve ser a única opção.

Meu irmão conta sobre o dia na escola enquanto tiro a travessa do forno. O cheiro de carne e cebola toma conta da cozinha. Callan até para de falar.

Nem acredito que, apesar de tudo, minha mãe arranjou tempo para fazer a comida. Ela provavelmente diria que está acostumada, depois de tantos anos sozinha. Depois de tudo que ela passou, e com tudo que ela precisa fazer para manter nossa família, com certeza esse sacrifício não é algo com que alguém deveria se *acostumar*.

Callan aponta para o meu rosto, interrompendo o transe.

— Bravo ou pensando?

Os dois.

— Pensando. Callan, o que acha de jantar na sala?

— Muito legal! — Ele bate palmas e fica pulando.

— Ótimo. Você é esperto mesmo. — Meu irmão parece levar o comentário a sério. Sugiro uma nova ideia: — Por que não põe uns travesseiros na frente da TV? Quer escolher algo na Netflix?

Ele sai correndo assim que eu termino a frase. Minha mãe odeia que a gente coma na frente da TV, mas a cola vai demorar a noite inteira para secar, e prefiro não correr o risco de que alguma tralha caia em cima do Callan.

Preparo nossos pratos e guardo o restante para mamãe. Com um punhado de guardanapos que ela trouxe da Waffle House, levo tudo para a sala.

Óbvio que vamos assistir *Avatar: A lenda de Aang* pela quadragésima vez. Não que isso me deixe bravo.

— Mastiga primeiro — digo quando meu irmão tenta dublar a abertura com a boca cheia de carne e macarrão.

Assim que Callan limpa o prato e sossega, diante da TV e com o queixo nas mãos, percebo que chegou a parte da noite que eu temia.

Agora não há nada que me impeça de ficar pensando em Ella.

Sentado no chão e recostado no velho sofá desgastado,

tudo na sala meio que perde o foco enquanto me vêm à mente as lembranças de nós dois na arquibancada hoje.

Tive vontade de dar um beijo nela.

Esse pensamento surge espontaneamente, e é verdade.

E não foi a primeira vez.

Que droga. Aperto as mãos porque também é verdade.

Mas eu nunca... digo, enquanto Hayley e eu estávamos juntos, eu tinha a noção *muito clara* de que *nunca*...

Ainda assim, teve aquela ocasião, no ano passado. Ela estava chorando porque algum idiota recusou seu convite para o baile. Estávamos sentados no quarto da minha namorada. Eu no chão, Ella curvada na cama, Hayley de um lado para o outro, resmungando que não acreditava que alguém tinha dito não para a melhor amiga.

— Sawyer! Olha essa gata! Né? Não é questão de opinião! Você não acha a Ella maravilhosa?

Ella ficou vermelha na mesma hora.

— Sawyer, não responde, por favor.

— É tipo falar da minha irmã, Hay. — Meu coração acelerou inexplicavelmente. — Ella, você é praticamente da família. Seria esquisito...

— Não fala bobagem, Sawyer! — Hayley gritou e bateu a porta.

Eu e Ella ficamos num silêncio absolutamente desconfortável.

Não conseguia nem pensar na pergunta de Hayley. Impossível. Deu um bloqueio ou coisa do tipo.

— Ella, o cara é sem noção. O maior idiota da história.

Ela enterrou o rosto no travesseiro.

— Você não precisa falar nada só pra melhorar a situação. Fico me sentindo patética.

Cocei a nuca.

— Você não é patética. E eu... não tô... falando só pra você se sentir melhor.

A última parte saiu tão baixinho que Ella nem deve ter ouvido, e acabei pensando: *Talvez seja melhor assim.*

E talvez seja melhor assim, mesmo agora.

Porque foi difícil ignorar *isso* estando tão perto dela.

Como é maravilhosa. Não completei o raciocínio na hora, mas Ella é maravilhosa. E inteligente, gente boa, engraçada, com cheirinho de baunilha e...

E é a melhor amiga da Hayley.

Acima de tudo, Ella é a melhor amiga da minha namorada.

Por esse motivo, vou guardar essas ideias numa caixa no fundo da minha mente e nunca mais abrir.

9
ella

Na segunda-feira, tiro a sacola de educação física do armário e bato a porta com força demais.

Já faz alguns dias, e *ainda* não parei de pensar no que aconteceu na arquibancada com Sawyer. Sempre que fecho os olhos, sinto o hálito quente na minha orelha, a pulsação na minha pele. Também vejo o espanto quando ele caiu na real e se afastou na mesma hora, gaguejando qualquer besteira sobre o jantar, e saiu correndo. Rapidíssimo.

Foi um bom lembrete. Ele pensa em mim como amiga. Nada além disso. Tipo, eu estava me debulhando em lágrimas. O que Sawyer ia fazer? Dar um tapinha na minha cabeça e se mandar? Claro que não, porque ele é um bom *amigo*.

Então por que não consigo parar de pensar nisso? *Por quê?*

Quanto maior o esforço para evitar, mais detalhes surgem. Como a real compreensão nos olhos dele quando confessei a culpa. O calor das palmas nos meus ombros. O calo no polegar enquanto ele enxugava as lágrimas das minhas bochechas e dizia: *Nada disso é culpa sua.*

Tenho que parar. Mas como?

Peço ao universo para tirar minha mente de Sawyer, e o universo não decepciona.

A caminho da educação física, acabo menstruando.

— Merda. — Corro para o vestiário feminino. — Merda, merda, merda.

Como desceu três dias adiantada? Estresse? Maldição? De qualquer maneira, duvido que eu tenha um absorvente.

Ah, caramba. Em pânico, reviro a sacola.

— Não, por favor, por favor, por favor — sussurro.

Não adianta. Trouxe apenas um short branco. O que eu tinha na cabeça? Por que shorts brancos *existem*? Ou cadeiras brancas, tapetes brancos, calças brancas, qualquer coisa dessa cor?

Procuro furiosamente até na mochila normal, enfiando os dedos em todos os cantos, porém a Ella do passado não foi muito amiga da Ella do presente. Nada para emergências.

Num banco frio de concreto, luto contra as lágrimas. Seis meses atrás, não haveria problema nenhum. Hayley sempre tinha absorventes extras, porque "Nunca se sabe quando pode vir a semana da carnificina ou quando vai ter alguém precisando".

Alguém está precisando *muito* agora.

Olho desanimada para o vestiário. Grupinhos de garotas passando desodorante, arrumando o uniforme, prestando atenção em mim e cochichando. Baixo os olhos, porque não quero virar o assunto ou dar outro motivo para sentirem pena de mim.

Ponho as mãos na cabeça. Vou esperar até todo mundo sair, enfiar um monte de papel higiênico na calcinha e rezar.

Alguém toca meu ombro.

É Seema Patel, a garota que me ofereceu balas no primeiro dia de aula.

— Tô chutando, mas você precisa disso?

Ela mostra um leque de OB, para fluxo leve, médio, intenso e superintenso.

Seema e eu éramos amigas no ensino fundamental. Brincávamos em casa com frequência, e em algum lugar no fundo do meu guarda-roupa tem uma pulseirinha da amizade que ela fez para mim no acampamento. Quando me aproximei de Hayley, Seema e eu acabamos encontrando o próprio grupo de amigos. Eu nem a via muito alguns meses atrás, até ela também ser contratada como salva-vidas. E agora está aqui, bancando o anjo da guarda.

Seema me vê hesitar.

— Se demorar mais, vai acabar deixando no banco uma marca de bunda vermelha.

Solto uma risada surpresa, então pego um absorvente médio e minha roupa de ginástica, e vou para o banheiro.

— Certeza? Não precisa ficar com vergonha de escolher o superintenso. Não por mim. Nossa, nem ele dá conta às vezes. É tanto sangue que eu penso: *Como ainda não morri?*

Quando saio da cabine, ela continua apoiada nos armários cheios de cartazes da feira de outono. Esse sempre foi meu evento preferido do ano, porque tem labirinto, maçã do amor e feno na decoração. Hayley e eu nos voluntariávamos para trabalhar na barraca de s'mores. No ano passado, ela conseguiu convencer Scott a fazer parte da brincadeira de acertar o alvo, e foi incrível ver o time de beisebol deixar Scott cair tantas vezes no tanque de água. Agora nem me imagino indo à feira.

— Valeu, Seema. Impressionante a sua... falta de nojo.

Na verdade, fiquei abalada. Só conheci outra pessoa que não se afetava por esses tabus.

— Imagina, não foi nada. — Seema faz um gesto sincero. — Trabalhei como assistente no Hospital Veterinário nas duas últimas férias de verão. A melhor parte era ajudar com os abscessos dos gatos. Menstruação é tão sem graça.

O choque arranca de mim uma boa risada.

Hayley ia adorar essa garota. O pensamento faz minhas entranhas se revirarem de culpa, tristeza... inveja? Balanço a cabeça, tentando afastar a sensação ruim.

— Bom... fico te devendo uma. — Ainda estou meio desconfortável enquanto vamos à porta da quadra.

— Ah, eu vou lembrar com certeza — Seema brinca.

Minha mão já está na maçaneta quando ela me para.

— Me dá seu celular.

— Quê? Por quê? — pergunto, recuando um passo.

Ela revira os olhos.

— Calma. Só quero te passar meu número. A gente trabalha junta, tá na mesma turma de educação física e inglês, e acabei de te dar um absorvente. Com certeza isso significa que somos amigas de novo. E não quero sobrar com o Robert num trabalho em grupo.

Ouço o sr. Cud, o professor de educação física, soprar o apito. Se não entrarmos em cinco segundos, ele vai nos mandar para detenção.

Seema continua com a mão estendida.

— Tá, pega.

Trocamos os números e entramos. O sr. Cud olha feio, mas não anota o atraso. O técnico de Hayley é uma ex-estrela da equipe de atletismo do North Davis. Ainda é jovem o suficiente para lembrar como é ser adolescente, preferindo que a gente não o veja como um babaca. Hayley tinha uma relação de amor e ódio com ele.

— É um amiguinho ou o treinador? O cara precisa escolher — ela sempre dizia, quando a gente reclamava. Em dias como hoje, a tentativa de ser legal funciona a nosso favor.

Solto um gemido ao ver os alunos driblando e arremessando. Odeio basquete. Sou péssima e não estou com vontade de passar vergonha.

— Quer ser minha dupla? — Mal ouço a pergunta de Seema, porque Sawyer Hawkins está do outro lado da quadra, de camiseta cinza-escura e short, competindo com Thomas Jones para ver quem faz mais repetições na barra fixa.

Pela expressão azeda no rosto sardento de Thomas, claramente Sawyer está ganhando, e sinto um friozinho na barriga ao observar os músculos dos seus braços.

Sawyer foi tão bonzinho aquele dia.

Mas e se não tivesse sido? E aí? Se, em vez da barra, ele agarrasse meus punhos? Com a mesma força?

E se ele *me* segurasse?

Meu Deus do céu, qual é o meu problema? Minha pele está pegando fogo. Tomara que ninguém perceba.

Não é como se eu fosse uma freira. Saí com Bradley Clark quase o primeiro ano todo. A gente se beijou e fez algumas coisas. Não *sexo* — ainda não cheguei lá —, mas... Bom, outras coisas. Tudo com Brad era simples e tranquilo. Quando ele se mudou para outro estado, não chorei. Hayley perguntou se eu estava bem, e eu disse que estava ótima. O rolo tinha sido bom.

Legal.

Quando usei a palavra "legal", inclusive para descrever a pegação, Hayley dirigiu até uma lojinha que vendia incensos e vibradores. E ficou puta quando não deixaram a gente entrar por ser menor de idade.

— As adolescentes também merecem orgasmos, idiota! — ela gritou para a vitrine, antes de sentar ao meu lado na calçada.

— Como você sabe que nunca tive um? — Eu mexia nos cadarços. — Ah, sei lá... foi bem gostoso. Talvez tenha rolado.

— Por favor. — Ela jogou o cabelo ruivo comprido para trás. — Você vai saber quando tiver. E merece isso, merda.

Hayley olhava feio para a pessoa no balcão.

— Tudo bem! Não importa. Juro. — Dou de ombros. — Tipo, hã, ficar assim.

O modo como Hayley me analisava... Ela me deu um abraço apertado, balançando para a frente e para trás.

— Ah, meu moranguinho orgânico, doce como açúcar...

— Por que você é desse jeito? — A voz saiu abafada pela camiseta dela.

— Um dia você vai entender, meu bem. — Ela deu um beijo na minha testa.

Não pensava nisso desde então.

Mas tudo vem à tona enquanto vejo Sawyer alongar as panturrilhas.

Hayley nunca falou sobre a vida sexual deles. *Queria* falar, claro. Porém eu sentava com Sawyer no sofá para assistir um filme, ou no Starbucks. Ia me sentir constrangida e desconfortável. Ele ia me passar o ketchup, e eu pensaria: *Foi com esses dedos que ele fez* aquilo *com a Hayley?*

Mas agora eu meio que gostaria de saber...

Sinto uma dor explosiva na lateral da cabeça, com um baque tão forte que caio de joelhos. Talvez seja o carma. Aí percebo uma bola de basquete rolando para longe.

— Qual é o seu problema, Scott? — Seema se ajoelha diante dos meus olhos lacrimejando. — Você tá bem, Ella?

— Foi um *acidente*. — Scott aparece como um borrão, porém vejo seus lábios sorrindo de maneira cruel. — Ella sabe o que é um *acidente*. Né, Ella? Pelo menos ninguém morreu.

— Cala a boca, seu imbecil — Seema rosna.

Minha garganta fecha. Meus olhos lacrimejam, e devo ter mordido a língua, porque sinto gosto de sangue. O ruído agudo dos tênis na quadra, os gritos da confusão de adolescentes, o brilho acusatório nos olhos de Scott... Preciso sair daqui.

Eu vou para a porta.

— Preciso ir na enfermaria, sr. Cud. — A voz está falhando. Meus olhos correm para Sawyer, ainda atento à dificuldade de Thomas no exercício. Acho que não me viu passar vergonha, graças a Deus.

— Não esquece o passe, Graham — o sr. Cud diz. — E você, Logan, cinco voltas correndo, por ser um babaca.

— Quer que eu vá com você? — Seema pergunta mais alto que os protestos de Scott.

Mas eu queria Hayley.

Ela ia saber o que fazer. Me ajudaria a levantar, limparia a poeira e diria que eu devia ter jogado o absorvente na cara de Scott.

Eca. Dou risada e enxugo as lágrimas. Na verdade, só uma coisa é capaz de melhorar a situação.

— Vou ficar bem, Seema. Mas obrigada, de verdade.

Corro para trocar de roupa no vestiário feminino, seguindo na direção oposta à da enfermaria.

Um dos nossos esconderijos preferidos, meu e de Hayley, era o corredor de enciclopédias da biblioteca. Acho que ninguém pega um desses volumes desde a invenção do Google, assim era o lugar perfeito para ficar sentada comendo Skittles azedinhas.

Passo receosa pela sala do sr. Wilkens. Devo falar com ele sobre o que estou sentindo? Na porta fechada, uma plaquinha diz: EM ATENDIMENTO.

Entro tranquilamente na biblioteca e vou direto para os fundos. Sento no chão, encostada numa estante. Então pego o diário de Hayley na mochila, com calma e cuidado. Passo os dedos pelos cantos, como se fosse uma relíquia. Fecho os olhos.

Desculpa, Hayley. Por tudo. Pelo Sawyer. Por isso. Tô perdida. Não sei como vou superar. Na verdade, acho que nem consigo. Sou um desastre sem você. A única pessoa que poderia me ajudar com a sua perda... é você.

Com essa súplica, começo a ler o diário.

10
o diário de hayley

Sempre achei graça dos filmes ou livros com uma menina supercomum tomando café da manhã antes de ir pra escola numa terça-feira, até que TCHARAN, descobrem que ela é uma princesa. Bom, eu realmente ria alto, porque desejava lá no fundo que algo do tipo acontecesse comigo, mesmo <u>sabendo</u> que nunca, nunca, nunca aconteceria.
    Até agora.
    Mal consigo segurar a caneta, de tanto que a minha mão tá tremendo. Essa sensação é muito melhor do que receber a notícia de que sou a princesa de um país de faz de conta.
    É como se eu estivesse louca, desesperada e perdidamente apaixonada. E sei que é verdade, porque o sentimento é muito forte, tanto que nem me importo de ser melosa. A Hayley de antes nunca conseguiria, mas agora eu só quero deitar na grama e imaginar aqueles lábios e... Mas é melhor voltar um pouco.
    Começou numa feira beneficente em que eu e a Ella trabalhamos como voluntárias. Eu queria lembrar detalhes, mas eles se misturam num borrão docinho de algodão-doce depois desses três anos.
    E do que adianta? Foi uma feira comum, no estacionamento da escola. Nada de especial. Cuidei sozinha da barraca de argolas, porque E. ficou doente. O fim da tarde cheirava a gra-

ma e fritura, e tudo ia superbem. Quando S. chegou comendo pipoca, eu estava prendendo o cabelo e me abanando.

Senti o cheiro de perfume e manteiga quente na mesma hora, e até desviei o rosto de tão lindo que ele é.

S. olhou a barraca com garrafas de vidro e argolas de plástico, e depois pra mim, até que enfim. Juro que ele demorou no meu pescoço, mas na hora achei que fosse imaginação.

De qualquer maneira, fui consumida por uma agitação nervosa e acabei perguntando:

"Quer jogar?"

Ele deixou a pipoca de lado e pegou uma das muitas argolas espalhadas ali.

"Melhor não ficar de fora." Ele jogou a argola pra cima. "Dizem que é o melhor jogo da feira."

"Tá esperando o que, então?"

Soltei o cabelo, deixando cair no ombro à mostra. Como os olhos dele ficaram acompanhando o movimento, me atrapalhei toda.

Recolhi umas argolas e pus na pilha de S., que conseguiu pegar duas antes que caíssem no chão.

"Cinco dólares." Estendi a mão.

"Só aceita dinheiro?"

"Com cartão sai quinze."

Ele parou de rir quando levantei a sobrancelha.

"Eu devia saber que você não tava brincando." S. revirou o bolso, e deu pra ouvir o barulho das moedas. "Deixa eu adivinhar: você acabou de descobrir que a taxa da maquininha financia um grupo antifungo horrível, e você é fã de cogumelos."

Aí eu que ri.

"Sou fã de cogumelos mesmo, mas não é isso. Gosto das maquininhas. Uma mão na roda pra pequenos negócios. Mas aqui eles usam aquelas de acoplar no celular, e eu esqueci a minha com a sra. Langley, aí ia precisar ir atrás dela e também do diretor pra conseguir um adaptador, porque o meu aparelho não é compatível. E o principal...", arranquei a nota de cinco dólares da mão dele, "... é que esqueci de baixar o aplicativo, o que é sempre um pé no saco."

S. parecia estar segurando o riso, como se toda a vontade estivesse acumulada nos olhos brilhantes.

Ele pigarreou. "Justo."

Expliquei as regras e saí da frente, e ele tirou o cabelo dos olhos pra se concentrar nas garrafas de vidro.

Com cuidado, S. jogou dez argolas e errou todas. Ele já estava com a mão no bolso pra tentar de novo quando enfiei na cara dele uma bola de basquete do St. Louis Cardinals.

"O que é isso?" O olhar dele estava desconfiado.

"Seu prêmio."

"Mas não acertei nenhuma."

"Porque é um jogo viciado." Eu apoiei a bola na banca. "Você não tinha como ganhar mesmo." Mostrei como a argola era ligeiramente mais estreita do que o gargalo. "Tô fazendo a minha parte, devolvendo o poder ao povo."

S. sorriu olhando pros pés e balançou a cabeça.

"Agora tudo faz sentido. Você estava distribuindo os prêmios."

"Só tô dando o que essa brincadeira roubou de inocentes ao longo das décadas."

Ele se debruçou no balcão, desconfiado.

"O diretor não vai ficar bravo?"

"Por quê? Você vai me dedurar?"

"Claro que não." Algo sombrio passou pelos olhos dele. "Gostei que a gente tem um segredo."

Não sou do tipo que desmaia. De verdade. Mas aquela voz baixa me deixou meio zonza. Enquanto S. ia embora, tentei esvaziar a cabeça, porque ou eu estava imaginando coisas, ou S.

tinha dado em cima de mim. Não costumo ser insegura, mas a verdade é que eu achava que não era o tipo de S.

E ele era o meu?

Essa é a mágica de S.: ele é o tipo de todo mundo.

Mesmo quando você acredita que não.

Depois da feira, não consegui parar de pensar nele. E comecei a perder a esperança quando não vi S. na escola a semana toda. Talvez tivesse sido invenção mesmo.

Então, um dia depois da escola, pegando um café gelado no Honey Bean, a gente se trombou, e derramei toda a bebida na camiseta dele.

"Ah, merda! Desculpa, desculpa! Me deixa... eu vou..."

Me estiquei pra pegar um punhado de guardanapos. Comecei a enxugar freneticamente o tecido ensopado. Ele segurou meu pulso com cuidado. Eu vinha evitando olhar pra ele, mas foi inevitável levantar a cabeça.

Ele deu risada.

"Tá tudo bem, Hayley. Eu estava correndo até agora."

Aí percebi o que S. estava usando, senti um friozinho na barriga e fechei os punhos com força. As roupas eram simples, short e camiseta cinza, mas os braços e as panturrilhas eram arte. Tão esculturais que virei uma idiota.

"De verdade. Tô todo suado e nojento. Agora o cheiro deve estar melhor." Ele continuava segurando meu pulso. "Eu te compro outra bebida."

S. pagou um café gelado pra mim. Imaginei que ele tivesse coisas pra fazer, amigos pra ver, mas arranjou duas poltronas num cantinho aconchegante e... ficamos ali conversando.

Bom, eu falei e ele escutou. Tipo, escutou de verdade. Por causa daquele olhar penetrante e encantador, eu contei coisas que só E. sabe. O jeito dele meio que me convencia a ser honesta. Eu me senti vista. E forte. Como se a merda toda da vida não fosse culpa minha.

Eu queria o número dele. Mas tinha medo de passar o meu. Medo de ele falar que só estava sendo legal.

No fim das contas, não precisei fazer isso.

"Me empresta o seu celular."

Assim, ele gravou o contato na agenda.

"Agora você tem o meu número. Se precisar de alguma coisa, qualquer coisa, pode ligar. Ou mandar mensagem."

Deu vontade de perguntar: E se eu estiver precisando da sua boca?

S. abriu um sorriso simpático. Bondoso, até. Eu fiquei pensando que ele só estava sendo gente boa, um bom amigo.

Até que um dia fui parar numa noite de microfone aberto num bar da cidade. P. tinha feito alguma coisa que me deixou puta (qual é a novidade?). Todo mundo já estava dormindo, porque era dia de semana, e eu não queria incomodar. Principalmente E. Ia ter prova no dia seguinte, e eu me importo mais com as notas dela do que com as minhas.

Eu estava vendo stand-ups meia-boca e bebendo vodca com refrigerante. O atendente ficou vidrado no meu decote, então não pediu a minha identidade, e aos poucos eu fui ficando bêbada. Não tinha esse hábito. Mas as semanas anteriores tinham sido difíceis.

Eu não estava pensando direito. Num minuto, P. gritou comigo, no outro eu estava com a cara no segundo drinque.

No terceiro, eu sabia que estava encrencada.

Precisava de uma carona, mas fiquei com vergonha de ligar pros amigos. Não podia acordar ninguém só porque não sabia me controlar.

Então lembrei daquela oferta.

Antes de pensar nas consequências, mandei uma mensagem.

"Se estiver por perto preciso de carona. Mas SÓ se for caminho." Eu via a tela desfocada, e os dedos pareciam grandes demais pros botões.

"Onde você tá?"

Três palavras que fizeram eu me arrepiar toda.

Ele chegou muito rápido, talvez estivesse mesmo por perto. Paguei a conta e cambaleei pelo estacionamento, onde S. me encontrou sério e sombrio. Quando viu como eu precisava de apoio pra andar, veio na minha direção.

"Hayley, você tá bem?"

Tentei me endireitar, mas tombei na mesma hora. S. me pegou quando meu corpo inteiro ia cair nele.

"Acho que não", ele murmurou perto do meu rosto.

"Você veio."

"Claro que sim."

S. me ajudou a entrar no banco do passageiro do carro e afivelou o cinto de segurança.

Devo ter pegado no sono depois de passar o endereço, porque quando vi ele já estava me tirando de lá. Continuei abraçando o pescoço dele.

"Você é perfeito", sussurrei.

"É a bebida falando. A sua mãe tá em casa?"

"Esssá, mas p-provavelmente no décimo sono. A gente brigou, ela deve ter misturado remédio e vinho." Enterrei o rosto nele. "O seu cheiro é perfeito."

"Merda, não quero que a sua mãe... Fica quietinha, tá?"

S. abriu a porta com a minha chave. Enquanto eu me trocava, ele foi na cozinha pegar água e encontrou o ibuprofeno.

Eu fui pra cama, de short e regata. S. congelou na porta, e seus olhos passaram pelas minhas pernas compridas e se fixaram no meu umbigo de fora. Depois de demorar um pouco de olhos fechados, foi muito objetivo.

Mas eu tinha percebido tudo. E, nossa, como queria ver de novo.

"Deita de lado. Põe os travesseiros nas costas pra te segurar. Tem água e remédio aqui. Vou deixar na mesinha."

Ele se ajoelhou, e nossos olhos ficaram na mesma altura. O luar entrava pela persiana, uma faixa iluminou bem os olhos dele.

"Você me acha bonita?", sussurrei.

Ele parecia mais receptivo.

"Acho que você tá bêbada, Hayley", também sussurrou, então tirou o cabelo do meu rosto. "Manda mensagem amanhã? Pra eu saber que você tá bem?"

Puxei o rosto dele pra perto, deixando só uns dois centímetros entre os nossos lábios. Ele até parou de respirar.

"Quero te beijar agora. O que você faria?"

Ele fechou bem os olhos e soltou o ar com força.

"Hayley." Sua voz soou mais rouca. "Pergunta outra hora? Se não esquecer essa conversa."

Não esqueci, claro.

No dia seguinte, acordei de ressaca e horrorizada. Morrendo de medo de ter estragado tudo com S.

Eu lembrava que ele tinha pedido pra mandar mensagem. E perguntar outra hora.

Quando voltei a ser eu mesma, perguntei se dava pra gente se encontrar mais tarde. S. falou pra eu ir na casa dele depois da escola.

Pus um vestidinho amarelo e decotado. Destacava os olhos e o cabelo ruivo.

S. ficou impressionado na hora de abrir a porta. Não esperei, entrei direto. Estava tremendo de tanto que queria dar aquele beijo.

Me apoiei na bancada da cozinha.

"Hayley?"

S. estava bem atrás de mim. Eu sentia o calor do corpo dele. Então me virei.

"Vou perguntar de novo." A voz saiu rouca. "O que você faria se eu te beijasse agora?"

O peito de S. subia e descia devagar, de propósito. Como se ele tentasse manter a calma. Porém eu via uma tempestade nos olhos dele.

"É mais fácil mostrar."

Fomos na mesma direção, ao mesmo tempo.

A boca dele já estava aberta e ansiosa. S. passou a língua no meu lábio inferior, e eu abri, querendo que me devorasse e me engolisse.

Puxei S. pelo cabelo. Ele gostou e gemeu. Quando lambeu minha boca, eu gemi. As mãos fortes pegaram as minhas coxas e me puseram sentada na bancada.

Eu enlacei S. com as pernas, encaixando juntinho.

Recuei, soltando uma exclamação, quando senti seu corpo no meu.

"É isso que acontece quando você me beija. Cara, é isso que acontece só de pensar em te beijar."

Aquele rosto lindo ficou louco de vontade. Despertou algo em mim que eu não sabia que existia. S. passou as mãos pelo meu corpo, me puxando pelas coxas.

"Você não é bonita, Hayley", ele disse tão gostoso, beijando meu pescoço, meu maxilar, minha clavícula. "Você é maravilhosa."

Eu tremia como uma folha.

"Preciso..."

"Shhh." Ele me tranquilizou, depois mordeu meu lábio inferior e chupou. "Eu sei. Calma."

Tudo começou como um pequeno incêndio, chamas esquentando num círculo de pedras.

Agora é um desastre ambiental, queimando florestas, países, planetas. Impossível parar. E por mim tudo bem. Já sei que isso vai me consumir até o fim.

11
ella

São cinco e meia da tarde. Hora de soprar o apito, nos próximos dez minutos só adultos podem entrar na piscina. Apito três vezes e enxugo o suor dos olhos, enquanto Seema me acompanha, no posto de salva-vidas oposto ao meu.

O lugar onde trabalhamos tem uma piscina olímpica, além de uma recreativa pequena e outra infantil, com um cogumelo jogando água. O complexo chamou bastante atenção no início. Quando eu era pequena, costumava imaginar que estava nas Olimpíadas, dando o máximo a cada braçada e fingindo que uma medalha de ouro me aguardava ao fim.

Parece que foi há um século, um sonho de outra pessoa. Agora crianças emburradas saem da piscina para um monte de adultos nadarem nas raias.

Seema está tamborilando nas pernas enquanto olha concentrada para o céu.

— Não fala nada — ela diz antes que eu tenha a chance. — Tô quase lembrando quais condições tornam uma amostra de urânio supercrítica. Bom, além de ser amiga de uma das minhas tias.

Abro um sorriso compreensivo.

— Química avançada?

Seema suspira, massageando a têmpora.

— Pois é. Tem uma prova importante amanhã. Como eu vou passar em veterinária se não entendo essa merda?

Dou um sorriso. Seema é brilhante e sempre tira A em química avançada. Só que ela quer tirar A mais. Compreensível. Lembra uma garota que eu conheci, chamada Ella, cujo maior medo era tirar B menos.

— Quer mais tempo pra estudar? Posso fechar aqui sozinha.

— Sério? — Ela olha para o vestiário. — Mesmo com o eletricista? Você ficou meio surtada quando ele apareceu.

Minha amiga não está errada. Logo que bati o ponto, tive uma surpresa desagradável ao trombar com Sean falando com meu chefe, Kyle, sobre o problema elétrico. Mas não é como se eu fosse ficar nesse lugar com as luzes piscando como num filme de terror. Sean prometeu a Kyle que resolveria rapidinho, e fora uma piscadinha discreta, nem se importou comigo ali.

— Ah, aquilo? Não foi nada. — Dou de ombros, porque não vale a pena explicar. Sinceramente, não consigo acreditar que o Sean voltou com a Phoebe. — Acho até que o cara já foi embora.

Ela franze a testa, cética.

— Certeza? Porque eu posso...

— *Seema*. Não me faça ir atrás do Kyle pra ele te mandar embora.

— Tá bom, tá bom. — Ela dá um riso aliviado de gratidão. — Ella, vou te dedicar o primeiro par de testículos de cachorro que eu cortar fora.

— Nossa, não, por favor. — Faço uma careta.

Assim que as atividades se encerram para o público, deixo Seema ir para casa e começo a pôr tudo em ordem. Sem vidas para salvar ou amigas com quem conversar, nada me impede de pensar na minha atual obsessão, que é a única coisa em que eu *não* deveria pensar:

O que li no diário de Hayley.

Foi muito mais do que eu esperava. A mera lembrança faz meu corpo esquentar. Sinto as bochechas ardendo, embora o sol já tenha se posto.

Eu não fazia ideia de que o relacionamento de Hayley e Sawyer era tão... intenso.

Sempre que lembro uma frase ou um detalhe, dá um frio na barriga.

Porém fiquei feliz. É um bom lembrete. Eu sempre soube que os dois se amavam, mas nunca tinha visto como era *profundo*. Não era só amor, era amor *de verdade*.

Vi Sawyer fazer coisas que não eram exatamente românticas. Como segurar o cabelo e fazer carinho nas costas de Hayley quando ela tomou tequila de mais numa festa. Ou limpar a caixa de entrada dela, passando de 873 e-mails não lidos a zero, quando ela estava ansiosa demais para ver se tinha deixado passar algum prazo importante. Ele era devotado e extremamente protetor, apesar dos altos e baixos. E se mostrou ainda mais nos últimos meses, antes de... bom, *antes*.

Não que Hayley nunca ficasse triste. Pelo contrário. Ela chamava as ondas de tristeza de "trincheiras do desespero". Intensas, porém breves. Quando Hayley achou que o BTS tinha acabado, passou dois dias sem falar com ninguém (nem comigo!). Melhorou no terceiro dia.

— Saí das trincheiras — ela disse, animada.

Porém a melancolia e o isolamento antes do fim foram um pouco diferentes. Tudo tão gradual e discreto que não consigo determinar quando começou. Sawyer e eu bolávamos teorias, sussurrando ao procurar sinais que pudéssemos entender e maneiras de apoiá-la.

Como alguém que sofreu com a pressão do segundo ano, ficou claro para mim que ser capitã da equipe de atletismo, além da iminência das provas finais, estava cobrando seu preço. No entanto, Sawyer não tinha tanta certeza. Sempre que ele ia buscar Hayley em casa, seus olhos ficavam vermelhos de choro. Phoebe chegou a seguir a filha até o carro, gritando e caindo de bêbada. Sean estava sempre à espreita na casa, assistindo às brigas das duas, às vezes até participando.

Quando eu questionava, Hayley só dava de ombros.

— É só a Phoebe sendo a Phoebe. Ela nunca vai mudar. Vou dar o fora assim que fizer dezoito anos.

Então eu me calava, porque aquilo estava além da minha capacidade. Meus pais completaram vinte anos felizes de casados. Que conforto eu podia oferecer se meu pai jantava em casa toda noite, e minha mãe decorava os horários das aulas e sabia o nome de todos os professores?

Eu não sabia como era viver num lar conturbado.

Sawyer, sim. Nunca entrou em detalhes, mas Hayley dizia:

— Sawyer entende.

Ele amava Hayley com uma compaixão e uma empatia que eu nunca seria capaz de oferecer. E ela o amava.

De repente, já terminei tudo e estou parada há não sei quanto tempo, olhando para a água da piscina. Meus dedos tocam o pingente do colar. É pequeno, porém parece pesado como uma pedra.

Que constatação triste. Inegável. Um amor assim, ainda mais o da minha melhor amiga, precisa ser honrado, preservado. Fecho os olhos e solto o ar devagar, com tanta vergonha que preciso sufocar os pensamentos.

Não é tarde demais. Ainda posso consertar as coisas. Já fiz essa promessa, mas agora é sério.

Nunca mais vou falar com Sawyer.

Ainda perdida em devaneios, sigo para o vestiário, ouvindo o som do chinelo ecoando pelo piso molhado. Ao tirar a mochila do armário, as luzes se apagam.

Sou imediatamente engolida pelo breu.

— Merda — grito, assustada. Fico esperando.

Nada acontece.

É claro que Sean fez um trabalho porco. Patético. Procuro o celular às cegas. Como as pessoas faziam antes dos smartphones com lanterna? Ouço um barulhão num canto distante. Então uma voz grave xingando.

— Oi — digo, fraco — Angus?

Angus é o zelador da noite. Um babaca inofensivo.

Silêncio.

Depois passos se aproximando.

— Angus? — repito mais baixo. Sem resposta, o batimento cardíaco acelera. Volto a procurar o celular, porém minhas mãos tremem demais.

Assustadoramente perto do meu ombro, ouço um som metálico alto, como a porta de um armário se fechando. Por instinto, viro nessa direção, e meus olhos ardem por conta de um foco estreito de luz.

— Sou só eu, Ella. Não se mexe.

Antes que eu identifique a voz, alguém me sacode pelos ombros. Solto um grito, então reconheço o cabelo loiro-acinzentado emoldurando o rosto de beleza rústica, os olhos verdes e brilhantes. Quando o reconheço, o medo só cresce.

Quem olha para mim, segurando meus ombros com tanta força a ponto de me imobilizar, é Sean.

12
ella

— Já falei pra não empurrar, Ella. — Os dedos de Sean apertam mais meus braços. — A menos que queira morrer.

Meu coração bate tão depressa que poderia explodir.

— Olha. — Sean aponta a lanterna para a fileira de armários. No chão tem esse monte de cabos elétricos pretos, com fios de cobre retorcidos nas pontas. Tem faísca. Estão ligados.

— Não sabia que ainda tinha alguém aqui. Sem querer ofender, mas o seu chefe não sabe nada de elétrica. A fiação tá toda zoada. Preciso refazer praticamente tudo. Tá vendo aqueles fios?

Ainda tremendo, passo a língua nos lábios.

— Se... se eu tivesse encostado ali...

— Isso mesmo. Churrasquinho de Ella.

Sean me solta, e eu me encolho. Aparentemente, ele salvou minha vida.

Então por que ainda me sinto em perigo?

As sombras fazem o rosto de Sean ficar mais anguloso e o sorriso, mais cortante.

— Não quis te assustar, garota. — Ele acena com a cabeça para os fios. — Sei que parece ruim, mas tô quase terminando. — Seus olhos me examinam de cima a baixo. — Só tem você aqui? Precisa de carona?

— *Não* — digo rápido demais.

Sean dá risada.

— Vou tentar não levar pro pessoal. Sei que a gente não se conhece direito, mas... você é praticamente uma Miller. E eu cuido das minhas garotas.

Quanta besteira.

Ou não? Talvez sem ele eu tivesse virado mesmo churrasquinho.

— Bom — o cara interrompe meus pensamentos ansiosos —, se mudar de ideia...

Sean volta a me olhar daquele jeito, dessa vez mais devagar. Com uma onda de náusea, eu lembro que ainda estou usando o maiô vermelho de salva-vidas. Pelo menos não é um biquíni.

Mas de qualquer maneira é uma roupa de banho, e Sean está me secando. Sem dizer mais nada, recolho minhas coisas e saio o mais rápido possível.

Corro até o ponto de ônibus. Assustada, ainda de maiô, com o chinelo batendo no chão e os olhos arregalados. Preciso recuperar o fôlego, mas fico aliviada por não ter mais ninguém aqui.

Porém o alívio passa logo.

Fico agoniada com a solidão. Um poste zumbindo lança uma luz amarelada nessa ruazinha. O silêncio opressivo é interrompido apenas pelas folhas secas arrastadas no concreto pelo vento.

A qualquer momento, Sean vai sair do estacionamento. Não sei explicar, mas estou *morrendo de medo* de que a van manchada de tinta pare na minha frente sem nenhuma testemunha.

Talvez seja exagero. Se tivesse aceitado a oferta dele, podia estar em casa, debaixo das cobertas depois de um banho quente.

Então penso em como a malícia daqueles olhos passando pela minha pele me deixou desconfortável. Imaginação ou não, sei o que senti.

Mais dez minutos, nada de ônibus. Estou quase ficando maluca quando ouço uma buzina alta.

Eu me viro, sem fôlego.

Faróis se aproximam.

De repente, algo mexe com a química do meu cérebro. Estou aqui, mas também estou longe. Volto a quatro meses atrás, no meu carro, ao lado de Hayley.

Faróis no retrovisor. Como duas chamas, claras como o dia.

Aperto os olhos de tão claras.

Tem uma curva pra esquerda. Viro o volante nessa direção.

Só que o carro vai pra direita. Não sei o que tá acontecendo, tem vidro estilhaçado em toda parte, alguém grita e...

— Ella?

A voz interrompe a visão — ou reconstituição? —, e eu retorno ao corpo. Abro um olho. Tem um carro parado aqui. Os faróis formam dois círculos sobrepostos no asfalto.

Ainda estou tão abalada pela imagem do que imagino ser a primeira lembrança daquele dia que mal noto Sawyer Hawkins no volante. Aí um calor se espalha do estômago ao peito. *Graças a Deus*.

— E aí, vai entrar ou não? — Sawyer inclina a cabeça e sorri.

Sinto um friozinho na barriga. Então caio na real. *Ah, não*, penso. *É Sawyer*. O friozinho vira gelo.

Sawyer está paciente, à espera de uma resposta.

— Eu... tô esperando o ônibus — digo, sem convicção.

Ele faz que sim, como se fosse algo perfeitamente normal. E puxa o celular para digitar furiosamente.

— Deve chegar a qualquer minuto — digo só para quebrar o silêncio.

Sawyer não tira os olhos da tela.

— Só por curiosidade... até quando você ia esperar, Graham?

— Até chegar o próximo.

— Daqui a onze horas?

— *Oi?*

Sawyer mostra o aplicativo de transporte público. No lugar da lista de horários, há letras grandes em negrito:

ROTA SUSPENSA

Inacreditável.

Massageio a testa. Sawyer aguarda a informação ser processada. Então dá uma boa olhada no banco vazio do passageiro e depois para mim.

Não posso aceitar.

— Anda. Esse Uber talvez tenha ar-condicionado e rádio. — Ele faz careta. — Ênfase no "talvez". Mas confesso que só pega a estação da faculdade comunitária.

Por que ele é fofo assim? Preciso fazer um esforço enorme para balançar a cabeça.

— Não quero te atrapalhar. A gasolina tá cara. Posso ligar pros meus pais...

Surge uma van branca com o farol cada vez mais forte. Sean.

— Pensando bem... — Jogo a mochila pela janela, já entrando.

— Graham? Você tá bem? — Sawyer pisca algumas vezes.

— Tô. Pode ir.

Não consigo puxar o cinto. Tento mais forte. Nada. Começo a entrar em pânico.

— Calma, calma, deixa... comigo.

Sawyer volta o cinto à posição original e puxa com cuidado. Ele afivela certinho.

Congelo.

Seu rosto fica a centímetros do meu. Ele cheira a couro e suor. A cicatriz branca na sobrancelha está tão próxima que dá vontade de tocá-la.

Sawyer acaba encostando no meu quadril.

— Viu? É só ir devagar. — A voz é tranquila.

Sua respiração na minha orelha desperta uma sensação poderosa tanto na pele quanto na barriga, quente e densa como mel. Noto algo que pode me consumir por completo, algo que me atrai, algo que extingue brevemente qualquer lembrança de juras solenes e promessas aos mortos.

Quando Sawyer se afasta e engata a marcha, estou tremendo. Onde o verdadeiro perigo se encontra: lá fora ou dentro do carro?

13

sawyer

Vejo de relance o perfil de Ella ao luar.

Depois de anos na mesma classe e, claro, das inúmeras horas que passamos juntos, graças a Hayley, sei ler razoavelmente bem essa garota.

Ella estala os dedos quando está impaciente. Dá um sorrisinho torto quando sabe responder os professores ou se sai com uma mão boa no pôquer. Olha para os próprios pés se está triste. (Ultimamente, faz isso o tempo todo.) E, quando não para de balançar os joelhos, como agora...

Bom, isso significa que está surtando.

— Então — digo para tranquilizar —, quer que eu ponha um som mais experimental?

— Experimental? Claro.

Ligo o rádio. Depois da estática e de uns zumbidos, fica nítido o som de violinos tocando notas rápidas e dissonantes. Aí dão lugar a um choro baixo.

Ella fica encarando o rádio como se não acreditasse no que está ouvindo.

— Eu disse "som", e não "música". É tarde e ninguém ouve essa rádio mesmo, então esse horário é dos alunos que querem ser o próximo Banksy.

Finalmente um cara começa a falar.

— O que você acabou de ouvir foi uma peça escrita por mim chamada "A repercussão", composta de quatro violinos desafinados e um choro de bebê reduzido em dezesseis semitons. Dezesseis, o número de fios de cabelo que você deixou no travesseiro, Helen. E não sobrou mais nada. Por favor, Helen, volta. Não vou mais ensaiar em casa. Eu prometo...

Ella desliga o rádio e olha para mim.

Então caímos na risada.

— Não pode ser verdade — ela diz.

— Pelo menos foi curto. E até que tinha uma história. Semana passada, tocaram vinte minutos de afinação de piano.

— E você ficou ouvindo por *vinte minutos*?

Coço a nuca, meio constrangido.

— Achei que ia virar alguma coisa. Gosto de jazz improvisado, talvez fosse... tipo, a preparação de um número grandioso. — Dou um olhar tímido e fico feliz que seus joelhos sossegaram e seus ombros relaxaram. — Quer falar disso?

Ella fica tensa.

— Disso o quê?

Reviro os olhos.

— Vai, Graham. Você estava com cara de que um tiranossauro ia aparecer derrubando árvores a qualquer momento.

— Hum. Acho que teria sido melhor — ela murmura, então fica mexendo os dedos sobre as pernas, em silêncio. — O complexo tá com um monte de problemas elétricos. E adivinha quem vai resolver?

Aperto o maxilar e sinto o sangue ferver.

— Sean.

Ela confirma com a cabeça, mordendo o lábio.

— Ele estava trabalhando no vestiário. Eu que fechei sozinha hoje, então só tinha eu lá. Ou foi o que pensei. Quando ia pegar as minhas coisas, a luz apagou. Já fiquei nervosa, aí Sean apareceu do nada... Entrei em pânico, tentei fugir, mas ele me agarrou...

— *Ele te agarrou?*

— ... pra eu não encostar num monte de fios desencapados.

— Aquele babaca deixou fios desencapados em pleno vestiário?

— Ele não sabia que tinha gente. Só estava trabalhando. — A voz sai fraca, insegura. Tento reprimir a raiva e dar espaço.

Ella põe as mãos no rosto.

— Nossa, não sei por que tô defendendo o cara... É tão confuso. Tipo, ele estava cumprindo a função. Meio que salvou a minha vida. Ofereceu uma carona e não insistiu quando eu recusei. Ele não fez nada, mas quando olhou pra mim, senti que... queria ser uma tartaruga pra me esconder no casco pra sempre.

Ela se vira para a janela, balançando mais os joelhos.

Pensamentos absurdos inundam minha mente. Será que eu poderia criar uma pequena carapaça para Ella carregar por aí, mas de tamanho suficiente para ter um cantinho da leitura? Será que algum dos imbecis da SpaceX já descobriu como criar uma capa da invisibilidade? Se sim, quanto deve custar?

Será que alguém se importaria de verdade se Sean desaparecesse misteriosamente?

Balanço a cabeça.

— Também não sei se o Sean ia fazer alguma coisa, mas a pessoa não tem que *fazer* alguma coisa pra ser errada. O modo como você se sentiu... não é coisa da sua cabeça. Que zoado. Sinto muito, mesmo.

Hayley gostava de proteger Ella. Tentava esconder as piores partes de sua vida da melhor amiga. Nesse caso, para o mal de Ella. Ella precisa saber por que Sean é encrenca. Não foi imaginação.

— A Hayley implorou pra Phoebe terminar com o Sean.
— É mesmo? — Ella sussurra.
— A gente só conversou sobre o assunto uma vez. Você sabe como a Hayley era, não gostava de falar de... bom, voltando. O Sean secava a Hayley o tempo todo. Mesmo. Ele sempre dava um jeito de aparecer no corredor quando ela saía do banho enrolada na toalha.

Ella põe a mão na barriga, tão enojada quanto eu, porém não diz nada.

— A Hayley disse que o pior de tudo foi a Phoebe não se importar. Não terminou com o Sean. Na verdade, sabe o que a mulher disse? "Aproveita. Você não vai ser bonita pra sempre."

— Ah, não. Não é possível. Ah, *Hayley*...
— Eu sei.

O que mais posso dizer? Eu não suportaria entrar em detalhes, sobre como desconfiava que Hayley estava escondendo algo mais a respeito de Sean. Talvez tivesse outros motivos para ficar com medo.

— A Phoebe voltou com ele, acredita? — Ella diz, baixo.

Fico indignado.

— Não.
— Pois é — ela sussurra.

A fúria toma conta do meu corpo. Mas não sei por que estou surpreso. Phoebe não se importava com a vontade de Hayley quando a filha estava viva; por que ia se importar agora que estava morta?

Os lábios de Ella ficam tensos.

— Achei que a Hayley me contasse tudo. Por que não falou o que estava rolando com a Phoebe e o Sean? Tipo, achei que o estresse fosse por causa do atletismo! — Ela enterra o rosto nas mãos. — Pensando nos últimos meses agora... Como fui tonta. Não imaginava... o que mais a Hayley não me disse?

Tento me controlar, mas a culpa vem com força total. Então retomo meu novo hábito: reprimir e ignorar tudo.

— Ella, a Hayley foi muito sortuda por ter você como melhor amiga. Sério. Olha. Se estivesse rolando um lance realmente importante, ela... ela teria contado.

— É impossível não sentir que fui relapsa. — Ella hesita. — Talvez porque não consigo lembrar do dia do acidente... — Sua expressão muda. — Mas acho que voltou um pouco. Quando vi os faróis do seu carro, foi tipo um gatilho. Tive, sei lá, um flashback. Daquela noite, talvez.

Tamborilo os dedos no volante, e o coração acelera.

— Nossa. Sério?

— É. Desde que acordei no hospital, nada. Eu já estava perdendo a esperança de recuperar a memória, apesar do que os médicos disseram. Aí o seu carro se aproximou, e foi como se eu estivesse lá. — Ella olha para as próprias mãos. — Senti como segurei o volante e tudo mais.

Enxugo o suor das palmas na calça jeans.

— Só isso?

— Mais ou menos. Lembrei das luzes fortes no retrovisor. E acho que foi assim que eu perdi o controle da direção, porque num segundo eu estava olhando para o espelho, e no outro cacos de vidro voaram pra todo lado. — Respiro fundo para desacelerar o coração. — Mas o que tá me deixando maluca é que parece que vou conseguir lembrar mais. Tipo, fiquei com a sensação de que não é só isso. Mas é como pegar uma bolha de sabão: estoura sempre quando chego perto.

Dou uma pigarreada de leve.

— Então talvez... seja melhor não pensar nisso.

Vejo Ella franzir a testa.

Cuidado, Sawyer.

— Graham, você teve um dia péssimo. Recuperar uma partezinha da memória já é incrível. Mais um passo rumo à normalidade. Só que... talvez seja melhor andar antes de correr. Dar um tempo pro seu cérebro.

Sinto o peso dos olhos de Ella. Ela suspira e balança a cabeça.

— É, tem razão. Saber mais não vai trazer nada além de dor.

— Aham. Exatamente.

Estou me acalmando.

— Você tá bem, Sawyer?

Agora é ela que me olha preocupada.

— Tô. Claro. Por quê?

Engulo em seco. Fico mais agitado.

— Sei lá. — Ella se mexe no banco, desconfortável. — Tenho medo... medo de te chatear, falando sobre a Hayley e aquela noite. Não quero que me odeie.

Solto uma risada.

— Não, Ella. — Dou um suspiro. — Relaxa. Tipo, não me entenda mal, óbvio que não é o meu assunto preferido. Mas te odiar é bem difícil. Talvez impossível.

Mas você me odiaria se soubesse.

— *Talvez*? Então ainda tem chance?

— Talvez.

Ela ri.

— Tudo bem, eu aceito.

Alguns minutos depois, paro na frente da casa dela. Quando desligo o carro, Ella ergue uma sobrancelha.

— O que foi?

— Impressionante você ainda lembrar o caminho. — Ela sorri, com os olhos baixos. — Faz tempo.

— Como eu ia esquecer? A minha queridinha mora aqui.

Ela arregala os olhos, ficando vermelha das bochechas até o peito.

Eu me inclino e falo baixo, em tom de provocação:

— Não fica se achando, Graham. Tô falando da Edna.

Ella bate no meu ombro.

— O nome da gata é *Midna*, seu tonto!

— Ai, para! Tá, sou um tonto mesmo.

Dou risada. Ella me olha feio e cruza os braços. Suas bochechas estão vermelhas, e ela evita meus olhos. Continua corada.

De repente, fico *muito* consciente do fato de que estamos só nós dois no carro. Meu coração fica acelerado por causa da vermelhidão que se estende do pescoço até a clavícula, o decote e tudo o mais de Ella. Que vontade de seguir o rastro e descobrir onde termina exatamente.

Percebo, horrorizado, que estou olhando em silêncio para o peito dela. Entro em pânico, porém Ella não parece notar, concentrada na minha sobrancelha.

— O que é essa cicatriz? — pergunta, baixo. E aperta os olhos. — Desculpa. Que falta de educação. Eu não devia...

— Para com isso. Tudo bem. E chega de pedir desculpa, lembra?

Fico esperando Ella me encarar. Mesmo no escuro, seus olhos continuam cor de mel.

Toco a linha branca que corta minha sobrancelha esquerda.

— Tenho desde pequeno.

Ela franze a testa, o que faz as sardas se juntarem no meio do nariz.

— E aí?

— Só isso.

— Você caiu de bicicleta?

— Não.

— Brigou com um vizinho?

Uma mecha escura fica na bochecha quando ela inclina a cabeça.

— Não.

Ella morde o lábio inferior, pensativa. *Nossa*.

— Já sei. Você é um príncipe dobrador de fogo que foi banido depois de desafiar o próprio pai. — Faz um barulhinho com a boca. — E perdeu. Tipo em *Avatar*.

— Quase — murmuro. A mordida deixou o lábio dela úmido, inchado e rosa. Não consigo parar de olhar. Nem de imaginar.

— Posso tocar? — ela sussurra. — A cicatriz.

Minha pele parece quente demais. A vontade está ficando insuportável.

Parei de olhar para qualquer coisa além da sua boca.

Ela parou de fingir que não notou.

É impossível evitar. Me inclino para a frente.

Então alguém bate com força na janela.

Ella e eu nos afastamos assustados.

Jess, sua irmã mais nova, acena ansiosa. Ligo o carro para baixar o vidro do passageiro.

— Mamãe tá te chamando. Vai rápido. Ela... não tá feliz.

Ella mexe no cabelo e encosta na bochecha, sem jeito.

— Já vou, só um segundo. — Aí parece refletir. — Espera, por que a mamãe tá brava? Ela sabe que é dia de trabalhar até tarde.

Jess morde o lábio.

— A culpa é minha, desculpa. Ela ficou preocupada que você ainda não tinha chegado, e eu falei pra relaxar, porque você já estava aqui, conversando com um garoto num carro...

Ella fica pálida.

— Ah, não. Não, não, não. — Ela se apressa para pegar as coisas. — Muito obrigada pela carona, Sawyer. Desculpa, mas minha mãe vai me matar se eu não for agora. Te vejo na escola!

Ela bate a porta do carro e sai correndo.

Jess acena para mim antes de seguir a irmã. Fico sozinho, no olho do furacão. O que exatamente acabou de acontecer?

O que *quase* aconteceu?

Descobri como vou me manter longe de Ella.

Não vou. Não consigo. Simples assim.

14
ella

Depois que acalmei minha mãe e me fechei no quarto, voltamos a falar na maior inocência por mensagem.

E

> Boas notícias! Não vou ser executada. Quando a minha mãe ficou sabendo que era VOCÊ e não um cara qualquer, pediu pra agradecer a carona e mandar um oi pra sua mãe e pro Callan.

S

> Bom saber. Vou cancelar a equipe de resgate.

Aí não paramos mais. Estou na aula de inglês, três dias e inúmeras mensagens depois, sem saber desde quando não sorria tanto. Por baixo da carteira, minhas mãos voam pelo teclado do celular.

S

É sério isso? Você tb tem educação física na terceira aula e não me deu oi?

E

Ah, eu sei que nunca se deve interromper uma disputa exibicionista com o Thomas Jones. Ainda mais quando o cara em questão tá perdendo.

S

Opa, Graham, não entendi a parte do "exibicionista". Fora que NUNCA perdi pro Thomas.

Mas espera aí.

Você me viu fazendo barra?

Fui bem?

E

Afe, às vezes esqueço que você é homem... Você sabe exatamente

> como fica fazendo barra. Minha opinião não vai mudar nada.

S

> Tá, mas quero saber mesmo assim.

Uma mão bate na minha carteira, e eu levo um susto.

— Ah, olha só quem voltou pro planeta Terra. — Seema vira a cabeça de lado. — Cara, se eu soubesse que você daria tanto trabalho, teria feito dupla com o Robert. E a única contribuição dele a aula toda foi fazer um show de laser com duas canetas. — Ela se debruça na carteira e bate no meu nariz com a ponta do lápis. — Então... O que você tá fazendo?

Algo que não deveria.

— Nada — digo depressa demais. — Só tô resolvendo um negócio.

O sorriso de Seema é muito espertinho para o meu gosto.

— Ah, claro. *Um negócio*. A gente tem que resolver mesmo *negócios* importantes. — Ela pigarreia, se fazendo de inocente. — Agora me diz, isso... ele... — seus olhos se iluminam — ou *ela* tem nome?

Suspiro, derrotada.

— Tá. Ele tem, sim.

Seema ergue a sobrancelha na mesma hora.

— Até que foi fácil. Desembucha!

— Fulano de Tal.

Que ódio de mim mesma.

— Filha da mãe.

Damos risada quando ela empurra meu ombro com força. A sra. Prescott baixa os óculos.

— Meninas, por favor. Estou com dor de cabeça, e vocês eram as boazinhas da turma. Já é difícil lidar com... Robert, chega. Todo mundo já foi no show de lasers na Stone Mountain, não precisa lembrar daquela coisa horrorosa.

— Desculpa — digo a Seema, em voz baixa. — Ando meio distraída. — Ela lança um olhar irônico. — Tá, sei que tô te ignorando totalmente.

— Verdade. Mas com certeza acertei tudo na prova de química. Se responder esse troço sozinha como punição, ficamos quites. — Seema sorri.

— Você já ia gabaritar sem a minha ajuda. — Sorrindo, começo a fazer o exercício de teoria da poesia. — E se você precisar disso um dia?

Seema faz um barulho de desdém.

— Se o Pablo Neruda ajudasse a castrar um cachorro, já teriam me avisado.

Meu celular vibra no bolso. Eu sorrio para a mensagem de Sawyer, respondendo rapidinho.

Seema arqueia a sobrancelha.

— Esse negócio tá bom, hein?

— Os negócios estão ótimos.

Termino a atividade com capricho e recebo outra notificação.

Desde a primeira mensagem na noite em que Sawyer me deu carona, sinto como se esquiasse uma montanha, ganhando velocidade lentamente. A cada conversa, digo a mim mesma que deveria desacelerar ou até parar. A culpa quer que eu tire os esquis e abandone a montanha. Mas respondo, sem nem pensar. Em vez de interromper a descida, vou contra o vento, e sou capaz de morrer se não tomar cuidado.

Quero parar. É sério.

Preciso parar.

No entanto, quando penso na voz baixa de Sawyer, na boca perto da minha, no arrepio no ventre só de ler uma frase, os motivos se dissolvem. Fico imaginando... será que tudo bem?

Ao longo desses quatro meses, tenho pensado na minha amiga sem parar — na Hayley que dava abraços de urso em quem amava, na Hayley que jogava a cabeça para trás quando ria. Mas a verdade é que Hayley não vinha sendo ela mesma antes do acidente. Se comportava de maneira irresponsável. Numa hora, queria ir até Tybee Island *imediatamente*, porque *precisava* ver o sol se pondo no mar. Na outra, perguntava se a gente podia ver Netflix com as cortinas fechadas e passava cinco horas sem dizer uma palavra.

Eu tinha atribuído tudo às brigas com Phoebe, à instabilidade da sua vida em casa, ao estresse de ser capitã da equipe de atletismo... porém devia haver algo mais.

Agora vejo que ela começou a se afastar de Sawyer, querendo sair sem ele.

— Vamos só as meninas — Hayley insistia.

Preciso terminar com Sawyer.

Do nada, a voz dela vem alta e clara. Acompanhada de uma imagem: Hayley na minha penteadeira, passando gloss com a mão trêmula. Paro na hora. É real? Outra lembrança ou um episódio que eu gostaria que tivesse acontecido? Uma ilusão para me sentir melhor sempre que uma notificação de Sawyer me fizer sorrir?

Independente da minha vontade, a cena parece verdadeira.

Hayley vinha passando por perrengues? Esse era o motivo da melancolia? Ela já não estava mais apaixonada por Sawyer? Tinha dificuldade de terminar?

— *A-hã.*

Seema está desconfiada.

— Quer contar alguma coisa?

— Eu só estava tentando... lembrar de uma coisa — digo, distraída. Porque talvez seja isso mesmo. *Acho que a Hayley ia terminar com o Sawyer aquela noite.*

O que isso muda? Nada? Tudo?

Prometi que não voltaria ao diário, porém pode ser importante. Preciso saber o que minha melhor amiga estava pensando, se há pistas do que acabei de recordar.

— Ella, se você precisa de aju...

— Pera aí. — Peço desculpa com os olhos, então pego um passe para circular pelo corredor e vou ao banheiro, tirando o diário da bolsa no caminho. Tem que haver uma explicação. Meus dedos tremem enquanto folheio. Começo a ler ao virar no corredor.

E dou imediatamente com um poste.

— Nossa, que livro imperdível — diz o poste.

Sem fôlego, guardo tudo e descubro que foi o sr. Wilkens.

— Desculpa. — Esfrego a testa. — Minha mãe sempre diz pra prestar mais atenção por onde ando.

Ele inclina a cabeça, com os olhos brilhando.

— Ah, isso eu não sei. É ótimo ver uma aluna distraída com um livro, e não com o celular. Acredite ou não, alunos trombam comigo o tempo todo. Porque estão ocupados demais com o Snapchat.

Solto uma risada surpresa.

— Você tem Snapchat?

Ele dá um longo suspiro.

— Assim parece que eu vi a roda sendo inventada, Ella. Sim, eu conheço o Snapchat. Na esperança de entender vocês, preciso aprender a usar as ferramentas de comunicação. Pensando bem, talvez essa frase dê mesmo a impressão de que eu sou da idade da pedra... Mas falando em comunicação... — O sr. Wilkens me olha atentamente. — Você tem uns minutinhos pra ir à minha sala? Quero saber como você está.

Com tudo o que está rolando, talvez não seja a pior ideia do mundo conversar com o psicólogo da escola. Melhor do que voltar para a aula, pelo menos.

Quando chegamos, o sr. Wilkens aponta para a variedade de poltronas e se acomoda na própria cadeira.

— Pode sentar onde quiser.

Eu escolho a poltrona vermelha confortável, em frente à mesa. Reparo no sofá onde Sawyer e eu nos sentamos da última vez.

O sr. Wilkens parece saber o que estou pensando.

— Sinto muito mesmo pelo outro dia. Faz parte do meu trabalho saber quando alguém está pronto para falar. Eu não devia ter insistido.

— Não tem problema, sério. Só fico mal porque o Sawyer perdeu a cabeça por minha causa...

O sr. Wilkens ri.

— Garotos de dezessete anos são esquentadinhos. Eu também era. Se o meu tio não fosse policial, nem sei onde eu estaria agora. De qualquer maneira, a culpa não é sua.

Ambos sorrimos, porém a expressão dele fica mais séria.

— Tô feliz que a gente esteja conversando, Ella. Sei como é difícil perder uma pessoa querida.

— Sabe?

Eu me endireito na poltrona.

— Bom, cada perda e cada luto são únicos e dolorosos. Não pense que estou comparando a sua perda com a minha, não quero minimizar seus sentimentos. Mas me lembro como me senti sozinho quando a minha namorada morreu, na época da faculdade. Foi logo antes da formatura. Ela queria ser assistente social. Eu nunca tinha amado tanto alguém.

Fico sem fôlego. Já tinha ouvido falar disso. Eu e todo mundo, porque nas cidades pequenas todos sabem tudo sobre qualquer um. Só não tinha detalhes.

— Eu não conseguia parar de pensar: *O que eu podia ter feito diferente?* Ficava imaginando uma vida com ela ainda por perto. E que, se eu me esforçasse, de alguma maneira poderia voltar no tempo e salvá-la.

Isso é horrivelmente familiar.

— E o que te fez parar?

— Você não vai gostar da resposta, mas foi o tempo. Me permiti sentir o que estava sentindo. Deixei que outros me apoiassem. Mas tenho uma boa notícia.

O sr. Wilkens entrelaça as mãos.

— Eu melhorei. Uma hora, consegui me reerguer e seguir em frente. E consegui encontrar o amor de novo. Um amor verdadeiro e profundo, de que, sinceramente, acho que eu nem seria capaz se não tivesse passado pelo que passei.

Pelos seus olhos, sei que foi sincero. Penso na foto da moça. Ela era obviamente deslumbrante — loira, com maçãs do rosto salientes, a maior cara de animadora de torcida. Lembro que Nia e Hayley reviraram os olhos de tão "perfeita".

— Não desista, Ella. Tem algo melhor do outro lado da dor, eu juro. A vida pode não ser como você esperava, mas tem uma maneira de mostrar portas pra lugares mais incríveis do que você podia imaginar.

O silêncio pesa por um momento, enquanto estou digerindo as palavras. O sr. Wilkens implora para eu aceitar sua sabedoria, do jeito que os adultos fazem com os adolescentes.

E confesso que essa história me dá esperança. Talvez exista a possibilidade de um dia eu não sentir mais que estão faltando metade do meu corpo e do meu coração.

O sinal toca. Ele levanta com um suspiro.

— Desculpa, Ella. Não queria te segurar tanto.

Balanço a cabeça enquanto o sigo até o corredor.

— Imagina. Agora tenho muito pra pensar.

O psicólogo para na entrada do saguão principal e se apoia no batente, enquanto os alunos tomam conta dos corredores.

— Vou escrever um bilhete rápido pra justificar a sua ausência e já te libero.

Aguardo paciente. Aí Scott vem na nossa direção.

— Ella e sr. Wilkens, meus colegas preferidos da terapia em grupo. Deixa eu adivinhar, Ella, você ficou em posição fetal no sofá dele, ouvindo a playlist "Não tive tempo de me despedir" do Spotify.

Que dor. Essa ironia parece mais com a realidade do que eu gostaria.

— Você é um idiota.

O sr. Wilkens faz cara feia.

— Ei, pessoal...

Scott estreita os olhos.

— Só isso? A Hayley teria dito... — Ele balança a cabeça. — Quer saber? Deixa pra lá.

Mas agora ele despertou meu interesse. A menção acorda todas as terminações nervosas.

— O que a Hayley teria dito? — Tento disfarçar a curiosidade genuína.

Scott desdenha.

— Olha só você. Desesperada por uma baboseira só pra ter Hayley de volta por uns segundos. Quer saber o que ela teria dito? Azar o seu. Nunca vai saber. Já ouvimos tudo dela nessa vida.

A expressão dele se desfaz. Por um instante, Scott parece que vai chorar. Então, mais crueldade.

— Você deu conta do recado, né, Ella?

Lágrimas ardem nos meus olhos. O sr. Wilkens logo interrompe:

— *Chega*, Scott.

— *Nossa*, olha só a sua cara! Não tem nem graça de tão fácil. — Scott dá risada, ignorando o olhar furioso do sr. Wilkens.

— Você precisa de ajuda urgente. — Eu ranjo os dentes.

— Cai na real. — Scott me dá um soquinho no queixo antes de se mandar. — Valeu pelas risadas.

O sr. Wilkens fica preocupado.

— Você está bem? Não dê ouvidos ao que ele diz...

Mal ouço, porque Sawyer está do outro lado do corredor, encarando Scott se afastar. E quando ele olha para mim, eu me encolho diante do que percebo: *fúria*.

Uma fúria sinistra e assustadora.

O sinal toca. Sawyer vai embora rápido.

Uma única pergunta está martelando minha cabeça: *Por quê?*

15
ella

Faz vinte horas — e quatro mensagens — que não tenho notícias de Sawyer. Ele visualizou. Tem aquela palavrinha, Lida, no canto inferior de cada uma. E agora estou naquela posição humilhante de reler a sequência patética que enviei. Meu desespero é visível, principalmente na última.

> **E**
> Midna acabou de dizer que tá com saudade. E ela não é a única ☺

Por que mandei isso? Por quê?

Solto um gemido e deito a cabeça na carteira. Não paro de sacudir a perna, mesmo quando Jackie Nevins me olha feio no lugar ao lado. Abro a conversa de novo. Que surpresa, nada nos últimos dez segundos.

Não prestei atenção no sr. Moss durante aula e mal ouvi o anúncio nos alto-falantes lembrando aos alunos de não estacionar na faixa de ônibus e pedindo voluntários para a feira de outono, daqui a duas semanas. A única coisa na minha cabeça é: *Por que Sawyer tá bravo comigo? Por quê, por quê, por quê?* Tento conter outro gemido de frustração. Virei uma paródia de mim mesma. Hayley e eu costumávamos falar sobre como nunca deixaríamos outra pessoa com "comportamento imbecil" (como ela chamava) alugasse um triplex no nosso cérebro assim. Ela me fez prometer que não desperdiçaria um mísero pensamento com qualquer cara que não me tratasse como a rainha do universo.

E aqui estou eu, ignorando aula após aula e mandando mensagem sem parar, capaz de qualquer coisa para entender por que Sawyer ficou mais do que frio comigo, totalmente congelado.

E ele nem é seu ficante ou sei lá. Não teria por que te tratar como a rainha do universo.

Mas o que mudou? Será que ele se sentiu... ameaçado? Por Scott?

É o *Scott*, pelo amor de Deus. Nem o cara gosta dele mesmo.

Meu estômago dá um nó, enquanto esperança e desespero empatam uma luta dentro de mim. Parece impossível Sawyer gostar de mim o bastante para sentir ciúme. Além do mais, sinto que estou sendo punida por um jogo que eu nem sabia que estava jogando e nem conheço as regras. E qual foi meu crime? Ficar perto da pessoa errada na hora errada? Ser carente demais?

A frustração toma conta do meu peito. Eu não fiz nada de errado.

Quem fez foi Sawyer.

Quando o sinal toca, sou a primeira a sair. Encontro Sawyer no seu armário, de cara feia ao trocar um livro por outro. A chama na minha barriga pisca. O cabelo dele está todo bagunçado. A camiseta é tão justa que vejo o movimento dos músculos dos braços enquanto ele revira as coisas.

Mas preciso de uma explicação. Ele vai ter que dar um jeito.

Sawyer congela quando me vê. A mão fica no ar, prestes a bater a porta do armário. A expressão continua neutra, sem entregar nenhuma pista.

Meu coração martela no peito.

— Eu...

Sawyer dá meia-volta e se afasta depressa.

Toda a minha incerteza, toda a minha insegurança, toda a minha mágoa se transformam num sentimento quente e raivoso. Raiva é bom. Pode me ajudar.

— Ei, Sawyer. Posso fingir que a gente não se viu. Mas isso não muda o fato de que você tá agindo como um babaca.

Ele fica tenso e, depois de alguns segundos de incerteza, decide se virar para mim.

— E aí, Graham?

— E aí? — Eu encaro de volta, sem acreditar. — Primeiro você me olha feio no corredor, como se eu tivesse dado um chute no seu saco, aí ignora as minhas mensagens, e agora simplesmente vai embora. O que tá rolando?

Ele abre a boca, então seu celular vibra. Apesar da discussão importante, ele pega o aparelho.

— Nossa, sério?

Sawyer não responde, porque está completamente concentrado na tela. Então guarda, parecendo mais estressado.

— Quem era? — Estou odiando soar como uma garota ciumenta.

— Ninguém. — Ele evita meus olhos.

Fico magoada.

— Sawyer... por que não tá sendo sincero comigo?

Ele estreita os olhos.

— Olha, eu tô falando a verdade. Não sei do que você tá falando, desculpa. Não tinha te visto. Ando com a cabeça cheia. — Ele ajeita a alça da mochila. — Não tive tempo de responder nada. E tô ocupado agora — Sawyer murmura, me dando as costas.

— Babaca. Pelo menos olha nos meus olhos pra mentir pra mim.

Ele para na hora, com os ombros tensos. Finalmente, me encara direito, com frieza.

— Então você não é um covarde *total*. — Parte de mim sente que fui longe demais, enquanto o resto quer magoá-lo também. — Agora me diz: é só coincidência você ficar me ignorando depois de me ver com outro cara no corredor?

Sawyer está sombrio. Ele observa o corredor vazio e me puxa pelo pulso até a primeira sala de aula vazia.

A porta se fecha e ficamos sozinhos no escuro.

— Não passa pela sua cabeça que nem tudo é sobre você, Graham? — Sawyer ergue a voz e me segura com mais força. — Que talvez você não seja a única pessoa que tem que lidar com um monte de merda?

— Grande coisa. A vida é assim, Sawyer. É claro que eu sei que você tem uma vida, mas isso não é desculpa pra me tratar que nem lixo e ainda fingir que eu que sou louca.

— Te tratar que nem... *Meu Deus*. — Ele começa a andar de um lado para o outro. — Por que o interrogatório? Por não ter respondido as mensagens na mesma hora? Por que eu preciso me explicar?

Sawyer para na minha frente. Então invade meu espaço, me encurralando, com os olhos em chamas.

— Eu não preciso. Novidade pra você, Graham: não sou o seu namorado. Não mesmo.

Eu me encolho, como se tivesse sido atingida fisicamente. Demoro para engolir o nó na garganta.

— Tem razão, Sawyer. Você não é o meu namorado. Ainda bem. — Agarro a mesa atrás de mim pela quina. —

Graças a Deus, porque você mal é meu amigo e mesmo assim conseguiu fazer eu me sentir uma merda. Parabéns! Você é o poço sem fundo que eu nem sabia que existia!

— Ótimo! É recíproco!

— Maravilha! Agora apaga o meu número e sai da minha vida.

— Pode deixar!

Dou as costas para a porta, com a mão no peito. *Ainda não, calma, espera ele sair.*

Ouço a maçaneta girar.

Nada. Conto até três. A porta se fecha bem devagar.

Lágrimas quentes e doloridas rolam, meu coração aperta tanto, mal consigo ficar de pé. Faço tanta força para não soluçar que quase não ouço os passos.

Uma mão pousa no meu ombro e me vira.

Sawyer olha para mim. Antes que eu possa refletir sobre isso, ele está chegando mais perto do que nunca, suas mãos pegam meu rosto e sua boca encosta na minha.

Sawyer Hawkins está me beijando.

Beijando com vontade.

Meu cérebro entra em parafuso. Abraço seu pescoço e retribuo o beijo, pressionando todo o meu corpo. Ele dá um gemido, um som que me acende, e eu ponho os dedos no seu cabelo. Sawyer faz mais barulho, me levanta com as duas mãos e me põe sentada numa carteira.

Ele fica entre minhas coxas, sem tirar os lábios dos meus.

Sawyer e eu nos beijamos desesperados, de maneira confusa, como se qualquer momento fosse o último. Abro a boca, e ele geme, passando a língua. Nunca beijei ninguém assim, nunca soube que um beijo podia ser como esse, que lábios, dentes e língua podiam despertar tanta vontade. Fico quase assustada.

Meu corpo se mexe por vontade própria, um instinto inédito. Quando movimento o quadril, Sawyer fica ofegante, fecha os olhos com força e se afasta.

— Não, volta. — Tento alcançá-lo.

— Ella — Sawyer diz, com a voz falhando. — O que você tá fazendo comigo?

Ele me observa. Será que pareço tão perdida quanto ele? O desejo deixa suas pupilas dilatadas, seu rosto corado, seus lábios inchados. As mãos seguram as minhas, apertando forte, para não continuar.

— Sawyer.

Passo um dedo pelos lábios dele.

— Para. Não vou conseguir... parar — Sawyer implora, e seu quadril faz um movimento involuntário.

Tremendo e sem fôlego, ele apoia as mãos na mesa, uma de cada lado do meu corpo, para me cercar.

— A gente não pode fazer isso — Sawyer diz, enquanto põe a boca aberta no meu pescoço.

— Eu sei. — Encosto ainda mais nele. Sawyer passa a língua pela pele macia do meu maxilar, e eu gemo com o toque nas minhas coxas.

— A gente *não pode* — Sawyer insiste, puxando a gola da minha blusa para morder meu ombro. Estremeço, e ele xinga, apertando os dedos nas minhas pernas.

— Eu sei — sussurro outra vez. Nem sabia que tinha coragem de enfiar as mãos por baixo da sua camiseta, louca para sentir mais essa pele. Passo as unhas por seu abdome durinho, seguindo o sobe e desce dos músculos, torcendo para que ele deixe eu dar uma olhada.

Meus dedos encontram o tecido da cueca, e fico com mais desejo entre as coxas. Enfio o dedo do meio no elástico, deslizando pela beirada. Sawyer se afasta do meu ombro. Segura a minha mão. Ficamos assim por um momento, ofegando com as testas coladas.

— Eu sei — insisto, sem ar. — Eu sei. A gente não pode...
— Que se dane. — Sawyer desce a mão pela minha lombar e me puxa. — Não me importo, Ella.

Minhas pernas enlaçam a cintura dele para outro beijo.

— *Nossa*, como eu queria você — ele diz, e sinto o calor das palavras na minha boca.

— Por favor — imploro, agarrando sua camiseta. A vontade inundou meu cérebro, agora só pede *mais, mais, mais.*

— *Merda* — é tudo o que Sawyer diz antes de gemer, e as palavras viram beijos apaixonados, até não restar nada além das nossas bocas juntas, o gosto dos seus lábios e a constatação de que nunca mais vou ser a mesma.

16

sawyer

Devia ser só um beijo para matar a vontade.

Soa ridículo agora, mas é verdade. Caí na real ontem, quando vi Ella no corredor, com Scott e o sr. Wilkens. A raiva, a culpa imensa, a onda gelada de medo... a avalanche de sentimentos me lembrou de que seria melhor fazer a coisa certa e me afastar. Odeio pensar assim, mas também me perguntava como Hayley reagiria.

Me senti um merda ignorando Ella, mas era para ter sido para o seu próprio bem. Quase deu certo. Abri a porta, mas não consegui mover os pés. Então a ouvi chorando, logo estava voltando atrás e...

Bom, aí já era.

Não achei que Ella fosse reagir daquele jeito. Não achei que fosse retribuir tanto. Tão a fim de mim. Nunca pensei que fosse se abrir como uma flor, ficar agarrada, suplicar...

Não paro de repassar o que aconteceu ontem. Ella me deixou maluco. Eu sempre soube que ela era linda. Uma garota doce, inocente e linda. Toda educada, com as mãos entrelaçadas e o bom desempenho na escola. Por ela ter tido só um namoradinho, me preparei para ir devagar. Mas Ella ficou desesperada, e não adianta mentir: eu também. Suas mãos começaram desajeitadas, seus lábios se movendo como se estivessem aprendendo, porém ela era uma aluna prodígio. Sinceramente, tudo foi ainda melhor. Como prova de que o corpo dela reagia à necessidade.

Só penso nisso agora, entrando no ginásio. Estava esperando pela aula de educação física desde que cheguei na escola, e aqui está Ella, saindo do vestiário feminino com Seema. Ver aquelas coxas mexe comigo, e ainda mais agora que descobri qual é a sensação de agarrá-las.

Como se ouvisse meus pensamentos, seus olhos encontram os meus. Ella joga o cabelo comprido e brilhante para trás e abre um sorriso devagar. Que vontade de atravessar o ginásio, agarrar seu rabo de cavalo e tirar esse sorrisinho com um beijo.

Fecho os olhos com força e alongo os quadríceps. Me forço a pensar no diretor, no cuspe acumulado no canto dos seus lábios, e funciona. Minha cabeça volta ao lugar.

Hoje é dia de treinar braço, porém preferiria fazer cárdio. Correr também é importante, né? Não que seja uma desculpa para ficar passando por Ella.

Eu faço uma cara maliciosa, porque o olhar foi recíproco na primeira volta. Na segunda, uma bola de futebol voa na minha direção.

— Opa — Ella diz, vindo rapidinho.

— É sua? — Estendo a bola, mas não solto. — O chute passou longe, hein? Precisa de ajuda?

Eu a puxo mais para perto.

— Na verdade, foi a primeira vez que fiz uma bola de futebol ir *exatamente* onde eu queria.

Minha risada sai rouca.

Ficamos nos encarando, dividindo a bola de futebol.

O apito do sr. Cud quebra o transe.

— Ei — digo, quando Ella está se afastando. — A gente se vê depois da aula.

— Tá. — Põe uma mecha de cabelo atrás da orelha. Volto à corrida e ouço Seema ao longe.
— O que foi isso?

Depois da aula, vejo Ella encostada na parede do lado de fora da escola, digitando no celular. Quando levanta a cabeça, seus olhos brilham, dourados.
— Eu devo ter ciúmes dessa pessoa? — Aponto com a cabeça para o aparelho. Ela fica vermelha, sorrindo.
— Tô dizendo pra minha mãe que vou passar a tarde com a Seema. Estudando.
Ergo a sobrancelha.
— Mentindo pra sua mãe? Ora, ora, srta. Graham, você é cheia de surpresas.
— Isso porque você é uma péssima influência. — Ella morde o lábio, tímida. — Quer ir pra outro lugar?
— Sim — digo, rouco. — Bora.
Vou pegar sua mão, mas deixo para lá quando noto que ela fica constrangida ao notar Nia e Beth, conversando com o dr. Cantrell perto da porta. *Afe, Sawyer.* Era só o que faltava: dar munição para a máquina de fofocas da North Davis, por isso mantenho distância enquanto caminhamos.

Assim que a porta do meu carro se fecha e estamos protegidos dos olhares indiscretos, Ella e eu pulamos um em cima do outro. Sou agarrado pelo colarinho para um beijo. Faço barulho e pressiono o corpo. Ella puxa minha camisa e chupa meu lábio inferior.
— Melhor dar uma pausa, Graham — digo, entre os dentes.
— Por quê? — Ella ergue o queixo, me mordiscando.
— Eu... eu quero ir devagar. E... aproveitar bem. —

Vou dando selinhos no seu maxilar. Sinto as mãos de Ella no meu cabelo. Quando ela puxa, ataco sua boca.

As coisas estão começando a sair do controle quando um som alto de buzina nos afasta, assustados.

— Que foi isso? — Ella fica aterrorizada.

Baixo os olhos para o cotovelo.

— Acho que fui eu. Quando ia agarrar sua coxa.

Ficamos nos encarando antes de cair na gargalhada. Aí Ella está pálida, se encolhendo no banco do passageiro.

Sigo seu olhar até a van branca do outro lado do estacionamento. Sean. Ele cumprimenta um grupo de meninas do segundo ano, e elas dão risadinhas quando ele passa.

Seguro o volante com força.

— Argh, esse babaca continua trabalhando aqui?

— Pois é. Infelizmente. Vamos embora. Por favor — ela pede, balançando a cabeça.

— Vamos. — Dá vontade de dirigir um milhão de quilômetros. — Pra onde?

Ajusto meu banco e dou a partida.

— Conheço um lugar. Mas é meio longe.

Mostro o medidor de combustível.

— Enchi o tanque hoje.

— A gente vai precisar de repelente.

— Repelente, Graham? Você vai me levar pro mato?

Fico tenso ao pensar imediatamente em aranhas, carrapatos e vespas.

Ella dá um tapinha na minha mão.

— Não se preocupa. Eu mato qualquer aranha.

Depois de uma parada no mercado e de uma hora e meia de uma viagem muito agradável, paro num estacionamento de terra ao pé de uma montanha coberta de árvores. Os celulares perderam sinal uns quinze minutos atrás, e já faz um bom tempo que não vejo um carro.

— Beleza, Graham, pode confessar. Você me trouxe aqui pra me matar?

— Como adivinhou? — Ela ri, depois vai até uma placa de madeira a respeito da vida selvagem. Tem um mapa da montanha, as trilhas em traços e cores diferentes. Leio em voz alta enquanto Ella tira uma foto do mapa.

— "Montanha Hemlock. Mil metros de altura." A gente vai subir isso aí?

— Claro que sim — Ella diz, passando um dedo pelo mapa.

Faço careta.

— Então você vai mesmo me matar.

— Sério? — Ella abre o porta-malas do carro. — Você corre sei lá quantos quilômetros por dia. Para de choramingar.

Ela faz questão de que a gente se lambuze de protetor solar e repelente, depois enfia garrafas de água na mochila da escola.

— Eu levo. — Pego a bolsa pesada.

— Você resmunga, mas pelo menos é educado. Um cavalheiro choramingão.

— Prometo parar de reclamar se você nunca mais me chamar disso.

Na trilha, sinto algo subindo pela minha panturrilha.

— *Aaaahh!*

Dou um pulo por causa de uma folha de samambaia.

Ella se joga para a frente, gargalhando.

— Olha só pra você! Eu não fazia ideia desse seu problema com a natureza. A gente fazia aqueles bate-voltas pra Amicalola Falls o tempo todo, você não ficava tenso.

— Era diferente. Tinha escadas de madeira, mesas de piquenique, banheiro com privada...

A expressão dela muda.

— Eu... até pensei em ir lá. Mas...

Eu sei. *Era um dos lugares preferidos da Hayley.*

Sinto uma pontada de culpa bem inconveniente. *Se ela soubesse, Sawyer, se ela soubesse...* Porém agora sei como lidar com isso. Reprimo. Ignoro. Em um segundo, estou bem.

— Quer saber? Tem razão. Vamos tentar algo novo. Pode ser bom. Mas você vai na frente.

Caminhamos num silêncio confortável por um túnel verde formado por carvalhos e olmos. O sol da tarde mal adentra a copa densa das árvores, e a luz dourada é cortada pelos galhos. A umidade dá uma trégua na sombra. A raiz do meu cabelo acumula suor, que escorre pelo pescoço, porém a brisa me mantém fresco, e o ar tem um cheiro doce e floral. Cigarras fazem barulho, as folhas farfalham ao vento, pássaros cantam. Porém o que chama a atenção é a ausência de certos sons.

Nada do barulho constante da estrada, dos carros, das buzinas. Das pessoas. Restam apenas folhas esmagadas gentilmente pelos pés de Ella, os sons de uma montanha na Geórgia numa tarde de verão.

Por um momento, algo dentro do meu peito se liberta.

Olho para Ella, e meu coração fica quentinho. Seu rosto está corado e feliz como não vejo há um bom tempo.

— Tá bom, agora eu entendi.

— Sabia que você ia entender — ela diz, encantada. Então dança meio pulando numa pedra pequena. — Minha família sempre acampava quando eu era pequena. A gente ia num lago perto de uma montanha, no norte do estado. Fazia tanto frio de manhã que dava pra ver névoa na superfície do lago. Meu pai fazia chocolate quente e ovos mexidos em um fogareiro. Ele levava o violão, e até minha mãe cantava junto.

Coço minha cicatriz, sem perceber.

— Devia ser legal.

A expressão dela fica mais amigável.

— Você nunca acampou, né?

Hesito.

— Não desse jeito.

Ella faz a gentileza de não insistir.

Por um tempo, o único som é dos passos esmagando folhas e gravetos. Então chegamos no topo da montanha. Num minuto, estamos na intimidade do túnel na floresta; no outro, a cortina verde revela o que viemos ver no precipício.

— Nossa — solto.

Ella só suspira, com a expressão tranquila. Depois da mata fechada, essa vista faz o mundo parecer infinito. Colinas verdes e amarelas, tapetes com árvores, nuvens e céu.

— A gente pode ficar aqui pra sempre? Por favor? — Ella sussurra, tão melancólica que até dói.

Lado a lado, não preciso me esticar muito para acariciar sua mão com o mindinho. Ela sorri e engancha o dela no meu.

— Acho que sim, mas talvez a Amazon não entregue aqui.

— Por mim tudo bem. — Ela aponta para a floresta. — Vamos apoiar o pequeno produtor.

Faço que sim.

— Gostei. Alimentos frescos, orgânicos e locais.

Ella me encara, com os olhos entreabertos.

— Onde vamos dormir?

Dou um suspiro, o coração já acelerado. Como é que ela consegue ativar cada nervo só com palavras? Olho em volta e encontro exatamente o que preciso. Solto sua mão para ir até uma pedra grande, baixa e chata, que serve de assento. Finjo que examino.

— Essa parece bem confortável. Mas só tem um jeito de confirmar. — Estendo a mão. — Vem cá.

Mal nos tocamos, e meu coração já está martelando. Eu sento na pedra e a deixo de lado no meu colo.

— O que acha? — murmuro, beijando seu pescoço.

— Acho bom — ela diz, com as pálpebras tremendo. — Mas poderia ser melhor.

Ella se afasta um pouco e passa uma perna por cima, de modo que as coxas me envolvem. Então se ajeita no meu colo, vindo na minha direção.

— Espera — digo, ríspido, e deixo uma mão no seu joelho e a outra no meu short da educação física. Mas não adianta. Se Ella chegar mais perto, vai ver o efeito que causa em mim. O que está causando o dia todo, na verdade.

— O que foi?

— É que... — Fico constrangido. — Ontem, eu estava de jeans. Não sei se você percebeu, mas... não consigo esconder quanto você...

Ela arregala os olhos dourados.

— *Ah*. — E escorrega com o quadril para a frente.

— *Merda*.

Gemo quando nossos corpos se colam. Ella agarra meu cabelo, com a boca na minha testa, ofegando enquanto se movimenta de um jeito bastante gostoso.

— *Nossa*, Ella. Passei o dia todo assim.

— O dia todo...

As palavras saem com um gemido.

Trago sua boca até a minha. Nossos lábios se mexem juntos, e eu sincronizo a língua no mesmo ritmo da cintura de Ella. Estou com a mão no bolso de trás da sua calça jeans, ditando o ritmo com uma pegada forte. Solto o rabo de cavalo e enfio os dedos no seu cabelo úmido de suor.

— Tudo bem? Você tá gostando?
— Tá ótimo. Não para, por favor.

Sua respiração fica mais pesada, e a mandíbula relaxa. Ela fecha os olhos com força.

Profundamente frustrado, paro o movimento de Ella.

— Por quê? — Suas sobrancelhas dão um ar de sofrimento.

— Desculpa. — Beijo seu maxilar. — Vamos dizer que... eu preciso de um minuto. Agora tô obcecado pela natureza.

Ella solta uma risadinha rouca.

— Falando sério. Virei outro homem. — Ajeito uma mecha do seu cabelo e toco seus lábios inchados. — Vou compensar. Eu juro.

Ela arrasta os lábios pela minha boca.

— Jura mesmo, Sawyer?

— O que você quiser, Ella.

O mais assustador é que estou falando sério. Se pedisse para eu cortar um dedo fora, eu obedeceria, só para ter Ella por mais três minutos no meu colo.

Volto a mergulhar no beijo, e que se dane o resto do mundo. Nada importa, a não ser Ella agarrada no meu corpo, sua língua na minha boca.

Nada a não ser essa garota.

17
ella

— São uns animais! Animais! — Seema se revolta, tentando pegar as boias largadas na beira da piscina. — Ah, não, só pode ser brincadeira. — Ela faz cara feia para a fileira de arbustos no portão. — Por quê? Por que aqui? Quem foi? — Seema dá uma olhada ali e solta um grito.

Dou um pulo.

— O que aconteceu?

Ela faz como se fosse vomitar.

— Não era uma boia, era uma fralda toda suja. Argh, prefiro mil vezes cocô de cachorro. — Seema faz uma pausa. — Ei, você está bem?

— Tô. — Eu sento na cadeira que deveria estar empilhando. — Por que não estaria?

— Bom, pra começar... — ela lava as mãos na pia com uma violência impressionante — ... você nem ficou horrorizada. — Seema seca as mãos no maiô. — E tá meio quieta hoje.

— Eu nunca falo muito.

Ela senta do meu lado.

— Não é verdade. — Seema dá uma batidinha no meu ombro. — O que foi?

Chuto a superfície da água, e as ondulações azul-claras brilham à medida que anoitece.

— Dia longo. Tô exausta. — Não minto.

Seema ergue uma sobrancelha escura.

— Beleza. Um monte de criança tentou fazer briga de galo. Fora aquele cara que você conseguiu impedir de comer frango frito na piscina infantil. Uau. — Ela franze a testa. — Lembra de falar pro Kyle pôr o cara na lista de visitantes banidos.

Desenho círculos na água com o dedão do pé.

— Sabe o nosso aperto de mão secreto?

— Nossa, desenterrou. — Seema dá um chute, formando um arco de água impressionante. Ela fica olhando, sem me encarar. — Claro que eu lembro — diz baixo.

A gente aperta as mãos. Como se estivéssemos de volta ao quarto ano, nossos dedos se entrelaçam e sacodem numa dancinha sincronizada e bastante complexa. Ela termina com os dedos do meio enganchados.

— *Se não ficar de boca fechada, vai levar uma porrada* — cantamos juntas.

— Execução perfeita. Texto péssimo. — Ela olha nos meus olhos e diz, suavizando a voz: — Você também lembra.

— É, acho que sim. — Tento não parecer surpresa. — Bom, você tem que guardar segredo. — Não consigo mais encará-la. — Ah... Sabe o Sawyer Hawkins?

— Eu tinha *certeza*! — Seema chuta a água. — Aquele lance da bola deu muito na cara.

Resisto à vontade de afundar na piscina.

— Então vocês estão transando?

— Quê? Claro que não! — Dou um empurrão no ombro de Seema.

— Ah, que chato. O que vocês estão fazendo então? Enterro o rosto nas mãos.

— Coisas, Seema. Coisas de mais.

Levo um tapinha no ombro e, para a minha própria surpresa, sorrio.

— Por que você tá se culpando? — Seema pergunta, com delicadeza.

Suspiro.

— Não sei se você lembra de um detalhe relevante, Seema, mas o Sawyer é... ou era... muito apaixonado pela Hayley, minha melhor amiga no mundo todo...

Seema fica tensa quando alguém fala atrás de nós:

— O que vocês estão fazendo aqui?

Angus, o zelador da noite, está segurando o esfregão de modo ameaçador.

Ficamos de pé na mesma hora, enquanto ele continua gritando.

— Não perceberam que o lugar fechou? Meu trabalho já é bem difícil sem vocês duas achando que são donas de uma piscina particular.

— Desculpa, Angus. — Recolho minhas coisas enquanto Seema revira os olhos.

— Deixa eu adivinhar. Ainda vão demorar duas horas se arrumando. Por isso que é tão difícil. Se dependesse de mim, só homens trabalhariam aqui. Eu ia terminar rapidinho.

Angus passa o esfregão no piso de azulejo em frente ao vestiário.

— Você tem razão, Angus. — Seema soa sincera. Olho cética e recebo uma piscadinha. — Desculpa mesmo. Sei que a gente é um incômodo, com sentimentos e menstruação. Tô me sentindo péssima. — Ela aponta para os arbustos, onde deixou a fralda suja. — Um cara deixou a carteira cair ali, e o vento espalhou o dinheiro e tal, mas fiquei com preguiça de recolher. Só pra te avisar.

Os olhos de Angus se iluminam.

— Viu só? Vocês são umas preguiçosas. E vou ter que arrumar a bagunça, como sempre.

Seema e eu saímos correndo, segurando risadinhas.

— Isso foi maldade, Seema.

Solto uma gargalhada assim que não dá mais para Angus escutar.

— Ah, vai. Você ouviu tudo. Ele merece. — Seema não consegue conter um sorriso cheio de dentes.

Ouvimos um rugido furioso.

— Ixi, anda, ele vai matar a gente.

Entro em pânico enquanto tento subir a calça mais depressa.

Seema espera chegarmos ao estacionamento:

— Sabe, Ella — ela diz, devagar —, *você* era minha melhor amiga no mundo todo. — Paramos de andar, e Seema se vira para mim. — Passei um tempão me perguntando o que tinha feito de errado.

Seus olhos são bem sinceros. Mal consigo encarar.

— Nada. Você não fez nada de errado.

Ajeito a alça da mala no ombro.

A boca de Seema se contrai. Ela chuta o chão.

— Então... por quê?

Dá vontade de dizer: *Por que o quê? Não sei de nada. Continuamos amigas!*

Porém ela merece mais do que covardia. Muito mais.

— É verdade. Você não fez nada de errado. A Hayley... meio que exerce uma influência forte sobre as pessoas, desde que a gente era criança. Começou com ela batendo nos meninos que eram malvados comigo no parquinho. Depois a mãe dela começou a deixar a Hayley lá em casa nas tardes de sexta. E a minha família a adorava, então ela acabava passando o fim de semana inteiro...

Os olhos de Seema estão fixos em mim. As cigarras cantam, a noite pulsa, quente e úmida, e ouvimos o barulho de outros insetos. Ela não diz nada, porém sei o que está pensando. Que é uma desculpa esfarrapada.

E tem razão.

Cubro os olhos.

— Sou uma idiota, Seema. Você foi uma das minhas melhores amigas também. Desculpa. De verdade. Nunca quis te deixar de lado. — Afasto a mão para encará-la. — Sou uma péssima amiga. — Fico com dificuldade de respirar. — Eu não... eu não te merecia. Talvez ainda não mereça.

Ela fica cutucando a unha do polegar.

— Eu perguntei pros meus pais se podia fazer meu aniversário de dez anos no Six Flags. Passei um mês fazendo as tarefas de casa mais absurdas, mas... — Seema dá de ombros — ... eles deixaram.

Inclino a cabeça.

— Você odiava o Six Flags.

Seema joga as mãos para o alto.

— Ainda odeio o Six Flags! Tipo: "Ah, claro, por favor, toma uma grana pra me submeter a tortura física extrema".

— O nome é montanha-russa, Seema.

— Devia ser ei-vamos-ver-qual-é-a-sensação-de-quase--morrer. Beleza, tudo bem, reconheço que não é tão eficiente. — Ela solta as mãos e fala baixo e sério. — Odeio parques de diversão agora tanto quanto na época. Mas você não odiava.

É como um soco no estômago. Sem dúvida, eu mereço.

— Seema, eu não sabia... Desculpa mesmo...

Ela suspira.

— Tudo bem. Quer dizer, *hoje* tô bem. Na hora foi péssimo. Eu enchi a cara de bolinhos, por puro desequilíbrio emocional. Tipo, cheguei na casa dos dois dígitos. Meus pais ficaram assustados. — Ela gesticula, mordendo o lábio. — Mas não te culpei. Culpei a Hayley. Queria que ela desaparecesse.

Por um momento, vejo tudo nos olhos da minha amiga de infância. O ciúme, a mágoa, a confusão, a fúria — o coração partido de uma menina de dez anos de idade. O impacto provoca um arrepio pela minha espinha.

E logo o arrependimento ocupa esse lugar.

— Então imagina como me senti mal... bom, quando fiquei sabendo. Aí vi você no primeiro dia de aula. Parecia um filhotinho de cervo na cova dos leões.

Isso soa tanto como algo que Hayley diria que, de repente, sinto vontade de abraçar Seema.

— Partiu meu coração. Então achei que era hora de ver como estava a minha boa e velha companheira de karaokê.

Solto um lamento.

— Você não guardou os vídeos, né?

— Se um dia você me deixar de lado outra vez, saiba que tenho devidamente registrada a sua versão de "Bohemian Rhapsody".

Balanço a cabeça.

— Não. Ninguém pode ver.

Seema abre um sorrisinho tão vulnerável que dou um abraço de fato, levada por uma onda de carinho. Ela me aperta mais forte do que eu esperava.

— Desculpa de novo. Você meio que foi um alívio nessas últimas semanas — digo, baixo.

— Eu sei. Sou incrível.

Soltamos o abraço. Seema olha o ponto de ônibus e depois para mim.

— Nada de ônibus. — Ela aperta um botão no chaveiro

e, com um apito, os faróis do carro se acendem. — Eu te dou uma carona.

— Não vou recusar, não.

— Só pra deixar claro, você não é uma péssima amiga. Nunca foi. Na verdade, tô te devendo uma. Encontrei o emprego dos sonhos por sua causa.

Seema dá um toquezinho no capô do carro antes de entrar.

— Que bom que ajudei, mas... como exatamente...

Ela mexe no rádio, provocando estática.

— Bom, foi uma ajuda meio indireta. A Seeminha era meio melodramática e não levou o fim da nossa amizade numa boa. Ela pôs tudo pra fora num diário sem chave, um grande erro. Aí, numa reunião da família, meu primo mais velho, o Dev, que é excelente no beatbox, mas péssimo ser humano, decidiu fazer uma leitura dramática. "Querido diário, a Ella não me deu oi no corredor. Fiquei péssima. Não existe consolo pra essa tristeza." Tô parafraseando, claro.

Fico sem palavras.

— Seema. Isso é horrível. Eu...

— Para, foi hilário. — Ela faz um breve silêncio. — Depois de um tempo, pelo menos. Meus pais ficaram com tanta pena que me deixaram adotar um cachorro do abrigo. Me apaixonei por animais, percebi que queria cuidar deles, e o resto você já sabe. Além do mais, meus tios deram a maior bronca no Dev. Minha avó vaiou o garoto até ele sair da sala.

Tenho que rir.

— Que... intenso, Seema.

— É a vida, meu bem. — Ela dá a partida. — Mas o que eu queria dizer: você não é uma péssima amiga.

— Isso é discutível — murmuro, pensando no episódio no topo da montanha.

Seema balança a cabeça.

— Independente do que estiver rolando entre você e o Sawyer.

Ouvir o nome dele faz meu coração parar. Seema percebe, revira os olhos e engata a marcha.

— É sério. A Hayley te amava. Obviamente. Ela ia querer que você fosse feliz. Não é como se você tivesse roubado o cara enquanto os dois ainda namoravam.

Eu me encolho enquanto ela sai do estacionamento.

— Mas... é tipo uma regra, né? Nunca sair com o ex das amigas...

— Ah, nada a ver! — Seema bate no volante. — A Hayley era uma garota moderna. Ela ia pensar esse tipo de coisa? Primeiro: não estamos falando de uma situação normal. Você não traiu ninguém, e não é como se ela ainda gostasse dele. Segundo: não acha que a Hayley não ia querer você e o Sawyer felizes juntos, se estivesse viva? Ela não queria que a melhor amiga fosse feliz?

Mexo no colar de Hayley no meu pescoço. É verdade. Ela nunca foi do tipo tradicional. Provavelmente acreditaria que a regra de nunca namorar o ex das amigas era uma tentativa do patriarcado de pôr as mulheres umas contra as outras. Um teto de vidro. Pensar nisso me faz sorrir.

— Talvez você tenha razão. Quem sabe um dia eu acredite nisso?

— Pode acreditar agora, Ella. A vida é curta demais. E Sawyer é um gato.

Quando me deixa em casa, Seema diz mais uma vez para eu pegar leve comigo. Depois de escovar os dentes, lavo o rosto e me arrasto até o quarto, o dia me atinge com força total. Visto um pijama curto de seda e vou para a cama.

Com a cabeça no travesseiro, ouço um barulho dentro do armário.

— Sai daí, Midna — resmungo, me virando. Então lembro que ela está no andar de baixo, dormindo numa cadeira.

Não é ela.

Sem ar, eu me sento, e os olhos frios de Sean me vêm imediatamente à cabeça. A boca fica seca, e o coração bate fortíssimo.

Quando jogo as cobertas, uma figura sai do guarda--roupa, e uma mão grande tampa minha boca já aberta para gritar.

18
ella

— Xiu, Graham, quer que peguem a gente? — pergunta uma voz familiar.

Respiro fundo algumas vezes, encostando nos dedos sobre minha boca. Meus olhos se acostumam na escuridão, e o rosto fica mais nítido. Olhos calorosos e escuros, sorriso torto.

A mão desce para meu maxilar.

— Sawyer? — sussurro, com o coração ainda na garganta.

— Desculpa. — Ele afasta uma mecha de cabelo da minha bochecha. — Não quis te assustar.

— Não acredito nisso. Como...? Quando...?

Sinto os músculos quentes e firmes do peitoral dele. Sawyer aponta a cabeça para a janela, mantendo os olhos ardentes em mim.

— Você devia trancar essa janela. Dá pra subir fácil por fora. A parte mais difícil foi descobrir qual era o seu quarto.

— O trinco quebrou. — Meu corpo responde ao seu calor e à lembrança das suas mãos. Encosto nele todo. Sawyer está de camiseta e short. Seu cheiro é muito bom. De perfume e luz do sol. — O que veio fazer aqui?

— O que você acha, Graham? — Ele passa os lábios pela minha testa. — Não consegui esperar até amanhã pra te ver.

As palavras fazem meu baixo ventre pulsar.

— E agora você tá no meu quarto.

No escuro, ainda vejo os olhos de Sawyer sedentos. As mãos abandonam meu rosto e descem pelo pescoço até os ombros. Ele congela e me solta.

— Nossa. Você dorme assim?

Ele tensiona o maxilar enquanto brinca com a alça fina da regatinha. Perco o ar quando ele passa um dedo bem no fim do short, quase no começo da minha coxa.

— Deve passar frio. — Sawyer dá a impressão de que está perdendo o controle.

— Pior que não — digo, tremendo.

Seu olhar ardente passa devagar pelo meu corpo. Ele demora no meu peito. Fico arrepiada quando lembro que não estou de sutiã.

— Tá com frio agora? — Sawyer pergunta, com a voz grave e rouca.

— Tô pegando fogo — sussurro. Eu o puxo comigo no colchão, contendo um gemido dele. Sawyer fica por cima.

Ele me beija, e eu cravo as unhas nas suas costas, frustrada com a camiseta. Suas mãos agarram minha bunda. Ele aperta com força e me puxa com vontade.

Quando sinto o quanto ele me deseja, já estou gemendo. Sawyer cobre minha boca, ofegante.

— Xiu, Ella.

Desse jeito, ele se abaixa para lamber minha orelha. Solto um ruído do fundo da garganta e arqueio as costas.

— Viu? É disso que eu tô falando — Sawyer sussurra, abocanhando a orelha. — Fica quietinha pra mim, vai.

Mordo o lábio com força, tremendo de vontade, louca para fazer exatamente o que ele quer. Sawyer abre um sorriso faminto e me prende pelos pulsos na cama.

Perco o ar. É como eu imaginei, só que melhor. Muito, muito melhor.

Sawyer se debruça para dar um beijo suave no meu pescoço. Mais um. E outro. Fico arrepiada, fechando os olhos.

— Ótimo — Sawyer diz, no meu maxilar. Então se concentra no ponto de encontro do pescoço e do ombro, lambendo, chupando, mordendo. Quero gritar o nome dele, gemer com todo o meu corpo.

Não faço isso. Nem quando ele lambe todo o pescoço e sua língua quente causa uma onda de eletricidade. Só mordo a língua até sentir gosto de sangue. Meu coração martela, e eu me contorço debaixo dele, me derreto por dentro, latejando, mas de boca fechada.

— Essa é a minha garota.

As palavras quase acabam comigo. Enlaço seu corpo com as pernas e subo o quadril. O queixo de Sawyer cai, e as pálpebras tremem. Aproveito que relaxou para enfiar a mão por baixo da camiseta dele.

— Tira — sussurro. Sawyer fica perdido, como se fosse me dar o mundo caso eu pedisse, então sorri.

— Tem certeza?

Volto a esfregar ainda mais o quadril, e faíscas saem do nosso toque. Sawyer fecha bem os olhos e o sorriso enfraquece. Subo a camiseta. Ele me ajuda, de olhos arregalados.

A visão de Sawyer Hawkins assim é maravilhosa.

Engulo em seco, traçando a forma dos músculos, arrastando o dedo pelo tanquinho.

— Como você é gostoso.

Solto um suspiro por ter dito em voz alta.

— Não igual a você. — Ele mergulha para pegar minha boca.

Nossos corpos estão roçando desesperadamente, fazendo barulho, num vaivém delicioso. Puxo seu cabelo quando Sawyer agarra minhas coxas. Ele geme na minha boca e aperta minha bunda. A sensação é tão boa que eu desço as unhas pelas suas costas, arranhando com vontade.

— Nossa. — Ele recua um pouco. — Isso... isso é bom demais.

Sua testa está franzida, e ele parece tão perdido, tão fora do controle, com tanto tesão, que desperta uma nova necessidade dentro de mim. Quero passar dos limites com ele.

— Tira a minha blusa — sussurro, enquanto meu peito sobe e desce embaixo de Sawyer.

Sawyer fica paralisado. Engole em seco. Seus olhos sobem e descem ansiosos pelo meu tronco.

— Ella... — Sawyer geme como se estivesse sofrendo. — Isso... não é uma boa ideia.

Movimento o quadril no dele. Seus olhos ficam mais arregalados.

— Por que não? — pergunto, e é minha vez de sorrir.

Sawyer pisca, incerto e desesperado.

É incontrolável. Uma nuvem densa e quente ocupa o meu cérebro. Meu corpo pulsa completamente. Sawyer olha como se não quisesse desviar nunca mais.

Ponho as mãos na bainha da regata. Sawyer fica chocado. Tiro tudo.

Tentando sufocar os gemidos, a boca de Sawyer vai imediatamente para os meus peitos. Eu me esfrego na língua em movimento, contra seus dentes.

— Perfeita. *Nossa* — Sawyer murmura, talvez para si mesmo.

Eu nem imaginava. Que existia um prazer assim.

Nunca vou ser capaz de pensar em qualquer outra coisa nessa cama.

— Sawyer, tem só mais duas camadas de tecido... você pode... a gente pode...

— *Merda.* — A mão desce do meu peito para minha barriga nua e entra no elástico do meu short.

Quando a mão desliza entre minhas coxas, perco tudo. E ele também.

Sawyer levanta a cabeça para me encarar.

— Ella — ele fala. — Você tá tão molhad...

O som de passos pesados do outro lado da porta obriga a gente a se separar na mesma hora. O feitiço foi quebrado. Sawyer sai da cama e se agacha no chão. Um silêncio interminável.

Aí os passos se afastam, fora do nosso alcance.

Parece que uma bigorna atravessou o telhado, estilhaçando tudo ao redor. Me cubro com o lençol enquanto Sawyer veste a camiseta.

Ambos nos olhamos ofegantes por alguns segundos de silêncio. No que eu estava pensando?

— Acho que foi melhor assim — sussurro.

Sawyer passa a mão pelo cabelo.

— É. Acho que sim. Já tenho que ir.

Ele anda pelo quarto sem fazer barulho, parando na janela. Estou prestes a abrir a boca quando Sawyer segura meu rosto para me beijar com vontade. Antes que eu possa puxá-lo para a cama, já se afastou.

— Eu... — Fecha os olhos à força. — Te vejo amanhã.

Como se tivesse medo de mudar de ideia, Sawyer age rápido. Logo sai pela janela, me deixando confusa, sem fôlego e sozinha.

Nunca na vida me senti desse jeito. É sempre assim?

Eu daria tudo, *tudo*, para conversar com Hayley agora. Ela acabaria com as dúvidas. Ela saberia as respostas.

Fico toda arrepiada. Não posso falar com Hayley.

Mas posso ouvir. E preciso da sua sabedoria mais do que nunca.

Tiro a mochila de baixo da cama e pego o diário.

Só mais essa vez.

19
o diário de hayley

Ainda amo ele. Amo mesmo.

Afinal, o que é o amor? Pode significar tanta coisa e... Tipo, com certeza a Phoebe amou meu pai em algum momento. O negócio ficou ruim, claro, e graças a Deus nem sei onde o cara tá agora...

Por isso existe essa história de "na saúde e na doença, na riqueza e na pobreza". É o que as pessoas dizem quando casam, né? Sei lá, cara.

E. saberia. Mas... ela não entende nada disso. Os pais são casados e felizes há tanto tempo. Ela não sabe que às vezes... o amor enfrenta desafios.

Da primeira vez que S. teve ciúme, fiquei toda empolgada. Eu estava com aquele vestido vermelho lindo que deixa os ombros à mostra, fechado no pescoço. S. adora beijar meus ombros e disse que a roupa parecia ter sido feita pra felicidade dele. Eu concordei, o que me surpreendeu. Me sentir assim desejada foi bom. Um pedacinho da minha pele basta pra deixar os olhos dele mais escuros, sendo puxada para aqueles braços.

Eu estava no meu armário, no intervalo entre as aulas, quando passaram uns caras do time de futebol. Já tinha visto os treinos no campo enquanto eu mesma treinava sozinha na pista. Nem sabia o nome deles, mas a gente tinha o costume de se cumprimentar com um sorriso.

Eu mal tinha fechado o armário quando ouvi um assovio. Os dois me olhavam com aprovação.

"Vestido legal. Você fica bem de vermelho", um deles disse, sorrindo.

"Não vesti pra você, seu babaca", retruquei, jogando o cabelo. Então vi S. mais para a frente no corredor, de braços cruzados, olhando pra mim. De um jeito... Nossa, com um fogo, quase derreti.

Mordi o lábio, pensando em passar direto por ele. Era o meio do dia, a gente não ia ter tempo pra nada além de se olhar, com uma promessa silenciosa a ser cumprida mais tarde. Então imagina a minha surpresa quando, antes que eu fosse embora, ele me puxou pelo pulso até uma sala vazia.

"O que tá fazendo? O sr. Todd vai me matar se eu me atrasar de novo."

Ele não respondeu e trancou a porta. Eu já estava sem rumo e com o sangue quente, agora a ansiedade me deixava arrepiada.

S. me agarrou com uma brutalidade, cheio de desejo. Ele me pôs sentada na carteira.

"Tava gostando?" Ele soltou um grunhindo perto da minha boca. "Fala."

"Do quê?"

Eu já tinha esquecido dos caras lá fora.

"Não se faz de tonta. Você sabe." Ele apertou tanto minhas coxas que reclamei. "Daqueles caras. Assoviando pra você."

Gemi quando ele passou a língua no meu pescoço.

"Não tô nem aí."

"Bom, eles estavam bem interessados." As mãos de S. subiam o meu vestido, possessivas. "Da próxima vez, manda os caras se ferrarem. E diz que tem namorado."

Os movimentos dos seus dedos dificultavam que eu falasse.

"Espera. Você tá com ciúme? De mim?"

Ele fez barulho mordendo meu ombro. Meu corpo se contraiu todo.

"Não vem mais com esse vestido pra escola. Usa só pra mim."

Fechei os olhos com força. Tonta e tensa pela antecipação.

"Mas eu... gosto do... vestido."

Que difícil me concentrar.

"Então usa pra mim."

"Hum..."

Mordi o lábio e apertei a mão dele com as coxas.

Os dedos pararam.

"O que foi?", perguntei, frustrada. "Não para, por favor."

"<u>Fala</u>."

A voz saiu tão bruta e sombria que abri os olhos.

Eu nunca tinha visto o rosto de S. assim. Intenso, furioso. Meu coração quase parou.

"Tá bom. Vou usar só pra você", sussurrei.

S. agarrou meu ombro nu, mordeu e chupou com vontade. Os dedos voltaram mais rápido que antes, e ele precisou tapar minha boca, porque estrelas surgiram nos meus olhos, faíscas explodiram dentro do corpo e eu quase soltei um grito.

Antes de sairmos da sala, S. me puxou para os braços e mordeu com força o meu maxilar.

"Toda minha", ele grunhiu, me soltou e saiu.

Pus a mão na bochecha queimando e passei os dedos pelo cabelo, tentando controlar a respiração.

Mais tarde, vi meu ombro no espelho do banheiro. Um hematoma.

"Nossa, você vai precisar do corretivo inteiro", uma garota disse, saindo da cabine para lavar a mão.

"É..."

Dei risada e toquei o machucado, me sentindo mais quente só de lembrar.

Não achei que fosse motivo de preocupação. A gente só estava interpretando um personagem, dizendo sacanagem.

Mas aí ele me deu aquele puxão no braço.

"Não vai na pista quando o time de futebol masculino estiver treinando."

"Quê?" Dei risada da brincadeira. Mas o rosto de S. ficou sério.

"Confio em você, mas não neles. Por favor." S. beijou o canto da minha boca. "Vou me sentir bem melhor assim."

Depois disso não pareceu mais brincadeira.

Nunca mais usei o vestido, porque deixava S. chateado de verdade. Grande coisa. Eu tinha vários outros. Só que, pouco a pouco, foram sendo todos proibidos.

Um dia, nos cruzamos no corredor e, quando sorri para S., ele olhou feio. Aí ignorou as mensagens. Fui atrás dele quando a aula acabou.

"Tá bravo comigo?"

Eu tinha revirado o cérebro pra encontrar um motivo.

Ele olhou em volta, vendo se a gente estava a sós, depois apertou meu braço até doer e me puxou para bem perto.

"Que porra é essa?"

S. apontou pras botas.

Meu coração batia muito. Ele parecia furioso.

"Botas. São só botas."

"Não. São de couro preto. E você tá de saia."

Ele puxou a barra da minha saia jeans.

"Não tô entendendo... Eu te amo!"

Na verdade, eu tinha escolhido a roupa pensando nele. Por isso fiquei tão magoada com a cara feia de S. quando me viu de manhã.

"Então por que tá tentando chamar a atenção dos outros? Não sou suficiente?"

Ele estava devastado.

"Claro que sim. Claro que é", falei, devagar. Eu já tinha visto S. bravo, mas não desse jeito, não comigo. Não sabia o que dizer pra acalmar. "Eu não..." Tentei tocar seu ombro, mas ele saiu fora. "Não quero mais ninguém. Nunca."

S. ficou bem magoado. Meu coração partiu com essa sua dor.

"Então jura, Hayley. Jura que você não quer ninguém mais."

"Eu juro", sussurrei, beijando sua pálpebra, seu nariz, sua bochecha, sua boca. Ele me abraçou, e eu notei sua respiração irregular.

Na semana seguinte, P. viajou e ficamos com a casa só pra gente.

"Ei, vamos fazer alguma coisa no fim de semana", ele falou, chegando por trás enquanto eu cortava uma fruta. "Só nós dois. Podemos ir com o meu carro."

S. passou as mãos pela minha blusa e me puxou. Tremi só de sentir seu corpo.

"Ah, eu adoraria", falei, deixando a cabeça cair no seu ombro. Ele beijou meu pescoço. "Mas não vai dar. Combinei uma maratona de filmes com E."

Ele ficou tenso. Gelei na mesma hora. Lambi os lábios, nervosa.

"Acho... acho que te avisei... não?", arrisquei.

S. não disse nada. Só saiu de trás de mim. Eu me virei devagar. Ele estava com as mãos apoiadas na bancada da cozinha. Quando levantou o rosto, me encolhi por causa da fúria.

"Tem noção de como eu me esforço pra gente poder passar algum tempo junto?"

"Claro, tem muita coisa rolando na sua vida, mas..."

"E você não pode ver filmes idiotas quando quiser?"

"Posso, mas pensei..."

"Não sou a pessoa mais importante no mundo pra você?" Ele gritava.

"É!" gritei também. As lágrimas deixavam a visão turva. "Claro que sim, posso cancelar. Posso..."

S. atirou o copo contra a parede. Voou vidro pra toda parte.

De repente, eu voltei a ter quatro anos e vi meu pai virar a mesa de jantar quando não quis mais o macarrão que ele tinha feito. Me encolhi, morrendo de medo, impotente.

Subi a escada correndo e me fechei no quarto. Fugi, me comportando exatamente como uma criancinha em pânico, porque me sentia assim. Tranquei a porta, batendo os dentes.

O que estava acontecendo?

Onde estava a Hayley que tinha mostrado o dedo do meio ao professor que disse que Ernest Hemingway era o melhor escritor da história, apesar dos meus argumentos embasados e sensatos de que não passava de um misógino supervalorizado?

Onde estava a Hayley que foi à escola com a camiseta: QUALQUER COISA QUE VOCÊ FAÇA, POSSO FAZER SANGRANDO?

Escorreguei até o chão, com as mãos na cabeça, e chorei.

Queria ligar pra E.

Mas estava morrendo de vergonha. E com medo.

E não era só isso.

Eu me sentia culpada. Por deixar S. tão chateado. Uma parte de mim queria implorar por perdão.

Mas perdão pelo quê?

P. implorou pro meu pai me perdoar.

"Ela é uma menina tonta", P. tinha dito, apontando para meu rosto. Mas não bastou para ele ficar.

Uma batida fraca me assusta.

"Hay?", S. me chama, gentil. "Merda, Hay, desculpa mesmo. Eu não queria te assustar. Sou um imbecil..."

Ele ficou em silêncio.

Eu não conseguia falar. Só fiquei sentada, me esforçando pra ouvir do outro lado da porta.

"Entendo total se você não me perdoar. Mas já limpei tudo. E pedi a pizza que você gosta. Só queria avisar." S. pigarreou. "Tô indo, tá?"

"Não!" Pulei pra abrir a porta. "Não vai. Por favor."

Fui abraçar S, e ele já estava me beijando, em toda parte, murmurando promessas e sussurrando desesperado.

"Eu fico. Claro que fico."

Não é o bastante?

Ele ter ficado? Não ter ido embora?

Na saúde e na doença.

Isso não é amor?

20
ella

Nem acredito que vou fazer isso. Eu nunca achei que saberia mentir tão descaradamente. Mas depois do que li ontem à noite, não tenho opção. Não suportaria ficar sentada na carteira; ao mesmo tempo, não quero ficar sozinha.

Bato na porta da sala do sr. Price e entro antes que respondam. O professor interrompe a explicação e se vira perplexo, assim como toda a turma de estatística, incluindo Scott, que parece entediado, e Rachael. Na última fileira, Seema fica animadíssima.

— Desculpa interromper, sr. Price, mas o dr. Cantrell pediu pra chamar a Seema. É importante.

Felizmente ela já está juntando as coisas.

— Você ouviu, sr. Price. Não vou deixar o diretor esperando, né?

O professor assente, confuso, enquanto fechamos a porta.

— O dr. Cantrell não disse nada — digo, assim que estamos longe.

Seema revira os olhos.

— Imaginei. Mas foi ótimo. Não sei se você sabe, estatística é a minha pior matéria.

— *Todo mundo* sabe, Seema. Você disse exatamente isso pra funcionária do refeitório na semana passada. Melhor sair daqui ou alguém vai pegar a gente.

Só existe um lugar possível, então a levo até a seção de enciclopédias da biblioteca, com certa dor no coração. Pego as Skittles azedinhas que comprei na máquina, e ficamos lado a lado no chão.

— Lugar legal. — Seema olha em volta. — Boa ideia. Provavelmente dá pra fumar maconha sem ninguém descobrir.

Os olhos dela estão esperançosos.

— Seema, eu não te trouxe aqui pra ficar chapada.

Ela suspira e balança a cabeça.

— Foi só um sonho. — Ela pega algumas balas. — Vai contar por que me tirou da sala?

Digo a verdade.

— Eu só... estava precisando muito de uma amiga.

A confissão faz Seema me levar a sério.

— Você parecia mesmo meio chateada. Qual é o problema?

Por onde começar?

Passei a noite deitada na cama, sem conseguir dormir, repassando cada palavra do diário para encontrar pistas que passaram despercebidas, tanto no passado quanto no presente. Não achei nada. O Sawyer do papel é muito diferente do Sawyer de agora. O jeito sombrio? A raiva ameaçando explodir? Não vejo isso nele. Se ela estivesse escrevendo sobre Sean, ou até o idiota do Scott, faria sentido.

Mas a vida real não é fácil, né?

Por que não me contou, Hayley?

E o que mais você escondeu?

Seema fica em silêncio, com uma expressão gentil. Fico muito grata por essa delicadeza. Dá coragem para fazer uma pergunta.

— Você conhece bem o Sawyer?

— Olha... Sei que ele faz mais de cem repetições na barra fixa.

Dou risada. Seema sorri e fica pensativa.

— Falando sério, acho que mal conheço o Sawyer. A gente fez algumas aulas juntos. Ele é inteligente, bom aluno. Não do tipo obcecado pelos estudos. A cara é de quem tá sempre com ranço, mas de um jeito atraente... — ela levanta a sobrancelha — ... você já sabe.

Faço que sim, amassando o pacote de Skittles.

— Você já viu o Sawyer... com raiva?

— Raiva? Passei pela máquina de doces outro dia, e o KitKat dele ficou preso. Ele deu um chute, mas foi embora meio triste quando viu que o chocolate não caiu...

— Ele chutou a máquina muito forte?

— Hum, acho que foi com força normal. Tipo, eu não pensei: "Sei não, esse chute era mais pra um Doritos". O que foi, Ella? — Seema fica muito séria e baixa a voz. — Tem alguma coisa rolando?

Sim? Não?

Como vou responder?

— Desculpa. Sei que não tô fazendo muito sentido. — Aperto as pálpebras. — Não dormi nada ontem. Nadinha. Tipo, nem me sinto humana. Acho que tô ficando maluca.

Os olhos castanhos de Seema estão amigáveis. Ela dá um tapinha no meu joelho.

— Ei. Você pode falar comigo, sabe? — Ela aperta a boca. — Aconteceu alguma coisa? Entre vocês dois? Ele ficou bravo? Com você? — Seema escolhe cada palavra com cuidado.

Reprimo o impulso de defender Sawyer e levo a pergunta a sério.

Passo rapidamente pelas lembranças, como se fossem um álbum de fotos. Imagens vívidas de Sawyer ao longo dos anos. Sawyer triste e quieto depois de uma briga com Hayley; Sawyer gritando "Ah, não!" depois que seu time perdeu. Dá para listar outros cinco garotos no nosso ano que agem igual quando as coisas não vão bem.

E a reação dele quando te viu com Scott? Foi mais do que isso, né? Sawyer não disse que a gente devia se afastar? E não foi só o jeito como gritou comigo; num minuto, berros na sala de aula — *e de repente a gente estava se beijando.*

Não foi raiva, mas um desejo mútuo que virou realidade por causa da dor. Igual a um rompimento numa represa, e eu mesma fiz o possível para derrubar o muro entre a gente.

Solto um gemido, confusa e culpada, e levo as mãos ao rosto.

— Que merda, Ella — Seema sussurra, então toca meu ombro. — Sawyer te fez alguma coisa?

Digo a verdade.

— Não — sussurro. — Ele não fez nada. Vou ser sincera, ele tem sido perfeito.

Fico arrepiada e tento não pensar na noite de ontem.

Seema está desconfiada.

— Sei...

— Não, tô falando sério. Ele é maravilhoso. Mas eu...

Com certeza vou ficar quieta sobre o diário. Não posso dizer nada. Nem eu devia saber de qualquer coisa. No entanto, fico tentada a jogar algo no ar, porque preciso desesperadamente de ajuda. Eu daria tudo para que alguém conciliasse esse Sawyer com o *outro* Sawyer, que desvendasse as pontas perdidas, que dissesse que eu interpretei mal certos sinais, na calada da noite.

Porém só eu posso fazer isso.

Engulo em seco.

— Eu só penso na Hayley. E, agora, no *Sawyer* e na Hayley. E ando me perguntando se...

— Ah. Esse assunto de novo. Você continua se sentindo

mal? Mesmo depois do que falei? — Ela entende o silêncio como uma confirmação. — E agora passou uma noite inteira sem dormir? Se sentindo culpada?

— É... difícil pôr em palavras — digo, com um suspiro.

Seema encosta na estante.

— Ella, eu entendo. Pensa em tudo pelo que você passou. Ninguém seria racional ou compreensivo numa situação assim. Muito menos alguém como você, que pensa demais. Faz sentido estar surtando. Mas essa não é a realidade.

Aperto a testa com o pulso.

— Eu só queria desligar meu cérebro.

— Você consegue. Posso dar um conselho de especialista? Diz pro seu cérebro: cala a boca e dorme. — Seema dá de ombros. — Privação de sono é uma técnica de tortura. Não me olha assim, tô falando sério. Algumas pessoas começam a alucinar depois de duas noites sem dormir.

Talvez Seema tenha razão. Eu deveria comer e dormir, depois reavaliar tudo. Solto o ar, esfregando a têmpora.

— E por que você conhece técnicas de tortura? — pergunto, desconfiada.

Ela sorri.

— Não vai dizer que você nunca mergulha na Wikipédia por curiosidade mórbida... A gente aprende umas coisas bem zoadas, amiga. Recomendo.

Dou risada, balançando a cabeça.

— Valeu, Seema.

— Valeu *você*. O sr. Price cospe toda vez que pronuncia a letra P. E estamos aprendendo simplesmente *valor-p*. — Ela vira o pacote de Skittles na boca. — Por que acha que eu sentei no fundo? Sério, fica à vontade pra me resgatar da aula de estatística.

O resto do dia passa num borrão sonolento e confuso.

Estou tão cansada que não resta qualquer energia quando a sra. Langley faz questão que eu seja voluntária na feira de outono, no próximo fim de semana.

— Que tal na barraca de s'mores, como nos velhos tempos?
Faço que sim, sem vontade.

O sinal finalmente toca, e meu corpo fica nervoso e alerta ao mesmo tempo. Estou ansiosa para encontrar Sawyer. Enquanto caminho até seu carro, respiro fundo e me esforço para controlar o coração. Mas não importa. Não o vejo em lugar nenhum.

Um par de braços aperta a minha barriga. Lábios passam pela minha orelha.

— Peguei você — diz a voz baixa e familiar.
Tomo um susto e me solto para encarar Sawyer.
— Não faz isso.
— Desculpa! Não quis te assustar. Foi mal mesmo!
Seus olhos transbordam arrependimento. Fico assim também.

— Tudo bem — digo, trêmula. Ainda bem que ninguém deve ter visto. Todo mundo está tão feliz por ir embora da escola que nem presta atenção em nada. — Eu normalmente não ligo. É que… não dormi ontem à noite.

A expressão de Sawyer fica amigável. Com o cabelo escuro e volumoso na testa, emoldurando perfeitamente a cicatriz, ele abre o carro. Eu poderia mergulhar na piscina cor de mogno desses olhos. Conheço esse Sawyer. O Sawyer que concordou em subir até o topo de uma montanha comigo, mesmo morrendo de medo de aranhas e carrapatos.

Entramos no carro. Eu não consigo me conter.

Dou um abraço, com o rosto no peito dele, e sinto o cheiro delicioso de quem esteve no sol.

— Opa, oi pra você também — ele diz baixo, com uma risada simpática.

As mãos descem tão gentilmente pelas minhas costas que eu o aperto com mais força. Sawyer dá um beijo no topo da minha cabeça.

— Desculpa outra vez. Tô me sentindo péssimo — Sawyer murmura no meu cabelo.

— Eu sei — digo, porém a voz sai abafada, e eu duvido que ele consiga ouvir. *Esse Sawyer se sente péssimo quando me assusta com um abraço*, penso. Meus dedos agarram a parte de trás da sua camiseta. Sinto a leve vibração do peito na minha bochecha.

— Então — Sawyer diz, num tom diferente. — Rolou alguma coisa especial que não te deixou dormir, Graham?

Percebo que ele está sorrindo.

Solto um riso, enfiada na camiseta.

— Eu perguntaria se você tentou aquele lance da banana contra insônia. Mas acho que sim, né?

— Uma *banana*? — Eu me afasto, com um olhar desafiador. — Talvez você esteja se achando um pouco.

Sawyer dá uma gargalhada, e os cantos dos seus olhos formam rugas enquanto ele me observa bem. Aí o sorriso se desfaz.

— Você parece bem cansada, Els. Ainda linda, claro — ele se corrige rapidinho —, mas... meio estressada.

Seu rosto já está até um pouco borrado.

— Aparentemente, se eu não dormir logo, vou começar a alucinar.

— Tá. — Sawyer responde como se eu tivesse dito que preciso da garrafa de água porque estou com sede. — Por sorte, apesar desse carro ser uma lata-velha, também é extremamente confortável. — Ele se debruça em mim para ajustar a posição do banco do passageiro. — Foi onde tirei as melhores sonecas da minha vida. Mas você pode testar.

É verdade.

O banco deita demais, como uma caminha. Sawyer encontra no porta-malas um moletom antigo da época do cross-country, para servir de cobertor.

— Aonde vamos? — sussurro, sentindo as pálpebras mais pesadas a cada palavra.

— Não se preocupa. — Ele tira uma mecha de cabelo da minha bochecha. — Minha mãe tá em casa. Não preciso cuidar do Callan. A gente tem todo o tempo do mundo. Você pode dormir à vontade, Els. Nem esquenta.

Sawyer sorri.

Estou sorrindo, pegando no sono e me sentindo quentinha e segura.

Quando acordo, já escureceu. O carro parou sob a luz amarelada de uma placa neon. Sawyer não está comigo.

Eu sento, preocupada, então o vejo lá fora, mexendo no celular. Ufa. Deve estar falando com a mãe.

Aí lembro da *minha* mãe. Meio em pânico, vejo uma nova mensagem.

M

Ei, cadê você?

Respondo sem nem pensar.

E

Desculpa! Tô no trabalho. Vou fechar as coisas e chegar tarde.

> Esqueci de avisar.

Fico olhando para o celular enquanto três pontinhos piscam dentro do balão de fala. Ela demora um pouco, e eu me preparo para uma bronca à distância. Depois de um bom tempo, só recebo duas letras.

M

> Tá

Sinto uma pontada de culpa terrível e uma tristeza inesperada. Um ano atrás, eu teria dado *tudo* para minha mãe pegar pelo menos um pouco mais leve comigo. Agora parece que finalmente consegui o que queria. Ela está pegando *super*leve. Fico surpresa com a dor a cada mentira para minha mãe. Mas a verdade é que não sou a filha que ela achava que eu fosse. Nem a filha que *eu* achava que fosse. Que lição brutal para nós duas.

Com um suspiro, observo pela janela. Sawyer está andando de um lado para o outro, seus ombros tão largos que poderiam rasgar a camiseta. Me sinto quentinha por dentro quando ele retribui o olhar, abre um sorriso torto e dá uma piscadinha.

Logo em seguida, Sawyer entra no carro.

— Oi, oi. Como se sente?

Ele sorri.

— Faminta. — Faz muito tempo que não como.

— Ah, então deu sorte.

Sawyer pega um saco de papel engordurado com um cheirinho que dá água na boca. Então percebo que estamos no estacionamento de um restaurante.

— Nossa, adoro o Biscuits 'N Butter. Diz que comprou as panquecas de batata.

Enfio a mão no saco.

— Acha que tô de brincadeira? — Sawyer brinca.

Faço barulho ao dar uma bela mordida.

— Que delícia. Obrigada.

Enquanto como, Sawyer conta histórias engraçadinhas envolvendo o irmão. Me sinto outra pessoa quando termino as panquecas, porque algumas horas de sono e a barriga cheia fazem toda a diferença. Na verdade, não me sinto bem desse jeito há um tempo. Também estou caidinha por Sawyer.

— Se estamos num certo Biscuits 'N Butter, eu trabalho logo na esquina.

— É mesmo? — Sawyer diz, malicioso.

— É.

Ele engata a marcha.

— Topa uma aventura?

Que friozinho na barriga.

— Que tipo de aventura?

— Põe o cinto que eu te mostro.

Já fico receosa quando ele para no estacionamento quase vazio.

— O zelador da noite tá aí. — Aponto para o carro de Angus. — E ele não é muito simpático.

— Então é melhor ninguém pegar a gente — Sawyer diz, se inclinando para mordiscar meu lábio inferior. Esse toque já é o bastante para acender meu corpo. Mal noto Sawyer sair do carro. Ele se movimenta como uma pantera na direção da piscina externa.

— Meu Deus. — O coração acelera enquanto vou atrás dele.

— Espero que você saiba a senha.

Sawyer sorri ao apontar com a cabeça para o teclado numérico iluminado no portão de ferro.

Minha boca fica seca.

— Eu sei — digo, sem desviar os olhos. Sawyer vira um pouco a cabeça. Esse sorriso torto dá um frio na barriga, bem no umbigo. — Se alguém pegar a gente — digo, sem ar —, perder o emprego vai ser o menor dos meus problemas. Isso é invasão de propriedade. Caso de polícia.

Seus dentes roçam no lóbulo da minha orelha.

— Você é ótima em ficar quietinha, Graham. — Fecho os olhos, sentindo cada terminação nervosa ser acionada. — Vamos sair dessa. Eu prometo.

Sem pensar duas vezes, ponho a senha e entramos.

As luzes estão apagadas, incluindo as que ficam dentro da água. Mesmo com os olhos já acostumados à escuridão, ainda é difícil ver mais que silhuetas.

Que pena, porque parece que Sawyer está só de cueca.

— O que você tá fazendo? — dou um grito sussurrado, embora saiba *exatamente* o que ele está fazendo.

— Anda, Graham. — Ele vai devagar até a parte funda.

— Um passarinho me contou que é uma missão secretíssima, e você tá dando mole.

Fico só de calcinha e sutiã, recolho nossas roupas com as mãos trêmulas e escondo nos arbustos. Entro na água sem fazer barulho, e com as mãos de Sawyer na minha lombar, caio na real.

Estou sozinha à noite numa piscina com Sawyer Hawkins.

Aliás, os dois praticamente pelados.

— Você é irresistível, sabia? — ele sussurra, beijando meu pescoço. — Não consigo pensar em nada além de te tocar.

Meus braços molhados enlaçam seu pescoço, e que sensação maravilhosa a da pele escorregando na minha, coxa com coxa, meu peito colado nesses músculos.

De repente, estamos sozinhos no mundo outra vez.

— É tão gostoso te tocar na água.

Por instinto, minhas pernas envolvem a cintura dele.

— Nossa — Sawyer diz. Ficamos balançando. Nesse calor, mal noto que nossos rostos mergulham de tempos em tempos. Sawyer está arfando, então se segura na beirada de concreto. — Respirar? Prefiro te tocar. Viu?

— Seguro o ar um tempão debaixo d'água. — Passo a língua no seu pescoço. — Sou praticamente uma sereia. — Procuro seus olhos escuros nas sombras, seguro o elástico da cueca e desço a outra mão pela sua barriga. — A gente faz coisas na água que outras pessoas não conseguem.

— Nesse caso — Sawyer diz, ajeitando a gente para que eu fique deitada de costas, ainda agarrada no seu pescoço —, vamos continuar de onde paramos ontem à noite.

Sawyer ainda está com uma das mãos na borda, já a outra... explora meu corpo todo.

Sobe pela minha barriga, aperta por baixo do meu sutiã.

— Nunca vi nada tão lindo quanto você deitada embaixo de mim. — Sawyer diz contra minha boca, sem ar.

A mão desce até o elástico da calcinha.

— E quando te senti... nem acreditei... quanto...

— Quanto eu te quero? — sussurro, tentando demostrar com movimentos.

— É... — Sawyer vai para a calcinha. Quando ele apalpa, sua cabeça pende para trás, e diz alguns palavrões. Depois sussurra, mexendo os dedos: — Ella... Você é perfeita.

Nunca senti nada assim. A pressão aumentando; a sensação de que existe uma promessa; a expectativa de que vai ser cumprida se eu acreditar.

— Sawyer. — Soo como se estivesse quase chorando. — Por favor.

— Por favor o quê? — ele pergunta, a voz grave como nunca.

— Não sei — choramingo, e ele passa os dentes pelo meu maxilar. — Não sei, mas *por favor*.

Respirando pesado, ele acelera os dedos. Fecho os olhos com força, enquanto faíscas vermelhas e douradas explodem atrás das pálpebras. Meus músculos ficam tensos devagar, como se eu me preparasse para um soco.

— Você fica linda assim, Ella. — Sawyer também começa a soar desesperado. — Vai, Ella. Quero que seja comigo. Vai. Por mim.

Se restasse no meu cérebro qualquer espaço para palavras, eu perguntaria *o que* ele está pedindo. É impossível. Só sinto como se uma bexiga estivesse sendo enchida aqui dentro, cada vez maior e prestes a estourar.

Não sei por quê, mas quero que estoure. Preciso disso.

Meu coração bate incrivelmente rápido, sacudindo a caixa torácica. Minha perna esquerda começa a tremer, meus dedos doem se curvando. Mal presto atenção na minha garganta fazendo um som agudo de aflição.

Que vontade de dizer o nome de Sawyer, porque aqui só tem ele, o responsável por tudo isso. Sawyer precisa saber que estou indo além de onde quer que a gente esteja indo. Vejo os trilhos da montanha-russa lá embaixo, prestes a mergulhar. Tampem os ouvidos; a faísca está chegando para acender os fogos de artifício.

— *Ah*, Saw...

Uma mão tapa minha boca, e de repente sou virada para baixo. Sawyer pressiona minhas costas contra o peito e vai ao canto da piscina.

Meus olhos estão arregalados, porém não consigo ver nada no escuro. Tento me soltar, o que só faz a mão segurar mais o meu rosto. Tento empurrar Sawyer pelo braço, para acabar com a confusão, mas ele me imobiliza com força demais.

Entro em pânico. Me debato, dando tudo de mim nos chutes. Sawyer me prende com suas coxas surpreendentemente malhadas, e não consigo mais me mexer. Meu coração continua martelando, agora por um motivo completamente diferente.

Cravo as unhas no seu peito, então ele me solta.

— Merda, você tá bem, Els? Desculpa, desculpa mesmo...

Eu o empurro para longe.

— O que foi isso, Sawyer?

Agarro o concreto.

— Era o zelador — ele diz, agoniado. — Você não ouviu, porque estava... — Sawyer pigarreia. — Bom, ele apareceu, e eu não queria que você fosse demitida, aí entrei em pânico.

Não consigo distinguir seu rosto direito, porém dá para ver que os olhos estão arregalados de horror.

Meu corpo continua sensível, meio tremendo, tanto do pânico quanto da lembrança das mãos de Sawyer. Uma mistura extremamente confusa e inebriante.

Continuo em estado de alerta.

— Fiquei assustada pra caramba, Sawyer.

Ele desaba.

— Claro que sim. Desculpa mesmo, Ella. Eu não sabia o que fazer. — Ele olha de relance para trás. — Acho que o cara foi embora. Vou te levar pra casa, tá?

Ele está se sentindo péssimo. Nada até o fim da piscina para dar uma última olhada, mantendo uma distância respeitosa de mim, como uma trégua. A impressão é de que cada palavra foi sincera. E que ele poderia continuar se desculpando.

Eu fui, sim, pega de surpresa, porém não corri um risco real. A não ser o de ser flagrada por Angus.

Sawyer nos salvou. E está genuinamente arrependido.

— Ele foi mesmo embora?

Sawyer confirma com a cabeça.

— Foi.

Volto a abraçar o pescoço dele, dando um beijo na boca.

— Ella?

Observo o reflexo do luar nas gotas de água na ponta dos seus cílios compridos.

— Ainda não acabamos — sussurro, rouca.

Sawyer engole em seco.

— Certeza?

Eu me esfrego nele, só para provar que tenho certeza *absoluta*.

Ele geme e me encoxa contra o azulejo da piscina.

— Ella — Sawyer diz no meu pescoço, então continua de onde parou, e meu corpo surpreendentemente responde bem. Talvez a interrupção não tenha amortecido nada, mas sim o contrário, intensificando as sensações de uma maneira esquisita.

Não demora muito para virem as faíscas douradas. Logo Sawyer está abafando meus gemidos com a boca enquanto eu quase choro de prazer. Não me importo com mais nada no mundo. Nada além de Sawyer, seus dedos habilidosos, a chuva de estrelas na minha visão e o nome dele saindo repetidamente da minha boca.

21

sawyer

Paro para abastecer o carro depois de deixar Ella em casa.
— Olha ele — Ralphie diz, debruçado no balcão. — Sorrindo de novo.
— É mesmo?
Dou um pulinho para desviar do cesto de brinquedos vagabundos que Ralphie mantém perto do pacote de chiclete.
— Pois é. Agora chega, ou vai assustar os clientes — Ralphie resmunga, torcendo o bigode branco.
— Que clientes? — digo, animado, sem conseguir tirar os olhos de tanta porcaria. Nunca olhei esse cesto de verdade, porém hoje algo chama minha atenção. Pego um jipe de metal, pintado de qualquer jeito como um carro de safári.
Olho por baixo da divisória de plástico, empurrando o carrinho para a frente e para trás.
— Quanto é?
Ralphie dá uma examinada.
— Cinco.
— Centavos?
— Dólares, seu idiota.
Ele dá uma tragada no vape e solta uma nuvem de fumaça com cheiro de uva.
— Beleza. — Deixo o cartão de débito na bancada. —

Vou pagar essa porcaria e os vinte dólares da gasolina. Aliás, a maquininha lá fora não tá funcionando.

Ralphie me olha como se eu estivesse ficando louco.

— Sério? Simples assim? Não vai implorar por desconto? Não vai procurar moedinhas no banco do carro? Não vai gritar comigo por te extorquir?

Os dedos cheios de veias roxas aparentes pegam o cartão por baixo da divisória.

Dou de ombros.

— Sei lá, Ralph. Acho que é mais ou menos justo. — Fecho os olhos. Ella é incrível demais para ser mencionada agora, por isso mudo de assunto. — Você já foi ao zoológico de Atlanta?

Ele resmunga, apertando devagar os botões do caixa.

— Eu também não. Nem o Callan. — Continuo brincando com o carrinho. — Mas ele vai amar. E sabe quem mais? — Aponto para Ralph. — A minha mãe.

E a Ella também.

Ralphie faz um barulho qualquer e aperta o último botão. O caixa tilinta como música. Guardo a carteira e tamborilo no balcão antes de seguir para a porta.

— Boa noite pra você, Ralphie! — digo olhando para trás, então dou risada da cara de perplexo.

Ainda estou assoviando quando entro na cozinha. Minha mãe está revirando a bolsa na mesa, de costas para mim.

— Oi, mãe maravilhosa. — Eu a abraço por trás. — Pergunta: o que você acha mais divertido, gorilas ou pandas?

— Sawyer.

— Tem razão. Escolha difícil. — Eu a giro pelas mãos, fazendo a dança que costumava ser uma brincadeirinha nossa. — Outra pergunta: o que é melhor pra comer observando os elefantes, raspadinha ou sanduíche de sorvete?

— Sawyer...

— Você tem razão de novo: escolha difícil! — Eu a viro para mim. — Mas adivinha só: você não vai ter que decidir! A partir de agora, vou gastar todas as gorjetas com diversão! Ou talvez eu volte pro cross-country, quem sabe? As opções são *infinitas*! — Eu tiro o jipe de brinquedo do bolso. — Bom, me avisa quando confirmarem que a vaga é sua. Quero estar junto na hora que o Callan souber. Tô planejando uma surpresinha com esse troço aqui...

Empurro o carrinho na mesa até um avental dobrado da Waffle House.

Dou uma piscada. O velho uniforme está ao lado da bolsa e de uma garrafa térmica com café fresco.

— O que é isso? Você vai cumprir o aviso prévio? Sabe que não precisa. Ainda mais que o trabalho novo deve começar...

— Eu não consegui, Sawyer.

Minha mãe fala tão baixo que com certeza não ouvi direito. Me apoio na mesa.

— Como assim? Você é perfeita pra vaga. Cuida dos compromissos da família toda apesar dos três empregos. A agenda de um CEO idiota seria moleza. Qualquer um sabe. Mesmo.

Aperto minha cicatriz com o polegar.

— Não te contei, mas não deram notícias. Já estava ficando nervosa, então liguei pra Betsy da recepção hoje à tarde. — Minha mãe inspira, cansada. — Ela disse que não tinha permissão pra me falar, mas... chamaram outra pessoa. Betsy disse que gostaram de mim, mas que precisavam de alguém... com diploma universitário.

— Ah, não, mãe. *Não.* — Ando de um lado para o outro, sentindo o sangue esquentar. — Isso é ridículo.

— Fala baixo, Sawyer, o Callan tá dormindo.

— Por favor, mãe. A gente tem que fazer alguma coisa.

Pego as mãos dela e fico chocado ao perceber que as minhas estão tremendo.

— Sawyer — ela diz, e a voz falha. Lágrimas começam a rolar dos seus olhos vermelhos e inchados. — Eu entendo. De verdade. A vida é assim, filho.

— *Mãe*.

— Vai ficar tudo bem. — Ela funga. — A gente vai continuar numa boa. Não tem problema, Sawyer. Vai ficar tudo bem. — Minha mãe enxuga minha bochecha. Quando comecei a chorar? Eu me encolho com o toque.

— Não — digo, saindo de perto. — *Não*. Tem problema, sim. — Não consigo parar de tremer. — Isso... isso é uma *merda*.

Ela olha com reprovação na mesma hora.

— Olha a língua, Sawyer Hawkins.

— É verdade! Você não pode... simplesmente aceitar isso, mãe. Eu dou um jeito. Prometo. Me dá o número deles. Vou pessoalmente amanhã. E convenço esses caras. Vou contar pro imbecil do CEO tudo o que aconteceu e explicar por que você não conseguiu fazer faculdade. Vou contar que fui eu... que por minha causa...

— Você não vai fazer nada disso — minha mãe me corta. — A vida é assim, Sawyer, e dar um chilique não vai mudar nada. Não consegui o emprego, acabou. — Ela põe a bolsa no ombro e pega o avental e o café. — Se pra isso eu não devia ter filhos... bom, que se dane! Nenhum emprego vale tanto. Tá ouvindo, Sawyer Hawkins? Nada importa mais pra mim do que você e o seu irmão.

Minha mãe faz questão de me olhar sem piscar.

Mas só vejo suas olheiras embaixo do inchaço de tanto

chorar. Os lábios já não estão mais tensos. O peso de décadas dando conta de três empregos sob a pressão do aluguel... Minha mãe é assim, doce e corajosa. Depois de tudo o que enfrentou, essa é a vida dela?

Algo dentro de mim explode.

— É... uma... merda.

Dou um soco na mesa a cada palavra. Uma caneta, um batom e um frasco de Advil voam.

Aí ouço um barulho terrível, e a mesa tomba de lado. A perna que minha mãe e eu tentamos consertar quebrou de vez.

Um instinto feio e amargo está uivando.

— Então a gente merece isso? — grito. — Uma mesa quebrada e pronto?

Noto o jipe vagabundo rolando pelo chão e sinto tanta aversão a mim mesmo que bile sobe pela garganta. Eu engulo.

— E dane-se o zoológico? E os nossos fins de semana, o sono e as necessidades básicas? Dane-se tudo?

Atiro o brinquedo na parede. Ele se estilhaça.

— Saw-Saw?

A centímetros do carrinho, Callan está abraçando o macaco de pelúcia com as mãos suadas e os olhos arregalados como nunca vi.

Que merda foi essa que eu quase fiz?

— Nossa, Callan. Desculpa.

Ele está com medo, seus olhos se enchem de lágrimas.

— Ei, amigão — digo, estendendo a mão. — Tá tudo bem. Vem cá...

Quando dou um passo adiante, ele começa a chorar e foge correndo.

— Espera!

Tento ir atrás dele, porém minha mãe me impede e grita:

— Para! Para, Dan!

Congelo.

Os olhos dela estão transbordando lágrimas. Não sei quem está se sentindo pior. O braço dela não se move, me segurando. Não tenta se explicar. E eu entendo tudo.

Saio correndo pela porta da frente, com vontade de nunca parar. Porém não posso fugir da verdade. Preciso encarar os fatos.

Meu pior medo se tornou realidade.

Dan é o nome *dele*.

E, esta noite, minha mãe viu meu pai em mim.

22
ella

Aconteceu de novo na entrada de casa, logo depois de Sawyer ter me dado carona. Os médicos disseram que qualquer coisa poderia servir de gatilho para as lembranças. Talvez tenha sido o meu estado, tremendo por conta da noite úmida, ainda à flor da pele depois do que havia rolado, no limite entre o prazer e o medo. Ou a luz gelada e cortante da lua cheia. Talvez só estivesse *mais do que na hora* de ter algum flashback.

Quem sabe? Tanto faz.

O que importa é que eu estava vendo os faróis traseiros do carro de Sawyer se afastando e em seguida mergulhei numa lembrança. Tão vívida quanto da última vez. De repente, eu me vi no banco do motorista, na noite do acidente.

Agarrando o volante como se fosse a minha própria vida.
Hayley gritando no meu ouvido:
— *Mais rápido!*
Um clique. O som do cinto de segurança sendo desafivelado.

E agora estou sentada na escrivaninha do meu quarto, olhando para o diário de Hayley. Há quanto tempo não saio da cadeira? Vinte minutos? Uma hora? Seis? Sei lá. Não achei nenhuma pista desde então, depois de subir direto, nervosa.

Meu cabelo está péssimo pelo cloro, e a roupa, molhada. Ainda consigo sentir o couro do volante na palma das mãos. E o ouvido direito zumbindo, embora seja apenas impressão. Essa lembrança é real? Porque se for... o que deixou Hayley tão assustada?

Mais perguntas, sem resposta para as antigas. Igualzinho ao diário. Sempre que leio, em busca de esclarecimento, procurando paz de espírito desesperadamente, só acabo me torturando.

Pego o caderninho preto e passo o polegar pela lombada. Sem dúvida, o que li ontem à noite aconteceu. A experiência de Hayley, a dor, o medo... tudo é real. Acreditar nela nunca foi a questão. Na verdade, esse é o problema. Sendo assim, como posso beijar Sawyer ou manter esse garoto na minha vida?

Ella, você já foi muito além do beijo, diz uma voz inútil na minha cabeça.

Eu acredito em Hayley, nunca duvidaria da vivência de uma mulher. E... bom, acredito em mim também. Nos meus sentimentos. Especificamente em relação a Sawyer. Sua sinceridade, a maneira como se importa comigo e parece perdido quando nos beijamos...

Balanço a cabeça com força. Não devo estar juntando as peças. Ter esperança faz de mim uma boba ou uma desesperada, porém o pensamento vem mesmo assim:

Só mais uma vez, Ella. Talvez a resposta esteja bem aqui.

A voz está começando a fazer algum sentido. Afinal, e se Hayley explicar que Sawyer só estava passando por uma fase ruim? Ele nunca dá detalhes sobre o passado, mas pode ser algum trauma antigo.

Talvez ele tenha feito terapia, virado outra pessoa. Talvez minha amiga dê uma informação que esclareça tudo. Talvez eu esteja viajando.

Aperto o diário no peito e subo na cama.

É a única maneira de descobrir.

23
o diário de hayley

Viu? Viu? Ele só estava passando por uma fase difícil. Tendo um dia ruim. Quem nunca deu uma surtada? Cara, até mesmo E. tem seus momentos. Tipo nas férias, quando ela estava lendo aquele thriller romântico. Sentada do meu lado no sofá enquanto eu procurava algo pra ver na Netflix, ela gritou de repente. Que susto da porra.

"Três dias de leitura, três dias jogados no lixo. Virei a noite por causa dessa porcaria!"

Ela atirou o livro, que bateu na parede branca da sala de estar. Justo E., com aquele coração de cachorrinho fofo, então fiquei surpresa de verdade. Quando perguntei com toda a delicadeza o que tinha acontecido com o livro, E. disse:

"Acabei de ler quinhentas páginas de uma história em que nada acontece só pra terminar no meio da única cena romântica. Ficou tudo no ar."

"O casal não dá um beijo?"

"Só uma vez. Ah, antes que você pergunte, é um selinho."

O rosto de E. ficou vermelho de raiva.

"Nesse caso", eu disse, tentando ser educada "vou lá pegar o livro pra você jogar de novo."

E ela fez isso mesmo, com tanta força que derrubou um quadro e levamos a maior bronca da mãe dela.

O ponto é: se aconteceu com E., pode acontecer com qualquer um.

Incluindo S.

E as coisas andam melhores do que nunca. Na verdade, acho que a gente está sendo mais honesto. Eu não tinha visto esse lado dele, nem sabia que existia. Mas agora conheço S. de fato. Melhor do que qualquer outra pessoa. Deitamos na cama, e eu fiquei fazendo carinho na testa dele, pedi que contasse as partes feias, as manchas na sua história, garantindo que nunca existiria nada que eu não fosse amar de todo o coração.

Depois de muito debater e beijar, de muitas confissões e promessas, S. finalmente baixou a guarda e se abriu comigo.

Aos sete anos, ele não conseguia manter a porta do quarto fechada no meio dos acessos violentos do seu pai bêbado, mas desde essa idade S. sabia: se ele fosse o alvo daqueles punhos, significava que a sua mãe não seria atingida aquela noite.

S. me contou que nem lembra de uma época em que amou o pai. Os sentimentos mais fortes eram medo e pena, então alívio, quando ele desapareceu.

Passados dez minutos de lágrimas, S. admitiu que seria fácil se aquilo fosse apenas isso, mas a verdade é sempre muito mais complexa. S. ainda lembra de ficar na defensiva, aos cinco anos, quando ouvia a chave do pai girando na fechadura da porta da frente depois do trabalho.

S. contou coisas horríveis. Piores ainda. Eu precisava fechar os olhos pra ouvir.

Mas a gente foi até o fim. Beijei S. durante o desabafo e prometi:

"Não há nada que você possa contar que não vai me fazer te amar ainda mais."

Eu disse que, com ele, eu me sentia menos sozinha. Nossas vidas não eram exatamente iguais. Em vez de um pai horrível que não ia embora, eu tive vários pais horríveis que se recusavam a ficar.

"Queria pôr a culpa na Phoebe. Se fosse possível me amar... eles não teriam me abandonado." Não tinha admitido isso nem pra mim mesma antes.

"Não importa mais." S. me abraçou. "Tô aqui agora. Você não precisa de ninguém além de mim."

A gente tem uma conexão de outra vida, só pode ser.

Nem sei dizer quantas vezes nas últimas semanas recebi uma mensagem de S. exatamente quando eu estava pensando nele, deitada na cama à noite.

VEM AQUI FORA.

Eu saio escondida e lá está ele, apoiado no carro, com um girassol na mão.

"O que você tá fazen..." eu nunca consigo terminar a pergunta, porque S. me abraça e me beija. A gente já fica se pegando antes de chegar no banco de trás. No fim, acabamos ofegantes e suados, e percebemos que a flor amassou. Eu sempre abraço o girassol despedaçado, meio triste, mas S. dá um sorriso e beija minha clavícula.

"Acho que vou ter que te trazer outro."

Ele cumpre as promessas.

Fui no shopping sozinha com E. uma vez, um evento aguardado ansiosamente pelas duas. S. se sentiu tão mal pela explosão que insistiu que eu devia marcar algo só com ela.

Separei algumas saias e blusinhas e, enquanto E. olhava os sapatos, fui no provador. Segundos depois de tirar a minha blusa, a cortina se abriu e alguém tapou minha boca antes que eu gritasse.

"Xiu, relaxa, sou só eu, Hay!", S. sussurrou, com os olhos safados brilhando.

Meu coração continuou a mil.

"O que você tá fazendo? A gente marcou de se encontrar mais tarde!"

"Eu sei, mas te vi e não consegui resistir. Vim comprar um negócio pra minha mãe. Esqueci completamente do passeio de vocês."

S. começou a beijar meu pescoço, acordando o corpo inteiro, como ele sempre faz.

"Nem tô pensando direito com você aqui, só de saia, sutiã e bota, gostosa desse jeito."

"Eu ia provar umas roupas. Quer que eu seja a sua modelo?"

"Depois", S. sussurrou.

Ele me virou de frente pro espelho. Apoiou o queixo no meu ombro e olhou nos meus olhos pelo reflexo.

"Sentiu?", S. cravou os dedos no meu quadril e me puxou. Mordi o lábio pra não gemer. "Você faz isso comigo, Hayley."

Ouvi o zíper da calça dele descer devagar.

"Se concentra no espelho", ele sussurrou. "Olha como fica linda enquanto te deixo louca."

Eu obedeci. Não desviei os olhos durante aquela pegação lenta e gostosa. Ele teve que tapar a minha boca, ou acabaríamos sendo presos por ato (extremamente) obsceno. De novo, S. me mostrou um caminho de prazer que eu nunca tinha experimentado.

Fiquei morrendo de vergonha quando finalmente fui atrás de E.

"Até que enfim! Foi difícil decidir, hein? Gostou de alguma coisa?"

Então, né? A vida com S. tem sido girassóis, beijos e muito mais! Ele me mantém bem ocupada. Entre S., a escola e malabarismos pra encontrar E., nem me preocupo muito com as babaquices da Phoebe. Um alívio!

Bom, vou parando por aqui, S. acabou de mandar mensagem. Tá me esperando lá fora, a gente vai sair pra comer. Depois eu conto!

Me sinto tão constrangida.
Fui tão humilhada.
Tô tão perdida.
Posso recorrer só ao diário nesses momentos, por que a minha vida é assim?

Tudo o que escrevi antes é verdade. S. tem sido perfeito. Anda feliz. Algumas horas atrás, expliquei como as coisas estavam ótimas.

Foi assim que aconteceu.

Quando saí correndo pra encontrar S., ficou na cara que ele estava de mau humor. Mas quem não passa por isso de vez em quando? Fora que já conheço S. bem o suficiente. Sei como melhorar o clima.

"Você tá bem?", perguntei no carro.

"Tô cansado. Foi um dia longo."

"Tadinho", falei, sincera, então fui dar um beijo na bochecha dele. Por azar, S. se virou pra verificar o retrovisor do meu lado. Então a gente bateu os rostos.

"Desculpa!", falei na mesma hora.

"Será que você pode não ser tão irritante, só uma vez?", ele gritou ao mesmo tempo.

Fiz que sim, com o coração acelerado. Claro que fiquei magoada. Sempre fico, quando ele age assim. Mas sei que não é o que S. pensa de verdade, e mesmo que tenha sido mesmo um acidente, ele não estava totalmente errado.

Eu sou mesmo irritante. Às vezes, de propósito. Não naquele momento, óbvio, mas... bom, tem hora e lugar pra tudo.

Eu estava pensando nisso enquanto olhava pra minhas pernas durante o trajeto. Tentei prestar bastante atenção em S. Ainda não peguei o jeito, mas às vezes consigo prever o tipo de tempestade que vem aí. Se for nível cinco, a noite já era. Melhor tentar amanhã. No nível três, a coisa vai seguir qualquer rumo, mas provavelmente ainda pode ser salva. Os níveis um e dois indicam que ele só precisa de um pouco de silêncio pra se acalmar, depois tudo vai dar certo.

Sinceramente, os níveis um e dois ficaram na lembrança.

Me esforcei pra não cantarolar e não sacodir os joelhos. A gente foi um pouco mais longe do que o normal, porque ia experimentar o novo Burger Shack, em outra cidade. Acabou funcionando a meu favor — quando estacionamos, os ombros de S. já não estavam tão tensos.

"Que merda, Hay." S. pôs o carro em ponto morto. "Sou o maior babaca do mundo. Desculpa. O dia foi péssimo. Eu descontei em você, literalmente a única coisa boa na minha vida." Ele me beijou. "Você nunca é irritante."

Nível um, no fim das contas.

Ou era o que eu pensava.

Retribuí o beijo e disse que entendia, claro, ele não precisa exagerar: eu podia mesmo ser bem irritante. A verdade era que, de maneira geral, senti um alívio. A noite não estava perdida, e eu ia ter a oportunidade de relaxar um pouquinho.

Entramos no restaurante, ele segurando a minha cintura e eu descansando a cabeça no seu ombro. Ficou tudo bem. Na fila, vimos o cardápio e ficamos abraçados. Parecia tudo certo.

Chegou nossa vez: S. foi todo fofo no pedido.

Fiquei esperando a comida, e ele foi atrás de uma mesa. Cantarolei com a música tocando ao fundo, dançando um pouquinho, tentando não pensar muito na explosão de S. no carro. A comida ficou pronta, fui pegar ketchup, mostarda e sal, então notei que estava faltando uma batata. Voltei pro balcão.

"Oi", falei pro atendente. "Acho que deve ter uma batata com o meu nome perdida aí."

"Provavelmente não", ele disse, já enchendo uma embalagem pra mim. "O Burger Shack não faz batatas personalizadas desde os anos noventa."

E me serviu uma porção grande.

"Bom, a verdade é que eu sou parente do dono, mas não conta pra ninguém. E valeu por ter caprichado."

"Imagina." Ele deu um sorriso.

Não achei que tivesse sido nada de mais. Assim que me virei, esqueci totalmente o cara.

Só que antes mesmo de deixar a bandeja na mesa, S. me puxou pelo pulso.

"Vamos embora. Agora."

"Quê? E a comida?"

Algumas pessoas ficaram olhando. Tudo caiu das minhas mãos, batatinha e milk-shake de baunilha se espalharam na mesa. Pensei na sorte de sermos desconhecidos ali, enquanto a humilhação provocava lágrimas. De chinelo, eu tive dificuldade de acompanhar o ritmo de S. até a porta.

Um alarme disparou na minha cabeça: Nível cinco, nível cinco.

Revirei o cérebro tentando descobrir o que tinha feito errado. Esses são os piores momentos. Quando acho que fiz tudo direito, lembrei o que ele pediu, respeitei os limites, e ainda assim eu deixei S. puto.

"Por favor", implorei. "O que foi que eu fiz?"

S. não disse nada até a gente chegar no carro.

"Não se faz de sonsa. Você sabe muito bem."

Ele me enfiou pela porta do passageiro. Então ficou quieto na estrada. E fez cara de nojo porque eu estava toda encolhida, tentando esconder as lágrimas.

"Não tô entendendo, de verdade. Por favor, me fala, eu conserto."

S. pisou fundo no acelerador, a raiva fazia eco com o ronco do motor.

"Quem era aquele cara que você ficou dando em cima?", ele gritou.

Deu um nervoso na hora. Eu não tinha ideia, mas não fazia diferença. Eu não ia ganhar nessa situação. Se soubesse de quem S. estava falando, confirmaria a paranoia. Se não soubesse, ele acharia que eu estava mentindo.

Eu me ferrei. Só podia recorrer à verdade.

"Sei que você não vai acreditar em mim", falei devagar, com a voz embargada. "Mas juro por tudo o que é mais sagrado, não sei de quem..."

"Não sei o que você disse, mas conseguiu batata grátis. O que você prometeu pra ele, hein?"

S. parou na frente de casa, cantando pneu.

"Pera, o atendente?"

Que ridículo. Ao extremo.

A situação toda era absurda, grotesca. Uma comédia de erros.

O cara da batatinha?

S. achava mesmo que eu enfrentaria uma tempestade nível cinco por um acompanhamento?

Soltei uma gargalhada sombria, meio soluçando, meio dando risada. Lágrimas quentes escorriam.

"Para de rir", S. rosnou, olhando feio.

"Não... consigo..."

Engasguei tomando fôlego. Eu realmente não conseguia parar.

"Para de rir de mim", S. gritou.

Quando não obedeci, ele me deu um tapa tão forte com as costas da mão que minha cabeça bateu no vidro.

A dor explodiu dos dois lados do crânio. Mesmo assim, fiquei sem entender nada.

S. não tinha me batido. Ele nunca faria isso. Coisas assim não aconteciam com garotas como eu.

Será que ri tanto que acabei me machucando sozinha?

Fiquei perplexa, pus a mão no rosto e senti algo úmido. Vi um pontinho de sangue no dedo. Senti um gosto de cobre.

Olhei pra S., achando que ia ficar arrependido, horrorizado, apressado pra dizer que tinha perdido o controle...

Porém ele só virou pro teto, ainda possuído por uma raiva gelada, com o maxilar tenso e talvez até um pouco... aliviado?

Então tudo foi me consumindo demais. O fato de que eu tinha lembrado de pegar sachês de sal pra ele. O milk-shake de baunilha escorrendo pela mesa. A vontade louca de comer batatinha. O som do meu crânio batendo no vidro. A dor forte, só piorando enquanto eu ficava ali sentada.

Engasguei com um soluço horrorizado, abri a porta do carro e saí cambaleando pelo asfalto. Corri até a porta da frente, tremendo violentamente enquanto tentava acertar a chave na fechadura.

Assim que passei o trinco, corri pro quarto, fechei as janelas e a porta, peguei o celular e vi as oito ligações perdidas de S. Morrendo de medo, desliguei o celular e atirei dentro do guarda-roupa, como se ele pudesse sair magicamente da tela.

E agora tô aqui, descrevendo esse show de horrores que ninguém nunca vai ler. Acabei de me olhar no espelho. Não tô tão mal quanto imaginei. Tem um corte no lábio e uma mancha vermelha onde o punho dele acertou a bochecha, mas acho que não vai ficar roxo. Um galo tá aparecendo onde a cabeça bateu no vidro, mas ninguém vai ver, por causa do cabelo.

O que não entendo é o constrangimento. Essa vergonha.

Não que eu ficasse imaginando que algo do tipo pudesse acontecer comigo, mas quando via filmes ou lia notícias sobre os desgraçados que fazem isso com mulheres, sentia tanta raiva que andava de um lado pra outro na sala.

Lembro de ter dito pra E.: "Eu nunca deixaria alguém agir assim comigo. Mataria o cara. Daria um fim em quem quer que fosse".

E agora? Só quero me arrastar até debaixo da cama, cortar fora a lembrança e esquecer que aconteceu, apagar da existência pra ninguém descobrir.

Por que sinto uma necessidade esmagadora de pedir desculpa? Não pra S. Bom, talvez pra S. (Isso que é foda.) Sei lá. É mais geral. Sinto muito por cada pessoa que passou por essa situação. Sinto muito que a maioria tenha vivido coisa pior. Sinto muito por ser uma covarde. Sinto muito por ter julgado as outras.

Sinto muito por não poder contar tudo pra E.

É a pessoa pra quem mais quero me abrir. Mas... não consigo.

Como cheguei aqui? Como qualquer uma de nós chega a esse ponto? E a única esperança é um caderno secreto que vai terminar no lixão, sem ser lido.

O que eu faço, diário? Que caralho eu faço agora?

24
ella

Tenho que fechar o diário para as minhas lágrimas não mancharem as palavras de Hayley. Estou sentada na cama, de pernas cruzadas, olhando horrorizada para a escuridão. Quero atirar o caderno no guarda-roupa, como Hayley fez com o celular. O relato é terrível demais, a culpa é imensa. Mas como posso fazer qualquer coisa além de agarrar esse diário junto ao peito?

— *Hayley.* — Os cantos pressionam a pele macia do meu umbigo. — Sinto muito. Sinto muito mesmo.

Hayley estava assustada, perdida, e se sentia muito, muito, muito sozinha. Como não percebi? No dia seguinte na escola, provavelmente ficou me ouvindo reclamar do trabalho de sete páginas que precisava entregar na mesma semana de uma competição importante de natação. Nem acredito no tipo de coisa que me deixava acordada à noite.

Quando o despertador toca, um horror diferente toma conta de mim.

Sawyer.

Como posso encará-lo agora? Sinto um aperto no peito, uma dor no pulmão. Parece que não consigo inspirar oxigênio suficiente.

Hayley era tão vivida. Sábia de uma maneira que adolescentes de dezessete anos não deveriam ser. Eu me sentia um girino, enquanto ela era um daqueles sapos maravilhosos da floresta amazônica, que mostram como são mortíferos através de cores deslumbrantes. Hayley sempre tinha a resposta e, independente da minha inocência, cuidaria de mim.

Nunca vi minha melhor amiga assustada ou ouvi incerteza na sua voz. E nem desconfiava de Sawyer.

Fora Hayley, ninguém fazia eu me sentir tão segura quanto ele. Mesmo com certas dúvidas, se ele tivesse pedido que eu me jogasse de uma ponte ontem à noite, eu teria concordado.

E não é nem um pouco reconfortante descobrir que não fui a única.

Sawyer enganou todo mundo.

Uma batida na porta do quarto me assusta. Enfio o diário debaixo do colchão.

— Ella? Por que ainda tá na cama?

Minha mãe acende a luz e não fica contente quando eu faço cara feia por causa da claridade.

Midna entra correndo, pula na cama e mia. Eu enterro o rosto no pelo quente e macio.

— O que... — Minha mãe muda o tom ao me ouvir fungar. — Meu Deus, Ella. Qual é o problema?

Midna ronrona, e eu choro com vontade.

Sinto o colchão se mexer, depois uma mão na minha perna.

— Você tá doente? Aconteceu alguma coisa?

Fungo de novo, então olho para minha mãe. Ela parece preocupada e confusa. Imagino o alívio que seria desabafar agora. Entregar esse fardo a uma adulta, deitar em posição fetal e dormir por um milhão de anos.

Minha mãe aperta meu tornozelo, meio encorajando,

meio insistindo, e eu até considero a possibilidade. De contar tudo. Mas sabendo do meu rolo com Sawyer, ela não ouviria mais nada. Por causa das minhas mentiras, do que fizemos e do que *quase* fizemos. Minha mãe já se decepcionou o bastante comigo.

Ainda mais: por que sobrecarregá-la com os horrores do diário de uma menina morta?

Solto o corpo comprido e fofinho de Midna. Ela dá uma cabeçada na minha mão e deita na minha coxa.

— Não aconteceu nada — digo, baixo. — Só não tô me sentindo bem. Não sei se consigo ir pra escola.

Hoje ou qualquer outro dia.

Minha mãe põe as costas da mão na minha testa.

— Bom, você não tá com febre. — Ela olha com preocupação e firmeza. — O que tá acontecendo, filhinha, de verdade?

O fato de que não me chama de "filhinha" desde a infância, além da urgência na sua voz, me deixam balançada. Essa é a parte mais difícil. Minha mãe quer mesmo ajudar.

Mas não pode.

Fecho os olhos.

— Nada, mãe. Acho que só dormi mal.

Ela nunca esqueceria como traí sua confiança de tantas maneiras. Destruindo a ideia da menininha que já fui um dia. Meus pais nunca...

Arregalo bem os olhos.

Não posso recorrer aos dois. Mas tem um adulto com quem posso falar. Alguém que ainda lembra como é ser jovem e tolo.

Eu dou um pulo, assustando minha mãe e Midna.

— Droga. Acabei de lembrar. Tenho prova de política hoje. Não posso faltar.

Corro até o guarda-roupa para me arrumar.

Minha mãe parece magoada. Só por um segundo. Então faz que sim, alisando a blusa amassada, bem séria.

— Se você tem certeza que está bem... O ônibus logo vai passar.

— É — digo, distraída, já enfiando a calça jeans. Mas ela não precisa se preocupar. Não vou perder o ônibus. É a única coisa que me separa de quem vai saber o que fazer.

Vou direto para a sala do sr. Wilkens. A porta está entreaberta, e eu vejo que ele está na mesa, digitando no notebook e ouvindo música. Por sorte, sozinho.

Com a mão trêmula, dou uma batida. O sr. Wilkens levanta a cabeça, com um sorriso que se desfaz assim que vê minha cara.

— O que aconteceu, Ella? Você tá bem?

— Não. *Não.* — É um alívio ser sincera. — Não tô nem um pouco bem.

O olhar é receptivo.

— Ah, Ella...

O sr. Wilkens se apressa para fechar a porta.

Eu sento na poltrona, toda curvada abraçando minha barriga, na tentativa de reprimir os soluços fortes. Ele pega uma caixa de lenços de papel e senta ao meu lado.

— Aqui — o sr. Wilkens diz, e eu aceito um lencinho. — Tenho um monte, assoa à vontade.

Dou risada, aí continuo chorando. Não fico com a sensação de que é demais nem de que estou demorando para falar. O sr. Wilkens só fica ali, paciente e gentil. Ele não tira os olhos de mim, porém não parece que está me julgando ou tentando ler minha mente. É mais como se fosse o pastor-

-alemão de uma família. A ideia é me proteger e se assegurar de que estou bem.

Finalmente percebo que não preciso guardar nada. Nenhum segredo. Estou num espaço seguro. Sinto uma gratidão tão forte pelo sr. Wilkens que preciso controlar a vontade de abraçá-lo.

— Você é muito bom nisso, sabia? — digo, com a voz um pouco mais firme.

— Hum?

Faço um gesto vago.

— Sei lá. Nisso. Em ouvir.

O sr. Wilkens dá uma risada simpática.

— Vou te botar pra fazer minha próxima avaliação de desempenho. — Seus olhos não desviam. — Mas, falando sério, você tá bem?

— Eu tô... meio que ficando com o Sawyer.

É como se eu tivesse tirado um diamante da garganta.

— Certo. — O sr. Wilkens pisca algumas vezes. Com certeza não esperava por isso. Ele balança a cabeça e se recompõe. — Certo — repete. — Imagino que você se sinta... culpada. Por causa da Hayley.

— Aham. Muito culpada. Sou a amiga mais babaca da história de todos os amigos e de todos os babacas.

É bom desabafar. Como se fosse um confessionário.

— Entendo que você esteja se sentindo muito culpada, Ella. Mas não é motivo pra dizer algo tão horrível e, na prática, impossível sobre si mesma. — O sr. Wilkens balança a cabeça. — De todo modo, é perfeitamente compreensível se sentir culpada. Mas vamos...

— Ele bateu nela.

— Como? — Ele para na hora. — Quem bateu em quem, Ella?

— O Sawyer bateu na Hayley. Eu nem desconfiava. Não mesmo. Ele tem sido maravilhoso comigo, tipo, o cara dos sonhos, mas li o diário dela e ele *bateu*...

— Ella — o sr. Wilkens diz, devagar e sério. — Calma. Acredito em você. Acredito na Hayley. Mas é uma acusação muito séria. Como você sabe que o Sawyer agrediu fisicamente a Hayley?

— Ela tinha um diário. — Lágrimas quentes caem. — Sei que eu não devia... sei que eu não devia ter lido, mas estava com muita saudade. Só que aí descobri que o Sawyer era controlador, ciumento e... ele bateu nela com tanta força que chegou a sangrar!

O sr. Wilkens fica pálido.

— Sawyer fez isso? — ele sussurra.

— Pois é. — Pego um punhado de lencinhos. — Sou uma idiota.

— Claro que não. — O sr. Wilkens levanta, massageando as têmporas. — Você não é idiota, Ella. Não é culpa sua nem da Hayley. A culpa é do Sawyer.

— Faz tantos anos que conheço o Sawyer, e sempre achei ele incrível... Como pode ter virado outra pessoa?

Abraço as pernas e apoio o queixo nos joelhos.

O sr. Wilkens volta ao meu lado e me olha com carinho e tristeza.

— Infelizmente, Ella, isso é muito comum quando se trata de abuso. No mestrado, trabalhei com vítimas de violência doméstica. No geral, amigos e familiares ficavam chocados quando descobriam que alguém que amavam estava num relacionamento abusivo. Vários costumavam achar o abusador maravilhoso. Diziam: "Mas ele ama tanto ela!". Ou: "Mas ele era tão legal e divertido!".

O sr. Wilkens engole em seco, com cara de enjoado, e prossegue:

— Sei que não é nossa culpa. Mas eu, acima de qualquer um, tinha a obrigação de ter percebido. Eu precisava ter sido uma rede de apoio para a Hayley.

Ele passa a mão pelo cabelo. Seu rosto relaxa.

— Desculpa, Ella. Isso não foi muito profissional da minha parte.

— Não precisa pedir desculpa — sussurro, tocada com o quanto ele se importa. — É legal ver mais alguém se envolvendo. Mesmo sem a Hayley aqui.

Ele assente, encarando o chão.

— Eu me importo com todos os meus alunos, do passado e do presente. — O sr. Wilkens levanta a cabeça. — Sawyer te machucou, Ella?

— Não. — Um calafrio percorre a espinha. — Ainda não.

— Graças a Deus. Ele sabe que você tem o diário?

— Ninguém sabe. Só você.

— Ótimo. — Ele fica andando de um lado para o outro. — Por ora, é mais seguro se ninguém souber. O diário é a única prova. Se... se é que pode ser considerado uma prova. — O sr. Wilkens franze a testa. — Sem a Hayley, acho que não se sustentaria num processo jurídico.

— Processo jurídico? — Endireito a postura, em pânico. — Espera, sr. Wilkens, você quer pôr o Sawyer na cadeia?

Ele para de caminhar. Quando vê meu rosto, fica mais amigável.

— Ella — o psicólogo diz, com delicadeza, levando a mão ao meu ombro. — Nem consigo imaginar quão difícil está sendo essa situação. Faz tanto tempo que você é amiga do Sawyer e... Com certeza sente algo mais forte por ele agora.

Fecho bem os olhos. Preciso pôr para fora uma traição, ou vai apodrecer aqui dentro.

— Sr. Wilkens — sussurro. — Confio na Hayley de todo o coração. Ela era a minha melhor amiga no mundo. Mas parece meio precipitado... e se... Será que não existe alguma chance... uma possibilidade remota... talvez tenha sido tudo um mal-entendido, né? Eu... me confundi, li errado, ou...

— Ella. — O sr. Wilkens aperta meu ombro, tão compreensivo que parte o meu coração. — Eu entendo. Associar o Sawyer que você conhece com esse segredo terrível... é algo que parece impossível, qualquer pessoa teria dificuldade de aceitar. Você não está sozinha. Tanta gente conhece a confusão e a mágoa que você sente agora. Isso não faz de você uma pessoa ruim. Na verdade... — Ele oferece mais lenços. — Na minha opinião, você é uma pessoa muito boa, também *por causa* disso tudo. Você tenta enxergar o bem em qualquer um, mesmo diante de verdades terríveis.

A bile ameaça subir pela minha garganta. Eu engulo, junto com a realidade terrível: Sawyer bateu em Hayley, e eu morri de vontade do toque dele.

— Você é uma garota esperta. Brilhante, nas palavras do dr. Cantrell. Mas, no momento, precisa confiar em nós, os profissionais. Não conseguimos ajudar a Hayley, mas podemos impedir que aconteça com mais garotas. Outra coisa que aprendi sobre abusadores como o Sawyer no meu mestrado foi que eles não mudam. A menos em caso de um milagre, ele vai fazer de novo. E pode ser com você.

Reprimo a vontade de me fechar em mim mesma. Ninguém mais pode fazer isso por mim.

Não consegui salvar você, Hayley, mas posso salvar outras.

Engulo em seco e ergo o queixo.

— O que eu faço?

O sr. Wilkens assente, com tristeza e orgulho ao mesmo tempo.

— Você tem um bom esconderijo pro diário?

— Sim, no meu quarto.

— Por enquanto, serve. Vou falar com o meu tio Rick, que é policial. Não sei nada sobre as leis ou o que pode ser feito, se é que existe essa possibilidade, ainda mais que o Sawyer tem menos de dezoito anos... — Ele balança a cabeça, frustrado. — Bom, vou me informar, contar o que aconteceu e ver se a escola ou a polícia podem agir...

— E se ele invadiu a piscina quando estava fechada?

O sr. Wilkens ergue a sobrancelha.

— Você tem provas?

Minhas bochechas esquentam de vergonha.

— Nada que não me complique também.

Ele me observa enquanto pensa a respeito, depois balança a cabeça.

— A gente não precisa comprometer o seu futuro. Vou pensar num plano. Só aguenta firme e tenta se concentrar nos estudos. — O sr. Wilkens fica em silêncio. — Ella, nem preciso dizer isso, mas você precisa ficar longe do Sawyer. A prioridade é a sua segurança.

Quando hesito, o sr. Wilkens volta a se sentar na poltrona.

— Você tem demonstrado tanta força. Essas coisas teriam acabado com a maioria das pessoas. Deve se orgulhar de si mesma.

— Obrigada — digo, arrasada.

Ele inclina a cabeça.

— Tem alguém em casa com quem você possa falar? Ou amigos. Ou... outros parentes. Ou...

O sr. Wilkens para quando vê a verdade estampada no meu rosto.

Ninguém. Não tenho ninguém. Meus pais me tirariam

da escola e me mandariam para o outro lado do país. Jess ainda é jovem e inocente. Seema já está sobrecarregada por mim. Além de tudo, o prazo da inscrição antecipada na Universidade da Geórgia está chegando.

Só haveria uma única pessoa. E todos sabem quem era.

— Aqui. — O sr. Wilkens pega o celular no bolso. — Digita seu número.

Ele me liga. Sinto o celular vibrar na minha coxa.

— Agora você tem o meu. Quando se sentir sozinha, confusa ou assustada, pode me chamar.

Toco o aparelho através da calça jeans. Parece uma boia salva-vidas. Um paraquedas. Que alívio.

O sr. Wilkens lança um olhar caloroso.

— Fique segura, Ella.

Uma frase tão simples. Pena que não sei se vou voltar a me sentir segura um dia.

25
ella

Em outra vida, em outro universo, a noite de hoje seria perfeita. Faz um friozinho incomum para o fim de setembro na Geórgia, e o vento do outono carrega o cheiro de algodão-doce fresquinho, feno e sidra quente.

Parece que a escola inteira veio. A maior parte dos professores e funcionários está circulando pela feira. Com as pulseiras tilintando, a sra. Langley me deu um abraço rápido e me agradeceu por ter aparecido. O sr. Wilkens, encarregado da bilheteria, assentiu para mim de maneira encorajadora. Nia, Beth e Rachael me deram abraços mecânicos antes de seguir para o labirinto, e Seema acenou da barraca de algodão-doce. Jess e Kelly compraram s'mores e se juntaram aos amigos. Todo mundo está feliz e dando risada, até Scott, que levantou o ursinho de pelúcia que ganhou na brincadeira das argolas como se fosse o troféu da liga de hóquei.

Eu estou mais infeliz do que nunca.

Mal notei a banda do outro lado do gramado, o público acompanhando com palmas o som agudo e animado do banjo e das rabecas. O trator levando as pessoas para passear, o barulho de água das tentativas de pescar maçãs com a boca, os gritos de alegria no labirinto… apenas ruído ao fundo.

A única coisa na minha mente é Sawyer, meio distante, vendendo maçãs do amor.

Saí atordoada da sala do sr. Wilkens aquele dia. Parecia impossível lidar com a revelação de que Sawyer era perigoso e de que minha própria segurança dependia de me manter longe dele.

Agora, depois de horas vendendo bolachas com marshmallow e chocolate sem tirar os olhos dele, sinto que estou ficando maluca. Finjo organizar a gaveta de dinheiro e simplesmente não consigo enxergar direito. Ele está meio sério esta noite, me deixando hipnotizada a cada sorriso. Sawyer vende as maçãs do amor com charme e educação, e é difícil não derreter diante de suas interações com as crianças.

Ele se debruça no balcão de madeira enquanto uma menininha de mão dada com a mãe aponta timidamente para seu pedido. A expressão de Sawyer é receptiva e carinhosa, a boca está enrugada, como se ele estivesse reprimindo uma risada.

Sawyer pega a maçã mais brilhante e se abaixa até a menina. Ela pega o palito com vontade, porém o doce é pesado demais e acaba caindo no chão e no feno.

Seu rostinho é puro desespero quando ela olha para a mãe, depois para Sawyer, e de novo para a mãe. A mulher se inclina. Não ouço direito, porém o choro deixa claro que a filha não vai ganhar nada.

Sawyer olha ao redor caso algum professor esteja prestando atenção. Aí entrega duas maçãs do amor à mãe. Uma para cada. Ele ignora as tentativas da mulher de recusar e se inclina para a frente, sorrindo e murmurando algo para a menininha. Até o imagino dizendo com aquela voz aveludada que a maçã é muito pesada para ele também, mas segurar com as duas mãos deve dar conta.

Dou as costas, porque não suporto mais olhar. Mais um segundo testemunhando a adoração naqueles olhinhos de criança e vou esquecer tudo o que o sr. Wilkens disse. Preciso ser forte.

Ainda mais quando certas pessoas se aproximam da minha barraca. Sean e Phoebe. Nem acredito que vieram. Mas por que fico chocada? É óbvio que Phoebe só faz o que tem vontade — e que se danem os sentimentos dos outros.

A boca dela forma um sorriso torto, e o corpo cambaleia a cada passo. Phoebe está... bom, Phoebe está bêbada, mas também linda. O cabelo castanho-avermelhado foi penteado para trás, num rabo de cavalo baixo, e o vestido florido é colado, realçando as curvas. As unhas estão pintadas, a maquiagem é impecável. Ela parece quase bem-vestida demais para estar com Sean, que veste uma jaqueta jeans surrada, botas Timberland e o mesmo tipo de relógio do Scott. Fico surpresa que tenha esse dinheiro. Phoebe continua se aproximando enquanto Sean vai fumar um cigarro na frente de algumas abóboras da decoração, me observando com cuidado.

Quando Phoebe se apoia na barraca, sinto um cheiro enjoativo de álcool do seu hálito.

— Dois s'mores, Ella — ela fala arrastado.

Não consigo disfarçar ao abrir um pacote de marshmallows.

Phoebe ergue a sobrancelha.

— Se fizer careta assim, vai ficar com rugas. E aí quem vai te querer?

De novo, cadê a surpresa? Mesmo assim, acabo quebrando a bolacha por causa de uma raiva amarga que sobe instantaneamente.

— Nunca vou me interessar por alguém que reduz o valor de um ser humano à aparência da pele. Na verdade, quem me dera já ter rugas agora, pra afastar logo esse tipo de gente.

Phoebe ri.

— Como é que dizem? "A juventude é desperdiçada com os jovens"? Me liga se ainda gostar dessas rugas quando estiver beirando os sessenta e viver sozinha há décadas.

Atrás de Phoebe, Sean dá risada. Meu sangue esquenta. Olho feio para ele.

— Melhor ficar sozinha a vida toda do que acabar com certas pessoas — murmuro.

Phoebe acompanha meu olhar e dá de ombros.

— Quem, Sean? Ele não é nenhum santo, claro. Mas eu também não sou. A gente se entende.

Penso no que Sawyer disse sobre o padrasto de Hayley, sobre como ele ficava olhando para ela de toalha, e sobre o fato de que Phoebe não se importava, então perco o controle.

— Hayley merecia coisa melhor. Você nunca mereceu a sua filha.

Phoebe faz cara de deboche.

— E eu merecia mais que a minha mãe, e assim por diante. Essa é a história mais antiga do mundo, garota. — Ela ri. — Acredite ou não, foi um final feliz. A Hayley foi poupada da dor da vida, e eu recebi uma segunda chance.

Já não tenho ar nos pulmões. Penso em Phoebe sentada na cozinha, devastada demais para entrar no quarto de Hayley. Eu tinha ficado surpresa com aquele estado. Depois lembro o que minha lola disse sobre o amor: nada é tão simples quanto um rio complicado e cheio de curvas; alguns são tranquilos, outros são traiçoeiros.

E agora consigo ver que existem águas contidas por barragens, construídas por pessoas que acabam decidindo que o amor nunca foi nada além de um fardo.

Entrego os s'mores de Phoebe e endireito a postura.

— Se não for comprar mais nada, vou ter que pedir pra se retirar.

Phoebe fica furiosa. Com *isso* ela se ofende?

— Não vou a lugar nenhum. Não recebo ordens de uma...

— Tá bom, já chega. — Mãos fortes me afastam delicadamente pelos ombros. Sawyer entra na minha frente, cheio de raiva. — Você tá bêbada. Vai embora, por favor.

Phoebe ri com desdém, então Sean aparece, tenso e alerta. Os olhos dela alternam entre mim e Sawyer, e ela parece entender tudo.

— Sua hipócrita. Não faz nem seis meses que a Hayley morreu e você já tá usando as joias dela e ficando de quatro pro namorado...

Não suporto mais essas palavras. Saio da barraca, na esperança de encontrar um professor que possa tirar Phoebe daqui. Vejo o sr. Cud adiante, entregando uma sidra para uma menina da equipe de atletismo. Perfeito.

— Ah, não, nem pensar. Você *não* vai se livrar de mim. — Phoebe fala cada vez mais alto. Antes que eu chame o treinador, ela cambaleia na minha direção. Eu me encolho, respirando com dificuldade.

Sawyer entra no meio outra vez, e Sean puxa Phoebe, achando graça.

— Eu ia adorar ver as duas saindo no soco, mas não é a hora nem o lugar pra isso — ele diz, enquanto Phoebe se debate nos seus braços.

Sean a leva embora enquanto ela xinga, chamando a atenção de alunos e pais. Scott, que deixou de lado seu grupinho de amigos do último ano, fica observando o casal, com a boca entreaberta e uma expressão indecifrável.

    Antes que Sean e Phoebe desapareçam na noite, Sean dá uma última piscadinha para mim.

26
ella

Por um momento, Sawyer e eu ficamos ali, ofegantes e perplexos.

— Essa mulher... é uma pessoa horrível — Sawyer finalmente diz. — Tá tudo bem, Ella?

— Tudo — digo, baixo.

Quando ele olha no meu rosto, fico assustada com as olheiras e a expressão cansada. Por coincidência, é exatamente como me sinto, parecendo que não dorme há dias. Mas o que o tem deixado Sawyer acordado?

— Bom, odeio dizer isso, mas acho que foi só mais uma noite de quinta pra Phoebe. — Sawyer solta o ar. — Pelo menos você tá bem. A gente não conseguiu se falar direito esses dias. — Ele dá uma risadinha e hesita. — Fiquei com saudade.

Sawyer tira uma mecha de cabelo do meu rosto, e eu me encolho sem querer.

Por um instante, seu rosto se contrai. Ele parece tão magoado. Tão confuso. E não é o único.

— Desculpa — digo, abraçando meu corpo. — Ainda tô meio abalada com tudo o que a Phoebe disse.

As mãos dele fecham forte os punhos.

— Não precisa pedir desculpa. Foi horrível mesmo.

Os sons do fim da feira de outono preenchem o espaço. O barulho do trator foi substituído pelos gritos do fazendeiro, mandando os filhos pararem de jogar o feno de qualquer jeito. A banda já se apronta para ir embora. O burburinho da multidão está mais grave e adulto, a maioria das crianças já voltou para casa.

— Ei, olha... Entendo se você não estiver a fim, mas... — Sawyer enfia a mão no bolso e tira dois ingressos. — Comprei pra gente. Já acabamos por aqui, então... achei que talvez você fosse querer... sei lá, se perder no labirinto comigo.

Um vento frio sopra, com um cheiro delicioso de couro defumado. Esse mesmo cheiro é tão forte e singular quando meu rosto está no pescoço de Sawyer, e o gosto é tão bom quanto o cheiro, misturado com o sal da sua pele. Tenho um flashback quase visceral.

Sou lembrada de que, não muito tempo atrás, eu adoraria me perder num labirinto com Sawyer Hawkins. Agora, quando penso nos conselhos do sr. Wilkens, no diário... uma guerra está sendo travada dentro do meu peito.

— Certeza que você tá bem, Ella? Parece meio pálida.

Faço que sim.

— Acho... acho que preciso sentar um pouco.

Sawyer vai imediatamente procurar uma cadeira, ansioso e desajeitado. Ele volta com um dos tocos de árvore gigantes que foram espalhados pelo espaço para as pessoas descansarem.

— Pronto. — Sawyer põe o toco no chão. — Senta.

— Obrigada. — Olho para os marshmallows e as bolachas. — Só um pouco, depois arrumo tudo.

— Fica aí. Eu arrumo.

Ele abre um sorrisinho torto, e o luar faz a cicatriz parecer um corte prateado na sobrancelha. *Eu ainda não beijei esse lugar.* Atingida pelo pensamento traiçoeiro, deixo o corpo cair no toco de árvore, com os braços em volta da barriga.

Observo, sem piscar, enquanto ele arruma minha barraca de maneira metódica e cuidadosa. A ponta de dúvida no peito persiste. Podem me chamar de boba ou inocente, a verdade é que... preciso ver com meus próprios olhos. Preciso de provas. Não só para o sr. Wilkens, mas para que alguma medida seja tomada.

Eu me dou conta de que... preciso disso *por mim.*

Do que mais? Você já leu o diário. Falou com o psicólogo. Tá esperando o quê? Ir parar no hospital?

Uma prova mais palpável?

— Pronto! — Sawyer diz. Eu tento disfarçar o susto, mas ele está prestando atenção em mim. — Desculpa. Não passou? Talvez... seja melhor deixar pra lá o lance do labirinto. — Ele olha o milharal, um pouco decepcionado. — No ano que vem com certeza...

— Ella!

Seema vem até nós, usando um vestido de inverno cor de vinho. Está acompanhada por um grupo de amigas que reconheço da equipe de lacrosse. Ela mostra um ingresso.

— Eu e as meninas vamos dar uma passada no labirinto antes de fechar. Você topa? — Ela aponta com a cabeça para Sawyer. — O barra fixa pode ir também, claro.

Sawyer ergue a sobrancelha escura para mim. *Barra fixa?*, ele articula com a boca, então cruza os braços.

Eu me ajeito no lugar, secando as mãos suadas na calça jeans. Talvez não tenha problema se formos em grupo, né? Ou talvez eu seja a pessoa mais idiota do mundo.

Seema resmunga.

— *Bora.* — Ela dá um tapinha na minha cabeça. — É a melhor noite do ano, e você tá com cara de quem acabou de ver o sr. Cud fazendo cocô. Já fiquei sabendo o que rolou agora há pouco. — Ela pega mais leve quando eu gemo de vergonha, porque a fofoca já está circulando. — Esquece aqueles dois. Vamos terminar a noite com chave de ouro.

Arrisco olhar para Sawyer. Ele retribui, esperançoso, com os olhões cor de chocolate.

Preciso de provas.

— Tá bom.

— Maravilha! — Seema bate palmas. — Que tal agir como se fosse se divertir com as amigas, e não como se eu estivesse te levando pra guilhotina?

Sawyer caminha ao meu lado até a entrada. Me esforço para não me esquivar quando ele faz um pedido silencioso, me tocando com o mindinho. Preciso esconder a desconfiança se pretendo conseguir alguma resposta esta noite, por isso entrelaçamos os dedos, o que o faz relaxar visivelmente.

Seema apresenta todo mundo rapidamente enquanto nos embrenhamos no labirinto. Depois de alguns segundos, ela fica quieta.

— Nossa — diz então, dando voz aos pensamentos. — Assustador pra caralho.

Agora que a maioria das pessoas foi embora, o silêncio é palpável. As paredes altas bloqueiam os sons e as luzes lá de fora. Só vemos a lua e ouvimos um farfalhar de folhas secas sacodidas pelo vento.

Meu coração acelera.

— Bom, o jogo não vai se resolver sozinho, seus medrosos.

Seema marcha pelo longo corredor até a primeira bifurcação. Tem uma placa no meio, com uma pergunta.

— "Se você conhece bem a Geórgia, não vai se perder. Se souber a resposta, o caminho certo vai escolher" — Seema lê alto. — Tá, é melhor vocês, que são daqui, darem conta.

Que difícil. "Qual é o rio mais profundo e rápido de todo o norte..."

— A gente vai pra direita — digo baixo, sentindo o estômago se revirar.

Seema franze a testa.

— Não vou me perder logo de primeira, Ella. É melhor você ter certeza absolu...

— É isso mesmo. A gente tem certeza.

Quando Sawyer pega minha mão, não me retraio.

Seema demora um pouco.

— O rio Silver? Que fica bem ali... *ah*. — Nunca vi Seema tão desconfortável. — É. Tá. Direita. Desculpa, Ella.

As próximas perguntas são fáceis, e as meninas respondem com facilidade. Fico de olho em Sawyer, imaginando o que posso dizer para ter uma revelação. Seema e as amigas não param de falar, o que diminui um pouco o impacto desagradável da escuridão e do silêncio. Até que empacamos numa placa. Nem estávamos mais discutindo as soluções, porém esse enigma faz Seema recorrer a mim.

— Tá, a gente precisa desse seu cabeção. "As cataratas de Amicalola são a maior queda d'água do estado da Geórgia. Qual é a altura?" Se for duzentos e vinte metros, vamos pra esquerda. Se for duzentos e oitenta e cinco, vamos pra direita. — Seema solta um grunhido. — Que pergunta absurda!

— Direita — insiste uma das meninas, jogando o cabelo loiro para trás. — Fui lá com os meus pais nas férias.

Estamos prestes a segui-la quando a voz de Sawyer nos impede.

— Vamos pra esquerda. A gente... eu costumava ir nesse lugar o tempo todo.

Sinto as mãos suando. Seema encara os dois.

— Tá... mas vocês têm certeza?

— Eu tenho. Pensa no número mais alto. Tipo, duzentos e vinte metros não parece tão impressionante.

— Eu também tenho — Sawyer diz. — Li o folheto um milhão de vezes.

Seema suspira.

— Vou com a Kaley. Estamos em bastante gente, prefiro não ficar parada. — Ela faz careta porque não seguimos. — Você vem, Ella?

Meu coração dispara diante de Seema e Sawyer.

— Ella. — Sawyer balança a cabeça, desacreditado. — Você não confia em mim?

Se eu soubesse como responder...

Eu o encaro em busca de algo, querendo mergulhar no castanho profundo e trazer a verdade à tona. Cercada por Seema e as amigas, não vou conseguir fazer isso de jeito nenhum, nem encontrar uma solução.

— Vou pra esquerda — digo, fixada em Sawyer. Suas pálpebras tremem, e ele solta o ar.

— Fica à vontade — Seema diz. — Qualquer coisa, eu mando uma equipe de resgate.

Sem o falatório, o silêncio parece opressivo. Fico mexendo na bainha da blusa enquanto eu e Sawyer caminhamos lado a lado. Chegamos em outra bifurcação, porém Sawyer abre a boca antes que eu leia a charada.

— Pera. Tá tudo bem entre a gente, Ella?

— Como? — Puxo o ar, receosa. — Claro. Por que... por que não estaria?

Ele me olha com decepção.

— Diz você. Desde a noite na piscina, você tá... diferente. Você... se arrependeu do que a gente fez?

Fecho os olhos com força.

— Não. — A verdade é uma confissão terrível. Mesmo

agora, continua sendo vergonhosa e traiçoeira: — Vou me lembrar daquilo pelo resto da vida.

Sawyer vem até mim no mesmo instante. As mãos grandes pegam meu rosto, e a franja roça na minha testa. Sou envolvida por ele, pelo perfume quente e apimentado. Ouço um gemido e me sinto humilhada ao descobrir que fui eu.

— Então por quê? — Sawyer sussurra com pressa, buscando um beijo. — Por que você anda fria assim?

Estou tremendo quando ponho os dedos nos pulsos dele, não para me soltar, nem para retribuir. Perdida entre a carência e a culpa, faço o possível para lutar contra os impulsos. Me odeio por causa dessa sensação. Quase não resisto ao chamado da sua boca.

Mas não posso. Não vou ceder.

Consigo me afastar. E ignoro a mágoa no seu rosto.

— Sawyer, você tá escondendo alguma coisa de mim?

Seu corpo se enrijece, e eu me arrependo na mesma hora.

— Como assim? — ele pergunta, suave e frio como a neve.

Umedeço os lábios. Não vou voltar atrás agora.

— Se tivesse... alguma coisa rolando. Você me diria, né? Confia em mim? Sabe que pode me contar qualquer coisa?

A pele em torno dos seus olhos se estica.

— Que tipo de coisa você acha que tô escondendo, Ella?

— Você só... — Continuo lambendo os lábios, enquanto procuro estabilidade. Penso nas suas olheiras e no seu cansaço aparente. — Você parece diferente hoje, só isso.

Uma faísca arde na sua expressão antes de Sawyer fechar a cara. Estou cada vez mais consciente de que o único som é o dos pés de Sawyer sobre a palha seca ao andar irritado de um lado para o outro. A luz vem apenas da meia lua no céu. Não há sinal de mais ninguém aqui.

Sawyer solta o ar com força e cutuca com o pé o fardo de feno na placa de madeira.

— Não disfarço tão bem quanto eu pensava. — Ele está pensativo. — Recebi uma notícia péssima depois da noite na piscina. Ainda tô meio abalado. Achei que estivesse conseguindo me segurar melhor.

Fico na expectativa, porém é só isso. Que notícia?

— Que saco. — Insisto com bastante delicadeza. — Sinto muito. Posso ajudar de alguma maneira?

Sawyer suspira.

— Só se no bolso de trás da calça você tiver um bom emprego, com benefícios. Minha mãe era perfeita pra uma vaga que poderia mudar a nossa vida. — Ele chuta o chão. — Mas escolheram outra pessoa.

— Sua mãe não conseguiu um emprego... é por isso que você anda chateado?

Não tenho intenção de soar aliviada, porém Sawyer reage na mesma hora.

— É, é por isso que ando chateado. Não é ruim o suficiente pra você? Minha mãe tem *três* empregos. Tem ideia do que é isso? — ele diz, aumentando a voz.

— Sawyer, eu não quis...

— Tudo porque ela não tem uma folha de papel que custa os olhos da cara e traria dívidas pelo resto da vida... — Sawyer aperta as pálpebras. — É tão injusto. E... não é nem essa notícia que tá acabando comigo. Mas a minha reação... foi péssima.

Isso me deixa alerta. *Péssima?*

— Como assim? O que você quer dizer com "péssima"?

— Fiquei chateado. Com raiva. Achei que a gente finalmente ia ter uma folga, só que obviamente não, foi tão frustrante... — Sawyer hesita. — Eu meio que explodi. Não queria, mas... — Ele enterra o rosto nas mãos. — Agora o Callan tá com medo de mim. *Até agora.* Está todo estranho, e eu me sinto péssimo.

As palavras logo saem da minha boca.

— Sawyer, o que você fez com o Callan? Ele tá bem? E a sua mãe?

Ele levanta a cabeça, seu rosto branco como papel.

— O Callan... tá bem? — insisto. — Sawyer, sei que você nunca machucaria de propósito alguém que ama...

Quando uma mágoa furiosa arde nos olhos dele, percebo que cometi um erro gravíssimo.

— Ella, você acha mesmo que eu machucaria a minha mãe? E o meu irmão mais novo?

— Não, Sawyer, não! Claro que não! De propósito, nunca... Por querer, nunca...

— Então você acha *mesmo* que eu bateria nos dois se ficasse realmente bravo ou chateado?

Ele dá um passo adiante e fica horrorizado quando me protejo.

— Não é culpa sua, Sawyer. Não mesmo. Depois de tudo que o seu pai fez, claro que você... tem dificuldade de...

Cada sílaba é um tapa na cara dele.

Porém o final faz seu rosto ficar inexpressivo.

— O que foi que você falou? — Sawyer pergunta, terrivelmente baixo. — Por que mencionou o meu pai? *Por quê?* Não sou esse cara. Entendeu? *Nunca* vou ser. — Algo horrível passa pelos seus olhos. — E como é que você sabe? Só disse pra... a Hayley te contou?

Em pânico, lágrimas quentes escorrem pelo meu rosto. Procuro desesperadamente pelas palavras certas.

— E-eu não lembro, Sawyer, juro. Eu não lembro, desculpa! Talvez ela tenha contado, ou eu devo ter lido...

Ele fica parado, com os olhos fixos em mim.

— Lido? Lido onde? Do que você tá falando?

— Nada, nada. Nem sei o que tô dizendo. Não falei pra te chatear, eu só... Existem maneiras de se curar do que ele fez. Posso... Se quiser falar com alguém, o sr. Wilkens me ajudou recentemente... Confio nele, eu te levo lá, a gente...

— Você tá brincando comigo, Ella? — Sawyer volta a andar de um lado para o outro, furioso, com o rosto numa carranca feia. — Depois de tudo que eu... Eu estava aqui. Você podia ter falado *comigo*. — Ele se vira para a placa, puxando o cabelo com as duas mãos. — E foi falar com o *Wilkens?*

— Sawyer... — Dou um passo para trás. — Eu não... Desculpa... Para de gritar, por favor.

Porém ele está perdido demais na própria ira para ouvir. Com um grunhido sinistro, Sawyer chuta fortíssimo o fardo de feno, partindo-o ao meio. Palha dourada e seca voa pelos ares.

— Sawyer — digo, soluçando. — Sawyer, você tá me assustando!

Ele congela. Ao virar na minha direção, acaba olhando para o próprio corpo, as mãos e as pernas tremendo, como se não soubesse a quem pertencem. Quando ergue o rosto magoado, seus olhos estão pretos e enlouquecidos.

— Ella — Sawyer diz, dando um passo hesitante.

Antes que continue, dou meia-volta e saio correndo.

As lágrimas me cegam à medida que corro pelo corredor aterrorizante de pés de milho. O coração martela no peito, os pulmões ardem, os fragmentos de palha grudados pelo suor parecem farpas.

Nem aguento a tristeza subindo pela garganta. Não posso evitar.

De relance, dou uma última olhada até Sawyer desaparecer na noite. Ele continua ali, onde o deixei, encarando as próprias mãos, uma silhueta rígida sob o luar gelado. Parece estranho, diferente de qualquer um, e me deixa com o coração partido — será que eu conhecia mesmo Sawyer?

27
o diário de hayley

Eu devo estar ficando louca. Depois daquela noite horrorosa, semanas atrás, S. ficou péssimo. Disse que entendia se eu não quisesse mais saber dele. Aquele episódio abriu os olhos dele pro fato de que tudo o que rolou com o pai quando ele era criança tinha fodido mesmo as coisas. Os traumas levavam S. a fazer coisas terríveis, coisas que nunca faria, coisas que nem imaginava que era capaz de fazer.

S. disse que odiava muitíssimo o pai. E agora ali estava ele, carregando as feridas e os vícios da sua infância, se transformando num homem que não queria ser. A raiva tomava conta, e ele só tinha vontade de se livrar dela.

Fiquei tão tocada. Não era algo fácil de admitir pra outra pessoa, muito menos sendo homem, eu sei bem. A masculinidade tóxica é algo poderoso, e lutar contra as regras socialmente impostas é difícil pra S.

Tipo, nenhum cara quer falar em voz alta que, lá no fundo, ele é sensível e sofre.

Quando agradeci pela honestidade, mas deixei escapar que o comportamento tinha me assustado de verdade, S. surtou de novo.

"Você é a única pessoa no mundo com quem fui sincero, e a primeira coisa que faz quando escolho me abrir é me apunhalar onde mais dói!"

Me senti tão culpada. S. tá tentando ser uma pessoa melhor. O desenvolvimento pessoal é bastante difícil. A gente tem que ir fundo, reabrir feridas e olhar de perto. É agonizante como quebrar um osso outra vez pra sarar do jeito certo.

O processo deixou S. vulnerável, por isso preciso ser cuidadosa. Não é culpa dele estar passando pela versão emocional de queimaduras de terceiro grau no corpo inteiro. A cura leva tempo, tudo o que posso fazer é aplicar babosa e não arranhar sem querer, pra evitar os berros.

S. é uma boa pessoa lidando com coisas complicadas. Age de maneiras que vão contra o seu coração.

Então por que tenho medo? O tempo todo?

E por que ultimamente carrego um mau pressentimento constante, tão potente que vivo enjoada? Tô sempre preocupada pra caralho, e essa preocupação eterna é perigosa. Por isso tento não pensar muito. É fácil fingir que o desconforto não tá aqui na frente de todos.

Só que é cada vez mais difícil. Tem sido duro sorrir pra S. de maneira convincente, disfarçando que tô gritando por dentro. A sensação de ameaça constante, como um ruído de fundo, um tremor na terra, vai aumentando.

Quero ignorar tudo. Mas, se meus maiores medos acontecerem, uma hora não vai ser possível.

Cara, o meu estômago enche de ácido só de pensar.

Não vou pensar. Não vou nem escrever. Não consigo.

Não posso me arriscar. Tenho medo de só um pensamento ser o bastante pro pesadelo virar realidade.

28
ella

S.

Desculpa mesmo pela outra noite. Tenho dificuldade de falar do meu pai. Não justifica, eu sei. Só queria saber se você tá bem.

A gente pode conversar, por favor?

Ella?

Por você, eu me abriria sobre tudo que o meu pai fez a gente passar. Juro.

Se a Hayley não te contou, só me diz como descobriu, por favor?

 É estranho estar do outro lado. Penso em apagar toda a conversa com Sawyer, porém é melhor guardar provas. No mínimo, servem como lembrete do que ele é capaz.

Mandei uma mensagem contando tudo para o sr. Wilkens assim que cheguei em casa aquela noite. Mesmo sendo tarde, ele respondeu na hora. Até pelo celular ele me acalmava. Eu quase conseguia ouvir sua voz calorosa e gentil.

W

> Obrigado por me contar. Deve ter sido assustador. Você foi muito corajosa. Agora descanse e fique longe dele. A gente vai te manter segura.

Ontem à noite, depois de ler mais um pouco do diário de Hayley, recorri a ele mais tarde ainda. Outra vez, a resposta foi quase imediata.

W

> Você não tem por que se desculpar, Ella. Não me incomoda nem um pouco. Esse é o meu trabalho. É para isso que estou aqui. Sinto muito que esteja passando por essa situação. Venha me ver amanhã depois da aula, a gente pode conversar pessoalmente.

Cheguei bastante perto de ter um ataque de ansiedade ao longo do dia, mas agora estou aqui, no fim da sétima aula.

Fico olhando para o relógio, contando os minutos até o sinal tocar. Pelo menos o celular parou de vibrar. Em vez de sentir alívio, o silêncio me deixa apavorada.

Sawyer deve saber sobre o diário.

Se ele ligou os pontos, é minha culpa. Eu e minha boca grande.

O sinal ainda não parou quando levanto da carteira. Corro até o armário, guardo os livros e vou quase trotando na direção da entrada da escola, onde fica a sala do sr. Wilkens.

Aí Sawyer vira a esquina e bloqueia a passagem. O susto é tão grande que alguns alunos viram a cabeça na nossa direção.

Ele parece *péssimo*, como se não dormisse desde que o deixei no labirinto. Os olhos estão vermelhos por dentro e em volta, o rosto está pálido e triste.

Quando dou um passo para trás, Sawyer fecha os olhos.

— Essa cara de novo. Achei que tivesse sido um pesadelo. — Ele abre os olhos. — O que eu preciso fazer pra você não me olhar mais assim?

Reparo na porta do sr. Wilkens. Estou a alguns passos da segurança, porém meu estômago se revira de medo com a ideia de falar sobre Sawyer quando ele vai estar do outro lado da parede.

Sawyer segue meus olhos até a sala do psicólogo, então endireita a postura, parecendo mais alerta.

— Não, Ella. — As pupilas dele dilatam. — Fala comigo. Você tem que falar *comigo*.

Ele dá um passo adiante. Eu me abaixo, passo embaixo do seu braço, saio correndo com a multidão de alunos, sem me atrever a olhar para trás.

Trinta minutos depois, estou sentada num banco no Hollow Grove Park, aguardando o sr. Wilkens. Foi bom não ter que mentir para minha mãe, para variar um pouco. Pelo celular, ela pareceu feliz quando avisei que ia passar a tarde com o psicólogo da escola.

Eu nunca tinha ido ao Hollow Grove Park, mas é lindo. Caminhos asfaltados cortam um espaço modesto coberto por gramíneas altas e amarronzadas, além de carvalhos começando a desbotar. Mulheres conversam enquanto empurram carrinhos de bebê, algumas pessoas correm, outras passeiam com cachorros.

Duas garotas, provavelmente universitárias, diminuem o ritmo da corrida para dar uma boa secada em alguém. Quando vejo que é o sr. Wilkens, nem fico surpresa. Não posso culpá-las. Ele está vestindo uma camiseta cinza da Georgia Tech e uma calça esportiva preta. Em geral bem penteado, o cabelo no momento é uma bagunça de fios castanhos.

O sr. Wilkens ergue a mão para me cumprimentar, então faz careta.

— O que foi? — Ele dá uma olhada em si mesmo. — Peguei uma camiseta suja sem querer? Eu já ia sair pra correr mesmo, então pensei em aproveitar.

Balanço a cabeça, sentindo as bochechas esquentarem.

— Não, não. É que nunca te vi... sem estar vestido como um professor. É, hum, meio esquisito.

Depois que saí da escola, mandei uma mensagem contando o que havia acontecido. Ele sugeriu que nos encontrássemos aqui, para evitar Sawyer.

— Eu nem sabia da existência desse lugar. Lindo demais.

— É novo. Abriu no fim das férias. É onde eu tenho vindo correr.

O sr. Wilkens faz sinal para que eu o acompanhe, seguindo por uma trilha ladeada por carvalhos e olmos.

— Quando comecei a ver tratores, escavadeiras e essas coisas na região, fiquei chateado. Cresci em Cedarbrook, e ainda lembro quando era tudo mato. Só árvores e arbustos toda vida.

Aponto para as frutinhas selvagens e as árvores altas no caminho.

— Não é verde o bastante pra você?

Ele dá risada, balançando a cabeça.

— Não, a quantidade é perfeita. Não é bem isso... Só que antes eu alimentava uma família de cervos com milho, numa campina que virou um restaurante de frango frito. Eu lia gibis numa casa na árvore abandonada onde fica o estacionamento de um banco. Meu primeiro beijo foi debaixo de um salgueiro de trinta anos de idade.

Sinto um aperto no coração.

— Imagino que ele não tenha sobrevivido.

O sr. Wilkens balança a cabeça.

— Abriu um fast-food mexicano lá — ele diz, com tristeza. — Pior ainda, porque eu adoro aquela comida.

Dou risada e chuto folhas caídas.

— Mudança é sempre difícil. É uma forma de perda, e como você bem sabe, pode ser devastador. Parece bobo. Os cervos, a casa na árvore, uma lembrança do nono ano... Mas ver que tudo foi completamente substituído...

— Dá a impressão de que nunca existiu — sussurro, sentindo um buraco por dentro. — É a pior forma de perda... quando um lugar, quando *uma pessoa* que é parte de quem você é, que te ajudou a construir a sua identidade... simplesmente se vai.

Com delicadeza, o sr. Wilkens me faz parar no lugar.

— Vem aqui, Ella. — Ele me guia por um trecho de mata fechada e aponta para uma madressilva, então arranca uma flor amarela pra mim. — No momento, não há nada no mundo além desta florzinha. Repara no aroma. É doce? As pétalas são macias? Idênticas? A flor é mesmo amarela, ou tem um monte de cores diferentes?

O sr. Wilkens faz uma pausa, e eu obedeço. Fecho os olhos para apreciar o aroma doce como açúcar, enquanto sinto cócegas no nariz. Penso nessa flor à sombra das árvores, nas centenas de pequenos insetos dançando nas pétalas aveludadas.

Ao abrir os olhos, estou calma como não me sinto há dias.

— Melhor assim? — ele pergunta, me observando.

— Sim.

Fico maravilhada com as pétalas na mão.

— Que bom. — Ele aponta adiante e logo voltamos à caminhada. — Esse parque é lindo. E não estaria aqui se não tivessem mexido nos campos onde eu costumava colher amoras com a minha avó. — O olhar do sr. Wilkens é significativo. — Às vezes, as mudanças trazem coisas boas.

Seguimos por alguns minutos em silêncio, até adentrarmos bem na trilha, cercados por árvores. Ouvimos apenas os pássaros cantando e o vento fazendo as folhas soarem como sinos. Não tem ninguém por perto. Mas, diferente do que aconteceu no labirinto, onde o isolamento parecia claustrofóbico, é fácil respirar aqui.

— Tá pronta pra conversar? — O sr. Wilkens tenta não me pressionar.

Faço que sim e começo a contar sobre a feira de outono.

Ele ouve com atenção, concordando nas partes certas, balançando a cabeça com seriedade em outras, e até aperta os punhos quando menciono a explosão de Sawyer.

— Eu nunca tinha visto o Sawyer assim. A verdade é que até aí ainda tinha certas dúvidas.

Esfrego a parte interna do pulso, onde o polegar de Sawyer me apertou.

— Ficou alguma marca? — O sr. Wilkens dá uma olhada rápida e toca em mim.

— Não — digo. *Marca visível, não.*

— Graças a Deus — ele diz, muito sério.

— Tô com medo — confesso com os olhos baixos, as mãos nervosas. — Achei que conhecesse o Sawyer. A Hayley achava que conhecia o Sawyer. Nem acredito no quanto a gente se enganou. — A voz falha. — Fui tão idiota.

O sr. Wilkens para de andar e me encara.

— Ei. *Ei.* Ouça bem, Ella. O que está acontecendo não é culpa de ninguém além do Sawyer.

Ele aperta meu ombro para passar tranquilidade, deixando minha pele quente e formigando.

Tento disfarçar o tremor nos braços e nas pernas. As palavras me afetam demais. Sei que o sr. Wilkens só está fazendo seu trabalho de psicólogo escolar. Talvez um pouco mais, porque não quer deixar que nada aconteça comigo sob sua supervisão, como aconteceu com Hayley.

No entanto, isso não impede que a conversa tenha um significado especial para mim, que provoque faíscas douradas por dentro.

— Obrigada — sussurro, torcendo para disfarçar quão sincero é o agradecimento.

O sr. Wilkens balança a cabeça e volta a caminhar.

— Só tô dizendo a verdade, Ella. Não mereço essa gratidão. Não mereço a gratidão de ninguém. Você se sente uma idiota? E eu, que trabalho com isso? Falhei com a Hayley, e agora estou falhando com você.

Embora ele esteja na frente, de costas para mim, ouço uma determinação sombria no seu tom.

— Não vai acontecer de novo.

No mesmo instante, fazemos uma curva e as árvores revelam uma estrada de mão única, paralela à trilha.

— Que lugar familiar — comento.

— Talvez a gente esteja perto de um parque antigo. Estão tentando conectar todos. Vai ser legal ter tantas escolhas de caminho.

Não demora muito para surgir o verdadeiro motivo pelo qual a estrada me parece conhecida. A trilha faz outra curva, e ao fim eu perco o ar.

O sr. Wilkens está com o rosto pálido.

— Ah, merda. Ella, eu não sabia...

A ponte do rio Silver. Como noto só agora o som da água correndo? As ondas quebrando contra as grandes pedras? A mureta ainda não foi consertada, o metal está retorcido como garras no ponto onde meu carro bateu e atravessou o declive.

Consigo me segurar relativamente bem. Afinal de contas, não vi os destroços. Mal me lembrava daqui, e estou surpresa por ter sobrevivido. As duas semanas que passei no hospital já não parecem grande coisa. Mesmo quase recuperada das fraturas nas costelas e da concussão, insistiram em me manter mais uma semana internada. O monitoramento era... diferente. Crítico. Frio. O objetivo devia ser o cuidado com a saúde mental, e ironicamente isso me deixou maluca.

Não importava quantas vezes eu insistisse que tinha tomado uma única cerveja, que estava sóbria, que não entendia como tudo havia acontecido, os médicos só assentiam, com os lábios numa linha reta. Ninguém acreditava em mim. Até que eu mesma parei de acreditar. Afinal, por qual outro motivo eu teria ficado internada por tanto tempo?

Por outro lado, ao testemunhar como o lugar continua destruído depois de quase um semestre, ao ouvir a potência da correnteza abaixo de nós, o tempo em observação foi relativamente curto.

Fico surpresa por ainda estar aqui, em vez de onde quer que Hayley esteja.

A ideia quase faz meus joelhos cederem. Então deixo escapar um ruído angustiado, porque do outro lado da estrada está uma cruz grande e branca, coberta de rosas brilhantes de plástico.

Eu nunca tinha visto o memorial. Só fotos nas redes sociais da enorme pilha de flores e velas logo depois do acidente, antes de deletar todos os meus perfis. Agora é muito mais modesto e permanente. Isso vai eternizar o que fiz com ela naquela noite.

Hayley ia odiar. Ela odiava plástico. E flores de plástico ainda mais. Dizia que são uma "imitação macabra das criações da natureza".

Nem percebo que estou correndo para a estrada até ouvir o sr. Wilkens gritando.

Escolho ignorá-lo. Estou determinada a me livrar dessas flores horríveis.

Tão determinada que não noto a picape surgindo na curva. No último segundo, saio da frente com um pulo, ao som da buzina, os faróis altos piscando hostilmente. Me protejo da luz cegante com a mão, então sou transportada para esta mesma ponte quase seis meses atrás.

— *O que você tá fazendo?* — *grito, pisando fundo no acelerador.*

Hayley desafivelou o cinto e se virou para trás. Preciso manter as duas mãos no volante, não consigo forçá-la a sentar direito.

— *Meu Deus... ele tá tentando me matar* — *ela grita.*
Hayley olha para mim, parecendo apavorada.
— *Ele vai matar a gente.*

— Ella, sou eu. Tá tudo bem. Sou eu. Calma.
Abro os olhos diante do rosto pálido do sr. Wilkens, fazendo sombra sobre mim. Estou no chão, sem conseguir me mover. Demora um segundo para me dar conta de que o sr. Wilkens me segura com força.
— Você estava gritando. Se debatendo no chão. Por sorte, cheguei antes de você cair lá embaixo.
A voz soa trêmula. Com delicadeza, ele me ajuda a me recompor, mas não me solta, como se estivesse preocupado com outro possível descontrole.
— Lembrei o que aconteceu naquela noite.
O sr. Wilkens aperta o abraço, arregalando os olhos azuis. Fica ainda mais pálido, se é que isso é possível.
— Lembrou?
— A Hayley estava gritando. Antes de bater, perdi o controle do carro... Ela disse: "Ele vai matar a gente".
Estou tremendo tanto que os dentes batem. O sr. Wilkens me abraça com força, tentando me acalmar.
— Sr. Wilkens... quem ia querer matar a gente?
Ele está praticamente cinza. Medo passa pelos seus olhos, depois uma certeza. Ambos sabemos que só há uma resposta.
Sawyer.

29
o diário de hayley

Meu maior pesadelo virou realidade.

Eu tô grávida.

Será que existe algo pior do que ficar agachada na privada segurando um teste de gravidez em pleno banheiro do Walgreens, na tentativa (fracassada) de impedir que o xixi respingue num anel do humor que você ganhou na Dave & Buster?

Existe, sim. Tudo isso e depois vomitar de repente na mesma privada.

Com a cabeça acima da privada, olhei pro teste ainda na minha mão. Ficou azul. Foi bom não ter mais ninguém no banheiro pra ouvir a minha risada insana, o jeito que ela se transformou em soluços de choro quando apareceu a segunda linha cor-de-rosa.

Eu não tinha muito dinheiro, mas gastei tudo com testes de marcas diferentes. O velho no balcão, Cleave, com certeza me reconheceu da primeira compra. Ele olhou pra cada teste enquanto passava no leitor, com os dedos trêmulos, mas cuidadosos. Eu sabia que o cara estava me julgando, meu sangue esquentou. Pediria um maço de cigarro se tivesse uns trocados a mais, também pegaria um fardo de cerveja, usando uma identidade falsa, só pra deixá-lo ainda mais em choque.

Quando Cleave finalmente me encarou, todo o fogo se foi.

"Filha, você tá bem?"
"Não", respondi, erguendo o queixo. "Nem um pouco."
Então me ocorreu que Cleave talvez me conhecesse melhor naquele momento do que qualquer outra pessoa no mundo.
Ele assentiu, muito sério.
"Foi o que eu pensei."
Depois de apertar alguns botões e digitar o código de um crachá que tirou da gaveta, Cleave disse:
"Um e cinquenta."
"Quê?" Devia ter dado uns quarenta e tantos dólares no total.
"Um dólar e cinquenta centavos. O que eles vão fazer?" Cleave deu de ombros. "Me demitir? Tenho oitenta e dois anos."
Ah, Cleave.
Comecei a chorar. Nunca tinha sentido tanta gratidão, tanto amor. Aquele ato gentil era um contraste gritante com o restante da minha vida. Fiquei dividida entre pedir que Cleave me adotasse e que fugisse comigo. Ele permitiu um abraço pelo balcão antes de me mandar embora, porque não queria chamar a atenção da gerência.
Meia hora depois, cinco testes confirmavam o resultado.
Minha sentença. Minha ruína. Minha gravidez.
Por que não pareço assustada? Na verdade, estou muito mais que isso. Cheguei a outro patamar: o estágio de entorpecimento de quem tá prestes a ficar maluca.
Lembro que uma vez, quando eu tinha quatro anos, fiquei correndo em volta de casa enquanto meu pai me perseguia. Eu gritava e ria, e ele fingia ser um dinossauro tentando me pegar. Meu coração acelerou, a alegria se transformou em medo. Terror. Quando tive certeza de que seria pega, me joguei no chão, em posição fetal. "Não me come, não me come!", eu gritei, assustada de verdade. Deitada ali, abatida, me fechando cada vez mais.

Me sinto assim às vezes. Mas preciso lutar. E bolar um plano. Porque as coisas nunca vão ficar bem se eu não tomar uma atitude.

Algo muito, muito ruim vai acontecer.

Sendo sincera, até bem recentemente eu não fazia ideia do risco.

É tipo aquele desenho antigo do Pernalonga. Ele pensa que tá entrando numa banheira quente e relaxante no meio da floresta. A água tá ótima, e ele não nota as cenouras e cebolas picadas. De repente: "Hum, minha nossa, o que é esse cheirinho bom?". "Ensopado de coelho", diz o Hortelino. Aí o Pernalonga pensa: Hum, parece gostoso. Então, é claro, ele entende tudo e grita.

Aconteceu tão devagar comigo... Não percebi que o cheirinho delicioso era da minha própria carne chamuscada. Não percebi que S., a luz da minha vida, o cara que eu idolatrava, ao dizer "eu te amo", na verdade estava falando de controle, de posse. E o que eu faço com a sensação de que fui eu que pus as cenouras e as cebolas no meu próprio caldo? Antes eu gostava de ser protegida. Uma parte de mim adorava a ideia de alguém me desejar tanto que nunca abriria mão, nunca deixaria que outra pessoa nem olhasse na minha direção.

Então a culpada sou eu?

Enfim, acabou. Chega de viver no fio da navalha. A gravidez vai fazer a lâmina pender pra um lado, e a navalha é tão afiada que vou me machucar de um jeito ou de outro.

Uma possibilidade: S. fica encantado com a gravidez. Vai ser a prova final de que eu sou dele, por dentro e por fora. S. vai pôr a mão na minha barriga enquanto dirige, enquanto pego água na cozinha, enquanto abasteço o carro. Vai assumir o controle de tudo na minha vida (e o que resta?): o que eu como, o que bebo, em que posição devo dormir... Afinal, seria o melhor pra mim e pro bebê.

S. vai usar a gravidez como uma maneira de se apossar de mim pra sempre. De corpo e alma.

E isso só durante a gestação. O que vai acontecer depois que o bebê nascer? Imagina uma criança criada por S. Dois futuros roubados, simples assim.

Outra possibilidade: S. não gosta de dividir.

Nem mesmo com o próprio filho. Ele pode morrer de ciúme da mera ideia de outra prioridade na minha vida. Ah, ele vai sofrer. Por um lado, é sua descendência, seu DNA; por outro, ele vai acabar sendo destronado como a pessoa mais importante pra mim.

Só resta uma escolha. Algo que ele nunca permitiria.

Quero abortar. É a minha única vontade no momento.

Quero ter filhos um dia. Mas não com S. E não agora. Não com dezessete anos. Não quando decidi que quero ir estudar na Alemanha e morar em pelo menos três outros países antes dos vinte e cinco. Não quando preciso da liberdade de passar vinte e quatro horas seguidas lendo fanfics sempre que quiser. Não quando morro de medo de cuidar até de um peixinho.

Não posso ter um bebê agora. Por um milhão de motivos. Acabaria com a minha vida. Não seria justo com a criança.

Nem comigo.

Não vou ter o bebê. Não vou ter o filho dele.

Mas como?

Mesmo se S. não controlasse cada passo meu, fazer um aborto parece impossível. Não tenho dinheiro, nem sei se existe algum lugar assim na Geórgia. Se eu procurar no Google... será que S. tem acesso ao histórico? Minhas mãos tremem só de pensar nele descobrindo essa intenção.

Com certeza S. vai me culpar por tudo. Mesmo sendo ele quem não gostava de usar camisinha, além de não suportar o meu humor instável quando tomava pílula.

Sinto as paredes se fechando ao meu redor. Aos poucos, fico sufocada.
Nossa. O que eu faço?
Que porra eu faço?

30
ella

Me sinto mal por Seema estar no meu quarto, desperdiçando uma noite de sexta aqui comigo. A gente deveria estar se enchendo de pipoca e quase terminando *Pânico*, para depois ver *Pânico 2*. Porém, por causa de todas as vezes que ela precisou parar o filme no meu notebook para eu chorar no banheiro ou voltar trinta segundos porque eu tinha viajado, as únicas pessoas que morreram até agora foram os personagens da Drew Barrymore e do namorado dela.

Seema tem sido muito paciente, sentada de pernas cruzadas ao pé da cama, mas dá pra ver os sinais de frustração. Eu fico péssima. Deveríamos estar comemorando. Seema conseguiu mandar a inscrição para a Universidade da Geórgia a tempo e sugeriu uma maratona de filmes de terror como celebração. Isso foi no começo da semana, e na hora me deixou animada. Só depois notei que seria a primeira vez que uma amiga viria dormir em casa desde Hayley. Uma ideia meio agridoce.

E foi antes de ler mais um pouco do diário. Fui uma idiota, porque tomei a decisão antes de Seema aparecer. Agora estou um caco.

Peço licença para ir ao banheiro outra vez. Quero ficar sozinha enquanto tento lidar com a descoberta.

Minha melhor amiga estava *grávida*. Ela estava grávida, não sabia o que fazer e... não me contou. *Por que, Hayley?*

E tem algo além disso. Algo mais sinistro.

A gravidez foi a última gota? Foi o que desencadeou o surto de Sawyer? O motivo que fez ele perseguir a gente na estrada?

Preciso saber o que mais aconteceu aquela noite. Preciso lembrar.

Se eu conseguir, talvez tenha provas para levar Sawyer à justiça. E vingar Hayley.

Mais lágrimas se acumulam. Meu Deus, estou cansada de chorar.

E Seema deve estar ainda mais cansada de me ver chorar.

Quando saí do quarto, notei que ela apertou o nariz, frustrada.

Ela não tem culpa.

Quando volto, meu notebook está fechado. No meio do quarto, Seema está de braços cruzados, com a mala feita.

— Ella, você não queria fazer a maratona? — hesita. Nunca tinha visto Seema com tanta dúvida no rosto. — Você não me quer aqui?

— Não, Seema, não é nada disso! Sinceramente, não sei o que faria sem você. Agora e nos últimos meses. — Eu sento na cama e dou um suspiro profundo. — Você tem sido uma salvação na minha vida.

— Então tá... — Seema vai para a cadeira da escrivaninha, com a testa franzida. — Então o que foi? Você nem tá vendo o filme. Joguei pipoca em você duas vezes e nada. Aliás, ficou no seu cabelo.

De fato, tem duas pipocas presas nele. Midna entra no cômodo, pula na escrivaninha e dá um miado rouco para Seema. Os olhos da minha amiga se suavizam. Ela se inclina para encostar a testa na da gata.

— Oi, fofinha — Seema murmura. — Estão te dando bastante atum? Qualquer coisa, me liga. Eu falo com a chefa.

Midna ronrona alto e se estica toda, esfregando a cabeça em Seema.

— Ella. — O tom é mais leve agora. — Tá na cara que tem algo rolando. Fala comigo, me conta. Se não quiser, beleza. Mas se for pra ver filmes de terror e se divertir, então vai ser isso. Mais nada. Nem ficar olhando o celular ou saindo pra chorar. Entendo se você estiver precisando disso. Mas aí é melhor eu ir embora.

Os olhos de Seema parecem sinceros e vulneráveis. Ela faz carinho na cabeça de Midna e beija entre as orelhinhas umas duas vezes. A bondade, a maturidade e a ternura me convencem.

Engulo em seco.

— Seema. Se eu falar... promete que vai ficar só entre a gente?

Ela revira os olhos.

— Você ouviu, Midna? É como se ela nem me conhecesse. Será que acha que eu sou, tipo, da polícia? — Depois Seema ergue a sobrancelha escura para mim. — Sou toda ouvidos e bico calado, Ella.

Então eu me abro.

Começo com os detalhes sobre Sawyer, digo que no começo ele era o cara dos meus sonhos. Seema assente, prestando atenção total.

— E no primeiro trecho do diário da Hayley, sobre como os dois ficaram juntos, ele parecia incrível também...

— Espera aí. Diário? Do que você tá falando?

— Eu... bom, sei que não é legal, mas eu não queria que a Phoebe ou qualquer outra pessoa lesse, por isso trouxe o diário pra cá, em segurança.

— Tá. — Seema inclina a cabeça. — E deu certo?

Ergo as mãos, na defensiva.

— Eu não pretendia ler. Mas precisei. Você não sabe como tem sido. Tô no meu limite, tentando ao máximo lembrar dela. E foi bom ter lido, porque tenho informações importantes, talvez isso ajude a reconstituir o que aconteceu na noite do...

— Para. — Nunca ouvi a voz de Seema tão fria. — Você tá tentando me convencer de que ler o diário de outra pessoa foi uma coisa boa?

Pigarreio.

— Eu... Não, Seema, não é assim. Eu... Nessas circunstâncias...

— É mesmo? Então me explica. Como você justifica abrir o diário alheio como se fosse a porcaria de um romance?

Seema cruza os braços. Os olhos de Midna vão de uma para a outra antes que salte da escrivaninha e se esconda correndo no guarda-roupa.

— Tá, nossa, não foi nem um pouco desse jeito. — Meu sangue começa a esquentar. Ela não entende. — Em primeiro lugar, você não tem ideia da situação. Um dia, sua melhor amiga no mundo, sua *única* amiga, desaparece da Terra, do nada. E você faria qualquer coisa por só um pouco de...

— Na verdade, eu tenho uma boa ideia.

Pisco várias vezes.

— Oi?

— Eu sei bem. E não acho que *você* saiba. Você não sabe como é se mudar pra um lugar diferente aos oito anos de idade. Onde você não conhece *ninguém*. E ser a única menina indiana numa cidadezinha da Geórgia. Aí você finalmente conhece uma colega legal, que sabe mais ou menos como é não se encaixar, e fica amiga dela. E você pensa: *Que bom, não tô sozinha afinal*. Sua melhor amiga no mundo, como você acabou de dizer. Aí um dia, *puf*. Já era.

Seema levanta, com os olhos brilhando.

— Só que é ainda pior, Ella. Muito pior. Porque a sua melhor amiga não foi levada por um ato terrível de Deus. Ela *escolheu* sumir. Ela quis ir embora.

Abro a boca para dizer alguma coisa, *qualquer coisa*. Não sai nada. Seema inclina a cabeça.

— Pois é, Ella. Sabe tudo o que acabei de dizer? Não tive alguém pra conversar. Então escrevi. No meu diário, imagina só. Que graças a Deus ninguém ia ler, ou foi o que a minha versão de dez anos de idade pensou sobre aquela desgraça particular. — A voz falha. — Levei na cara. Mas tudo bem, porque o tonto do Dev foi vaiado, eu ganhei um cachorrinho e todo mundo aplaudiu, certo? Mas deixei de fora uma parte da história. A parte em que me senti tão humilhada que não parei de chorar por semanas. Minha família não sabia como reagir, então ninguém falou nada. Por meses, conversei mais com o cachorro do que com o meu pai. — Ela cerra o maxilar. — E *você* tá se comportando como se fosse qualquer coisa.

Ponho as mãos na barriga. A culpa, a vergonha, a confusão e a raiva me deixam enjoada.

— Seema, se pudesse voltar atrás, é o que eu faria. Eu queria ter continuado sua amiga. Sinto muito pelo que aconteceu. Mas não é como se... eu estivesse lendo o diário da Hayley pela diversão.

— Inacreditável. — Seema balança a cabeça, horrorizada. — Cai na real, Ella. Se você tá procurando companhia pro seu clubinho de leitura, não sou a garota certa. Não curto esse lance de violar a confiança e a privacidade. Sei o que significa ser uma boa amiga *de verdade*.

Fico roxa de raiva.

— Pelo amor de Deus, Seema, eu tinha dez anos. Uma criança. *Uma pirralha*. Quantas vezes vou precisar me desculpar? Desculpa, desculpa, *desculpa*. Tá bom? Isso não é sobre você! Tô tentando descobrir mais sobre a noite do acidente e a festa do Scott, o diário é a única opção...

— Uau. — A voz baixa de Seema me faz ficar calada.

— Tantos anos e você ainda não me enxerga, Ella. Eu fui na festa.

Fico sem saber o que dizer.

— Eu... Isso... Seema, é claro que eu não ia lembrar, porque deu um branco total...

— Você disse. Mas que tal perguntar pra mim? Conversar comigo? Pra que serve a Seema, hein? Absorventes e papos motivacionais. Quando se trata de uma coisa importante, tipo recuperar a memória da noite do acidente que mudou a sua vida, a *única opção* é o diário de uma garota morta?

Ponho as mãos na cabeça.

— Nada disso é verdade, mas não consigo lidar...

— Claro que não. Porque tudo tem que ser sobre a Ella. Você era uma amiga de merda e continua sendo a mesma amiga de merda agora!

— Argh, já entendi, sou a pior amiga do planeta...

— Do *universo*...

— Então por que você continua aqui?

— Boa pergunta!

Estamos as duas gritando. Lágrimas de raiva rolam pelas minhas bochechas. O rosto de Seema ficou vermelho, e os olhos, úmidos. Ela pega a mala com violência e bate sem querer na escrivaninha, sacudindo as gavetas e o abajur.

Quando pega na maçaneta da porta, eu estendo a mão.

— Espera...

Seema se vira, cautelosa. Lá no fundo, sei que é sacanagem fazer essa pergunta no meio da briga e do seu choro. Mas eu também estou chorando, também estou magoada. E há assuntos mais importantes em jogo, coisas que preciso saber.

— Do que... você lembra? Da festa do Scott?

Seema balança a cabeça, sem acreditar. Ela solta uma risada baixa e amarga.

— Cara. Mesmo morta ela ganha de mim. — Seema fecha os olhos. Fica inexpressiva. Fria. — Você e a Hayley não passaram a festa juntas. Não falei com nenhuma de vocês, então não sei se estavam brigadas. Mas a Hayley virou uns shots. E parecia meio... sei lá. Nervosa, acho. Ela subiu por um bom tempo. Achei que estivesse com o Sawyer, mas desceu com o Scott...

— Pera aí. *Scott?*

— Ella, me deixa terminar, quero ir pra casa. O Scott estava superbêbado. E foi esquisito. Mal conheço aquele babaca, mas ele estava tão perturbado. Tipo... ficava tentando falar com a Hayley, e ela só desviava. — Seema dá de ombros. — Isso foi tudo que eu vi.

— Espera... como assim? A Hay...

— Pra mim deu, Ella. — Seema me olha com tristeza. — De verdade. Tô indo. Não me liga e não me escreve. Chega. — Os lábios tremem. — Tchau.

Minha mãe me encontra aos soluços na cama.

— Não é nada — digo, levando os joelhos ao peito. — Acho que vou dormir agora.

— Ella — minha mãe diz, sentando ao meu lado. — O que está acontecendo? Você finalmente traz uma amiga, pela primeira vez em meses... Não foi tudo bem?

Sinto ela tocar meu cabelo, um gesto tão inacreditavelmente carinhoso, sobretudo pela distância entre nós. Por um momento fico tentada a contar tudo.

Mas não posso. Já mostrei que não sou aquela filha perfeita. A filha que meus pais queriam. Não suportaria piorar as coisas ainda mais. Revelar tudo a minha mãe incluiria os encontros às escondidas com Sawyer, as mentiras, o diário de Hayley. Eu não suportaria a sua expressão ao saber até que ponto a decepcionei.

— É só besteira por causa de um menino, mãe.

Midna aparece na cama e bate a cabecinha na minha bochecha algumas vezes.

— Midna tá preocupada com você.

— Ela só quer comida.

As palavras saem abafadas, porque estou com o rosto enfiado na colcha.

Minha mãe pigarreia.

— Quer descer e ver um filme com a gente? Tô precisando da sua ajuda. Se depender da Jess e do seu pai, vamos ver algum Godzilla de novo, não aguento mais a Mothra.

— É verdade. — Jess está encostada no batente, de braços cruzados. — Tô obcecada pelas gêmeas da Mothra e aquela música delas. Mas... — minha irmã abre um sorrisinho — ... talvez eu encare o primeiro *Senhor dos Anéis* se for com você.

Vejo medo nos olhos da minha mãe.

— Não a versão estendida, por favor. Eu imploro.

Solto uma risadinha cheia de ranho. A proposta é tentadora. Porém eu fui sincera quando disse que só queria dormir. De repente, me sinto exausta.

— Vamos deixar pra amanhã. Pode ser?

— Claro, Ella. — Minha mãe levanta. — Você vem, Midna?

A gata boceja e se aninha em mim. Minha mãe dá um sorriso antes de sair. Jess fica por mais um momento, então murmura:
— Boa noite, Els.
E fecha a porta.
Não consigo parar de pensar nas palavras de Seema. Eu gostaria de poder dizer que ela foi dura e cruel. Talvez Seema tenha razão. Eu posso ser uma péssima amiga. Só de pensar nisso, fico com dor de cabeça. Viro o rosto para o corpinho quente e macio de Midna. Ela ronrona, e o som mais tranquilizador do mundo me faz dormir rapidinho.

Ouço Midna rosnar. Ou pelo menos acho que é o que me acorda. Midna nunca rosna. Pisco, sonolenta, e o maxilar estala quando bocejo.
A gata está agachada perto da minha cabeça, com o rabo em pé.
— Ah, Midna, pela última vez, isso não é um inseto.
Deito de costas e solto um grunhido. Ela vem tentando pegar um arranhão na parede há anos, certa de que é um bichinho.
Um barulho repentino à direita me faz entrar debaixo das cobertas e perder o fôlego. Quando crio coragem, percebo que são as venezianas de madeira batendo.
Suspiro, aliviada. Foi só o vento...
Então congelo. Não deixei a janela aberta.
Que medo terrível. Por que a janela estaria aberta?
Midna rosna outra vez.
Então solta um silvo.
Com uma explosão de adrenalina, afasto as cobertas e fico sentada. Ao pé da cama, onde a gata está olhando, tem

uma figura alta e escura na beirada do colchão. O cara faz um movimento abrupto, com os braços estendidos, porém recua quando grito.

E eu grito muito, tão alto que a garganta arranha.

Tropeço ao acender a luz. Ouço barulhos, uma confusão frenética. Meus pais chegam bem quando encontro o interruptor. O invasor já se foi.

— Ella, o que…

— Chama a polícia — digo, com a voz trêmula. Aponto para a janela, a cortina rasgada está esvoaçando. — Alguém entrou aqui. Acordei e tinha um homem perto da cama.

Meu pai diz um palavrão e pega o celular, minha mãe faz o sinal da cruz. Vejo Jess curvada no corredor, com os olhos arregalados. Aí noto o estado do cômodo. Caótico. Roupas fora do armário, gavetas abertas.

— Achei que a gente morasse num lugar seguro. Esse tipo de coisa só acontece nas cidades grandes — minha mãe diz, abalada, com a mão na boca.

Mas não era um ladrão comum. E sim alguém procurando por algo específico.

Alguém que já entrou pela mesma janela.

Digo isso quando a polícia chega, dez minutos depois.

— Sei quem foi. Foi o Sawyer. O Sawyer Hawkins.

31

sawyer

Estou suando numa salinha sem janela já faz duas ou três horas quando a porta se abre.

Um homem corpulento na faixa dos cinquenta vestindo um uniforme cor de band-aid entra na sala de interrogatório. Usa óculos grossos e bigode com as pontas viradas para cima, um estilo inspirado nos pornôs vagabundos dos anos setenta. Preciso conter a vontade de dizer isso.

— Nossa — ele diz, tirando o chapéu de aba larga para se abanar de maneira exagerada. — Que calor infernal! Você tá bem, filho?

Eu apenas o encaro. Em silêncio, sem piscar, nem me dando ao trabalho de enxugar o suor escorrendo pelo pescoço e pelas bochechas.

Isso não o abala nem um pouco.

Ele passa a mão pelo cabelo loiro-acinzentado e oleoso.

— Quer uma coca? Aguenta aí.

A porta bate, e eu respiro fundo.

Merda. *Merda.*

Eu tinha acabado de chegar em casa depois de um longo turno no restaurante quando aconteceu: minha mãe deu de cara com três policiais na porta de casa. Eu sabia quais eram as opções. Se me recusasse a ser interrogado, fariam de tudo para conseguir um mandado. Não demoraria muito. Meu pai passou por isso várias vezes, quando eu era mais novo, antes que minha mãe desse um jeito de trazer a gente para Cedarbrook.

A questão é que Ella, a cidadã exemplar, deu meu nome para a polícia.

Minha sorte é que eles não têm nada contra mim. Nada concreto.

Então eu deixei que perguntassem o que quisessem na delegacia. Não preciso responder uma palavra. Vou ganhar tempo, impedir que me algemem até encontrar uma maneira de escapar. Pus um fim nos protestos da minha mãe, que insistia que eu *nunca* faria nada daquilo. Eu disse que tudo bem, iria com os caras para esclarecer tudo.

Agora, de olhos fechados, cerro o maxilar com tanta força que faz barulho. Aquela expressão no rosto da minha mãe. As luzes vermelhas e azuis passando nos seus olhos horrorizados. Como se, por um segundo, ela não soubesse quem estava na sua frente: o próprio filho ou um desconhecido.

Ambos pedimos desculpas depois da outra noite. Mas foi tudo muito rápido e formal. Eu estava voltando da escola, e ela, indo trabalhar. Demos um abraço apressado na entrada, minha mãe já saindo pela porta. A tensão ainda continua. Callan mal aguenta ficar no mesmo cômodo que eu.

Que vontade de mandar uma mensagem para Ella. Porém sei que não vai ajudar em nada. Preciso ficar tranquilo, manter o bico calado e descobrir o que exatamente esses idiotas sabem e o que, com sorte, não sabem.

Aquele cara abre a porta, carregando latas de coca e sprite e garrafas de água.

— A porcaria da máquina de refrigerante é a coisa mais

infernal neste lugar — ele resmunga e joga as bebidas na mesa de aço na minha frente. — E isso não é pouco, já que inclui o chefe.

Impeço uma lata de coca de rolar para o chão enquanto o cara senta na cadeira ao meu lado, tira um lenço de pano do bolso e enxuga a testa. Ele faz sinal para a variedade de bebidas antes de abrir a sua.

— Não seja tímido, pode escolher. O médico não quer que eu consuma açúcar. Por causa da diabetes e tal. Vou te contar: quanto mais gostoso o sabor, mais puto o doutor fica comigo.

Minha garganta está seca, porém eu sei como isso funciona. Ele me conquista com um agrado, me convence de que é o pai que nunca tive, e quando vejo estou assinando a confissão de que sou o Assassino do Zodíaco. Não importa se não levei uma multa na vida por excesso de velocidade. Essa folha de papel me condenaria à prisão perpétua.

Ou coisa pior.

Eu continuo encarando. O único som na sala é o das bolhinhas de gás escapando. Ele me observa rapidamente, então abre um sorriso gentil e oferece a mão.

— Meu nome é Rick, aliás.

Não movo um músculo.

Rick se recosta, o que faz a cadeira ranger.

— Você é jovem, ainda deve estudar na North Davis. — Ele coça o queixo. — O time de futebol americano é muito bom. Muito bom mesmo. Eu também estudei lá. Só não vou dizer quando. Não quero ficar chateado. — Rick suspira. — É incrível como o tempo passa.

Ele verifica o relógio, tamborila na mesa e levanta com um grunhido.

— Nossa Senhora. — Rick faz uma careta e põe a mão

nas costas. — Vou dar uma mijada, filho. Tá com fome? Quer comer um lanche? É só dizer.

Ele sai sem esperar uma resposta. Solto o ar devagar e pego uma água. Alguém está me olhando pelo que parece ser só um espelho, mas tanto faz. Viro a garrafa inteira antes que Rick volte.

Meu coração martela no peito. Apesar do meu esforço, foi difícil ficar quieto. O papo simpático, as ofertas gentis… são uma armadilha.

É tudo uma armadilha. Além da minha situação precária, sei exatamente quem é Rick: o tio do sr. Wilkens. Pela primeira vez, fico grato por morar numa cidade pequena, onde todo mundo se conhece. Meus dedos coçam de vontade de mandar uma mensagem para Ella. Mas, como eu disse, preciso descobrir primeiro o que a polícia sabe.

Horas se passam. É difícil dizer quantas. Meu corpo já não fica tão firme na cadeira, sinto os olhos pesados. Resisto ao impulso de me ajeitar, de pôr o dedo na cicatriz da minha mão, de fazer qualquer coisa que resulte num olhar feio. Porque isso também faz parte. Da armadilha. E não posso deixar que seja bem-sucedida.

Finalmente, Rick está de volta. Com cara de quem tirou uma soneca na delegacia, de tão revigorado. Segurando uma pasta e um caderninho, ele sorri.

Eu me endireito na cadeira e estalo os dedos.

Lá vamos nós.

— Desculpa a demora, Sawyer. *Sawyer*. Bom nome. Sempre gostei mais do Tom Sawyer que do Huckleberry Finn. Também porque a minha namoradinha da escola se chamava Becky.

Rick solta a pasta na mesa com um baque e, dessa vez, senta diante de mim.

— Sawyer Hawkins... — Ele ajeita os óculos no nariz e folheia uma papelada. Estico o pescoço, porém não consigo ver nada. — Ouvi dizer que você é muito popular com as garotas. É verdade?

Rick dá risada da minha careta involuntária.

— Ah, não seja tão modesto, filho. Não fico surpreso. Você é alto, moreno, misterioso. *Muito* misterioso, eu diria. Agora fala. É verdade que tem andado pra lá e pra cá com uma mocinha chamada Ella Graham?

Bico calado. Bico calado!

Rick lambe o dedo para virar uma folha.

— Bom, pergunta retórica. Eu só estava te testando. Não vou te entediar com os detalhes, mas acho que vai gostar de saber que alguém entrou no quarto da mocinha enquanto ela dormia. Assim que cheguei lá, Ella veio correndo e disse que foi você, Sawyer Hawkins. O que acha disso?

Meu corpo inteiro está tenso, tremendo por causa do esforço para não abrir a boca. Rick se debruça na mesa, estreitando os olhos cor de avelã.

— Tudo bem, Sawyer? Parece que você vai explodir. Tem até uma veia saltada no pescoço. Alguns diriam que essa é a expressão de um *assassino*.

Fecho os olhos para não dar um soco na cara dele. Me sinto como um tigre sendo provocado numa jaula. Primeiro, com varas, e agora com metal. Vou me preparar para tochas acesas, espadas afiadas e coisas muito mais doloridas. Não importa o que aconteça, preciso me manter firme.

Sei o que fazem com tigres que atacam.

Rick solta um suspiro, tirando o chapéu para coçar a cabeça.

— Claro que não te culpo por ficar bravo. Não encontramos nenhuma prova no quarto de que você esteve lá essa noite. — Ele dá de ombros. — Mas e o seu álibi? Aqui entre nós, filho, "dirigir pra espairecer depois do trabalho" soa bem suspeito. Não que você tenha entrado na casa da garota. Não é certo que nós, os homens, sejamos punidos por nada. Você olha demais pra amiga dela, não responde rápido uma mensagem, não agradece pelo jantarzinho que ela só teve que requentar... e as mulheres já acham que têm motivo pra recorrer a medidas extremas! Apesar de tudo o que fazemos por elas!

Rick balança a cabeça.

— Você tem todo o direito de ficar bravo, Sawyer. Estava com a coitada da sua mãe na cozinha, e teve que vir até aqui numa sexta à noite, porque deu na telha da garota mandar a polícia atrás de você.

Eu me concentro na pronúncia de "polícia". Como se fossem duas palavras separadas, com ênfase na primeira sílaba. *Po-lícia*. Assim, fico calado, em vez de dizer alguma idiotice.

Os olhos de Rick são como picadores de gelo cor de avelã, descascando meu verniz. Mas ele não vai me tirar do sério. Não mesmo.

Não tem como.

Como continuo em silêncio, Rick assente, até meio impressionado.

— É, você tem razão... talvez esse não seja o problema. A Ella não faria isso, né? — Ele coça o queixo. — Mas a garota disse algo bem interessante: você estava procurando alguma coisa. Um... livro, talvez.

Sou todo ouvidos, enquanto meu coração dispara. A situação não parece boa. Até agora, não entreguei nada. Porém tudo pode ir por água abaixo.

Os olhos de Rick me examinam como se fossem raios laser. Retribuo com a minha melhor imitação de estátua.

— Vou ser honesto, filho. Não achei que você fosse do tipo que lê, por isso pareceu estranho ter entrado pela janela do andar de cima pra pegar um livro... ou talvez não seja um livro. Um diário?

Meu coração para.

Ele ergue um caderninho preto.

— Esse diário?

Queria mais do que tudo sair correndo. Eu não tinha certeza, mas agora que Rick está esfregando esse diário na minha cara, a sensação é de que as paredes estão se fechando.

Não há tempo de pensar nas consequências. Preciso não externalizar nada.

— Quer saber? Eu tô te enchendo de perguntas, Sawyer. Admito que você é durão. Mas cansei. A gente vai fazer um intervalo. O meu pai costumava ler pra mim na cama. O seu fazia isso também?

Rá.

— Acho que não. Bom, vou ler pra você agora. É hora da historinha, tá? — Rick fica muito animado ao lamber o indicador e abrir o diário. — Ah, e como você não perguntou, entendi que já sabe que não é o diário da Ella. É o diário da Hayley. Li umas coisas bem interessantes sobre você.

Paro de respirar. Faço cálculos na cabeça. Tudo para impedir meu rosto de espelhar a tempestade se formando no meu peito.

— Vamos ver... Ah, olha só. "*S. jogou o copo dele na parede. Voou vidro pra toda parte.*" Isso não pega bem... mas nem é a parte mais interessante. Tipo, quem nunca atirou talheres durante um jantar em família?

Enfio o polegar na minha cicatriz a ponto de cortar a pele. Tento não piscar.

— Ah, esse trecho é melhor. *"Ele me deu um tapa tão forte com as costas da mão que minha cabeça bateu no vidro."*

Uma fúria e um medo enormes atingem meu corpo em ondas altas como montanhas. Engulo em seco na tentativa de conter tanto meu estômago se revirando quanto meus olhos quase se fechando.

Os olhos de Rick vasculham meu rosto, e um músculo da mandíbula pulsa. Estou começando a irritá-lo. Me agarro a essa frustração, esse fracasso.

— É difícil de ouvir, não acha? — Ele fala mais baixo. — Até um homem adulto fica com vontade de chorar. Bom, não se preocupa, tenho só mais um trecho pra você... ah, aqui. Do último dia. — Rick vira a página. — *"Acabou. Que merda, essa é mesmo a única opção? Tanto faz. Tô sem tempo, e não encontrei outra maneira de manter todo mundo que amo a salvo (e nem eu mesma). O mais difícil vai ser esconder de S. Ultimamente, tem sido mais fácil falar do que fazer. Mas não existe escolha. E ele não pode descobrir. É questão de vida ou morte."*

Rick finge ter um calafrio.

— Essa sua ex levava jeito com as palavras, hein? Ela não era escritora, mas que baita suspense. Nem todo mundo vai gostar disso. Mas dá uma ideia geral, não concorda?

Apesar da vontade de rosnar, eu me seguro. Qualquer som me condenaria agora. Não tem saída. No momento, a polícia achou esse diário que menciona "S.", alegações de uma adolescente assustada no meio da noite. Ou seja, não é nada. Não podem me segurar aqui.

Quando encaro o policial, percebo que ele também sabe disso.

Rick desiste de se fazer de bonzinho. O rosto fica raivoso. *Que desgraçado.* Ele se inclina para a frente. As feições cheias de manchas estão a centímetros de mim.

— Seu merdinha — Rick rosna, segurando minha camiseta.

Quase perco o controle com essa demonstração final de ira. Estou prestes a revidar quando a porta se abre.

— Acho que é hora do intervalo, Rick.

Um policial de aparência cansada aparece no batente.

Rick não tira os olhos de mim e até me sacode pelo colarinho.

— Ainda não acabei.

Surge outro policial, de rosto quadrado. Sua expressão é séria.

— Vai dar uma volta, Rick.

Esse timbre faz meu peito vibrar.

Soltando um palavrão, Rick me larga. Então sai da sala batendo os pés e bate a porta. De repente, fico sozinho outra vez.

Respiro fundo. Estou tonto da exaustão e das horas de adrenalina nos músculos. Minhas palmas estão úmidas. Em meio ao suor, há meias-luas de sangue onde cravei as unhas. Quase morri, mas consegui ficar firme. Pelo menos por fora.

Por dentro, estou gritando.

Mas agora sei que estou seguro. Por enquanto. Pego o celular.

S

> Ella. Não tô bravo. Só preciso saber onde você tá. Por favor. Cadê você?

É uma tentativa desesperada, porque seria a primeira vez em dias que Ella me responderia. Preciso confirmar que está em casa com os pais. Não em outro lugar. Não com outra pessoa.

Aí sou tomado por tanta raiva que soco a mesa. Meus olhos vão direto para o espelho, depois para a porta e para a luzinha vermelha da câmera, piscando no canto da sala. *Vai, Sawyer. Se aquieta. Você tá quase liberado.*

Aí vou atrás de Ella pessoalmente.

Ainda não recebi nenhuma mensagem quando Rick está de volta, acompanhado pelos outros dois policiais. *Finalmente,* penso.

Noto a expressão de Rick.

Ele parece satisfeito. Muito satisfeito.

Meu celular vibra, acabo olhando se é uma notificação de Ella. Meu coração pula com a confirmação, então vejo de relance as palavras bem e sr. W antes de arrancarem o celular de mim.

— Ei!

— Conseguimos um mandado de emergência, filho. — Rick põe no meu nariz um documento que parece legítimo. — Podemos vasculhar seu celular todinho. Você é bem esperto, Sawyer. Mas não tolero que um cara que sai batendo em garotas circule livremente pela cidade, e o juiz concorda comigo.

Tenho um ataque por dentro à medida que ele lê as mensagens.

— Nossa, filho. Saio por dez minutos e você já tá assediando a Ella? Aliás, o assédio já tá durando alguns dias! Se uma mulher não responde é porque não tá interessada, não sabia?

— Vou ficar preso? — O coração acelera como se eu estivesse correndo uma maratona.

Um silêncio estrondoso.

— Achei que fosse óbvio. Sim. Você vai ser preso.
— Então posso fazer uma ligação — retruco.
Mais silêncio.
— Ele ainda nem terminou de ler... — outro policial diz.
— Quero ligar! — exijo. — Por lei, tenho direito a uma ligação!
De novo, silêncio.
— Tá, eu leio os direitos dele no caminho. Vamos levar esse merdinha pro telefone.
Talvez eu ainda consiga dar um jeito nisso tudo.

32
ella

Quase nem noto a manhã chegar. Meus pais também não dormiram — ficaram andando pela sala, enquanto eu permanecia imóvel no sofá, com os joelhos junto ao peito, olhando para a lareira.

— Por que você acha que foi o Sawyer? Ele já tinha entrado pela janela do seu quarto? Por favor, Ella, fala com a gente.

As vozes mal me alcançam na névoa que me cerca. Alguém esteve aqui. Uma sombra alta se esgueirando. Nunca senti tanto medo. Mas depois que a polícia foi embora, a acusação passou a pesar como uma pedra no meu estômago.

Falar com o sr. Wilkens sobre meus medos e contar as teorias sobre Sawyer era uma coisa. Ele acabar algemado era outra completamente diferente. Eu não devia ter perguntado primeiro? Ter dado uma chance de ele se explicar? Não suporto pensar nos policiais batendo na sua porta, dando mais desgosto à vida da mãe dele e de Callan.

Agora que Sawyer está detido, não sinto alívio como imaginei. Lembro que uma vez meu pai disse, depois que o pai dele passou seis meses em cuidados paliativos, sem conseguir andar, falar ou ver, que queria que meu avô morresse logo — a agonia da perda não seria maior do que testemunhar o sofrimento e tudo mais.

Estou em segurança agora. Sei disso. Consigo sentir os ombros relaxados, a respiração profunda, já que os pulmões não estão mais comprimidos pelo medo constante. É como se eu fosse uma sobrevivente que decidiu ver a própria casa destroçada, onde pensava que envelheceria, depois de um tornado.

— Ei. — Uma mãozinha toca meu ombro. Jess. — Mandei a mamãe e o papai pra cozinha pra te dar uma folga. Você tá bem?

Aperto sua mão com força.

— Obrigada, Jess. Te devo uma.

Minha voz sai trêmula, engulo em seco.

Ela dá de ombros e olha para os dedos dos pés, curvados sobre o carpete.

— Aliás, dei mais atum pra Midna. Ela merece.

— Fica à vontade — digo.

O sol está nascendo, e a luz cor de pêssego reflete no sorriso de Jess. Pela primeira vez, penso que talvez tudo fique bem.

Só que uma inquietação terrível continua dominando meu peito. A ideia de estar trancafiada nesta casa, onde Sawyer provocou tantas sensações novas, onde Seema declarou o fim da nossa amizade, onde Sawyer invadiu meu quarto e ficou vagando no escuro... Preciso dar o fora.

Jess me observa atentamente.

— Mamãe e papai não vão te deixar sair.

— Hã? Que ideia é essa?

— Você tá com aquela cara... tipo quando passou semanas fechada por causa da mononucleose. — Ela sorri, cabisbaixa. — Na verdade, que bom. Gosto da Ella rebelde.

— Por quê?

— Bom, você passou as férias inteiras na cama. Não deu uma de rebelde nem uma vez. Fiquei preocupada... e com medo de você passar o resto da vida triste.

Pego a mão dela.

— Sei que não ando bem. E sinto muito. Você é a melhor irmã do mundo.

Jess assente.

— Sou mesmo. Porque vou te ajudar. Vai dar uma volta, fazer o que precisa. Eu digo que você foi dormir ou sei lá, que se trancou no quarto. E barro a porta. Não precisa ter pressa.

— Jess... — Mal consigo falar, emocionada. — Não te mereço, de verdade.

Ela abre um sorrisinho.

— Eu sei. Mas é pra isso que servem as irmãs.

De repente, caio na real do quanto Jess vem me ajudando desde que Hayley morreu. Na verdade, até antes. Ela sempre esteve presente, meu porto seguro secreto. Sinto uma pontada no coração de tanto amor e gratidão.

Abraço minha irmã com sinceridade, pego a bolsa e o celular e saio pelos fundos.

Ando sem rumo por Cedarbrook, numa manhã clara e fresca de outubro. As primeiras horas passam bem. Estou me movimentando. Como se tivesse um destino, deixando tudo de ruim para trás.

Depois de um tempo, começo a me sentir sobrecarregada outra vez. Sozinha. Assustada. Bônus: eu me perco. Vou parar onde nada é familiar. Fico parada para avaliar as opções.

Eu poderia ligar para meus pais, enviar a localização e esperar a carona. Mas não estou pronta para ir para casa.

Nem perto. E ficaria um milhão de anos de castigo, e pior: Jess também, por ter sido cúmplice.

Então tenho uma ideia. Encontro o número do sr. Wilkens na agenda, com uma pontada de incerteza. É sábado de manhã. Dia de folga. Talvez eu não devesse...

Ele atende na mesma hora.

— Ella? Você tá bem?

Que onda quente de alívio.

Conto tudo: sobre a invasão de Sawyer e os segredos no diário. Digo que ainda não quero ir para casa, que ele é o único que sabe disso, que mais ninguém entende pelo que estou passando.

— Se precisa de um lugar seguro, pode ficar na minha casa até estar pronta para voltar pra sua — ele diz.

— Por favor — digo, aliviada, e mando a localização por mensagem.

Enquanto espero pelo sr. Wilkens, o celular vibra no bolso. Eu fico chocada por um minuto quando vejo a mensagem de Sawyer.

S

> Ella. Não tô bravo. Só preciso saber onde você tá. Por favor. Cadê você?

Mordo o lábio rachado, indo de um lado para o outro na calçada. Não está bravo? Não é possível que ele esteja tão descolado da realidade. Ainda acha que está cuidando de mim, me protegendo. Ia apagar a mensagem, bloquear o número, mas me seguro.

Por mim mesma, mando uma última resposta. Preciso me despedir.

> **E**
> Tô bem. Com o sr. W. Não me escreve mais, por favor. Adeus, S.

Enfim bloqueio Sawyer.

A casa do sr. Wilkens é *linda*. Rodeada de árvores, parece um chalé e chama a atenção assim que a gente vira a rua. A cor da fachada é um azul quase tão escuro quanto carvão, porém as heras subindo pelas paredes dão um toque de antiguidade. Ele estaciona na entrada e digita a senha para abrir a porta.

— Bem-vinda ao lar dos Wilkens. — Ele tira os tênis e passa a mão no rosto. Parece tão exausto quanto eu. — Sinta-se em casa. Vou fazer um café.

Eu fico inquieta sem ele por perto, me sentindo intimidada pelo espaço amplo e deslumbrante. O teto é alto e inclinado. Tem um conjunto de sofás de couro em volta de uma lareira grande, com as pedras vermelhas e cinza da chaminé até a parede. Vejo a entrada da cozinha, com piso de azulejo e bancada de mármore, ao fim da sala de estar. Do outro lado da casa, em vez de uma parede, uma porta de correr de vidro dá para um quintal chique que termina num bosque de carvalhos e olmos.

É fácil imaginar o sr. Wilkens com a namorada, ela com os pés sobre as pernas dele enquanto os dois leem diante da lareira, num silêncio confortável.

Deixo o tênis na porta, ao lado da bolsa. O carpete macio, provavelmente caro, é de um tom bonito de creme. O ambiente cheira a pinheiro fresco e luz do sol.

Cruzo essa área, passando a mão pelo couro dos sofás e

depois encostando a testa no vidro frio que isola o quintal. Aposto que o sr. Wilkens sempre deixa essa porta aberta. Assim, o bosque vira uma extensão da sala de estar. Lembra as fotos de chalés que vejo no Instagram ou nas capas brilhantes de revistas de viagem.

A cabeça do sr. Wilkens aparece no meu campo de visão.

— Tá com fome? Posso preparar alguma coisa.

Um beija-flor se aproxima do vidro. Eu ainda não tinha notado, mas tem um bebedouro vermelho pendurado na cobertura lá fora, balançando sobre minha cabeça. Aquele corpinho colorido cintila ao sol enquanto procura água com açúcar no bebedouro vazio, batendo as asas mais rápido do que os olhos são capazes de acompanhar.

Sinto uma pontada no coração por causa dessa beleza e da falta de alimento. Hayley odiava bebedouros vazios. Provavelmente já estaria revirando os armários do sr. Wilkens atrás de uma panela para fazer xarope.

— Bom, faz tempo que não passo no mercado... — Ele fecha a geladeira, com uma expressão de desculpa. — Talvez eu tenha mistura pra panqueca ou algo do tipo. — E abre o armário. — Que tal muffin de blueberry? Ah, espera. Já venceu.

— Só café tá bom. De verdade. Você já fez tanto por mim. — Baixo os olhos para os pés, tímida. — Não sei nem como agradecer.

O sr. Wilkens sorri e se concentra na arte de fazer café. Balanço a cabeça e sorrio enquanto ele fala sobre os diferentes tipos de torra, as vantagens de moer o café em casa, a importância de verificar a data da torra antes de comprar os grãos, além de como todo mundo deveria jogar fora as máquinas de cápsula ou filtro.

Enquanto isso, olho para as fotos emolduradas nas paredes. A maioria são artísticas, incluindo paisagens em preto e branco e uma imagem dramática de uma floresta escura num céu limpo. No fim, perto da sala de estar, há dois diplomas pendurados, um da graduação e outro do mestrado.

Aperto os olhos para a caligrafia dourada e leio em voz alta:
— *"Este documento certifica que Andrew Samuel Wilkens III..."* — Eu levanto as sobrancelhas. — Terceiro? Tipo a realeza.

Ele faz uma careta.

— Nem perto. E odeio o meu primeiro nome e os apelidos. Andrew. Drew. Andy. Lembra o meu pai. A minha namorada da época da faculdade sugeriu que eu usasse o do meio.

— Gostei. — Penso em como cogitei adotar Anna de vez e deixar pra trás tudo que acompanha Ella. Como se fosse possível me reinventar, mesmo depois do que aconteceu.

Ele fala sobre o café que está fazendo: se deparou com esse tipo por acaso, numa viagem de carro para Montana nas férias. Gosto de ouvir o sr. Wilkens, da paixão na sua voz, de como ele é adulto. Também gosto dessa casa, com arte minimalista asiática. Budas cor de terracota, sinos tibetanos, porta-incensos de pedra, cheiro forte de sândalo. Punhados de plantas por aí, em estantes e mesas, tão discretas que mal reparei.

— Eu ia sugerir que você regasse as plantas, mas talvez seja tarde demais. — Aponto para uma samambaia seca.

O sr. Wilkens não tira os olhos do moedor.

— Eu sei. Vivo falando que vou me livrar delas.

Quando ele aperta um botão, todo o resto é sufocado pelo ruído de dezenas de grãos sendo pulverizados por pequenas lâminas.

Vou até uma cristaleira cheia de recordações esportivas.

Noto meu reflexo sorrindo. Meditação e filosofia de um lado do cômodo, pipoca e amendoim do outro.

O sr. Wilkens não parece ser leal a um único esporte, mas todos os times são da Geórgia. Cards de beisebol do Atlanta Braves em pequenos tripés e um capacete azul em miniatura com o símbolo A vermelho e gigante. E várias coisas do Atlanta Falcons: o programa oficial do Super Bowl de alguns anos atrás, em condições perfeitas; uma camisa dobrada com cuidado. A joia da coroa, por sua vez, é dos Braves: um taco de madeira brilhante gravado com "Para Sam", seguido de um autógrafo.

O ruído do moedor finalmente termina. Olho para o sr. Wilkens com um sorriso.

— Então você é fã de esportes. Eu nunca imaginaria.

— Nem sei o que dizer. Sou eclético. — O sr. Wilkens fica em silêncio enquanto manuseia a prensa francesa e desliga a chaleira elétrica. — Só assim meu pai e eu conseguíamos ficar na mesma sala sem brigar. A gente não tinha um bom relacionamento, quando cresci um pouco ele ficou mais ausente. Mas com um jogo passando... a gente conseguia conversar.

— Que difícil — digo, com delicadeza.

Ele despeja a água fervente na prensa francesa. O aroma de café, cereja e chocolate invade o espaço.

A luz da manhã entrando pela porta de vidro e o sorriso do sr. Wilkens me lembram de que é possível viver sem o medo pesar como um tijolo na minha barriga. Assim como um futuro repleto de bebidas quentes com gostinho de canela em manhãs frias de outono. Com pés descalços na cozinha e panquecas. Uma vida em que perdas se limitam a não encontrar as chaves, e não ao meu coração sendo destroçado o tempo todo. É um lembrete de que a vida existe.

Não agora, não aqui, mas um dia.
Na cozinha suavemente iluminada, vendo o sr. Wilkens trabalhar, com o sol deixando seu cabelo cor de avelã, penso em tudo o que ele deve ter perdido. Na conversa durante a caminhada, sobre a agonia das mudanças. Mas e a perda do que poderia ter sido? Daquilo que nunca se teve? Da chance de segurar a mão do pai, em vez de um taco velho de beisebol. E aqui está ele, cantarolando na cozinha, esboçando um sorriso para si mesmo. Apesar de tudo, feliz.

Toco a cristaleira, observando tudo lá dentro sob outra luz.

— Sinto muito pela situação com o seu pai. E obrigada por ter contado.

— A vulnerabilidade é uma maneira de estabelecer uma conexão, Ella. Nunca se esqueça disso.

Ele gesticula com uma caneca branca que pegou do armário.

Fico intrigada com uma bola de basquete na prateleira de cima.

— Você gosta do St. Louis Cardinals?

— Hum? — O sr. Wilkens segue meu olhar até a bolinha vermelha e branca, com o logo de um passarinho vermelho empoleirado num taco. — Ah, isso. *Rá*. É só uma lembrancinha. Achei engraçado uma bola de basquete ser de um time de beisebol. — Ele liga o cronômetro no celular e suspira. — O café vai ficar pronto em dez minutos. Quer conhecer a casa?

— Claro. — Eu vou com ele até a área externa. Fico impressionada com o silêncio do quintal. Ouço o farfalhar das folhas e o canto dos pássaros, porém nada de carros, nada de trânsito.

— Nossa. — Suspiro. — Que sonho.

O elogio o deixa orgulhoso.

— Esse é o meu paraíso particular.

O jardim conta com diversas plantas pequenas e bem-cuidadas. Lavandas perfumadas, ramos de alecrim, manjericões folhosos. Alguns tomates estão amadurecendo. Borboletas pousam nas flores amarelas e rosas de arbustos. Os girassóis altos me dão um aperto no coração.

— Você é mesmo eclético. E um jardineiro experiente.

— Nem tanto.

Ele sorri para uma borboleta branca que dança diante de nós.

O vento cheira a lavanda e grama, impregnando no meu cabelo. O sr. Wilkens faz a vida parecer tão fácil e perfeita. Decido que quero ter morangos no meu jardim, assim como canteiros de manjericão, lavanda, tomilho e alecrim.

E girassóis. Muitos e muitos girassóis.

Estou prestes a perguntar se é difícil cultivar girassóis quando vejo alguns vasos de cerâmica perto da porta. Dentro só tem água e bolinhas de gude azuis. Bolinhas de gude de um tom muito familiar.

— Que engraçado você fazer isso — digo, apontando para os vasos.

— Ah, sim. — Ele ri. — É a minha estação de hidratação de abelhas. O segredo do meu jardim.

Ouço um único corvo crocitar e folhas voarem.

Paro de ouvir por uns três segundos.

— Desculpa. — Pisco algumas vezes para o psicólogo. — O que você disse?

— Um lugar pra abelhas e outros insetos beberem água sem se afogar. — Ele dá de ombros. — Sem abelhas, não há jardim.

Olhando para as bolinhas azul-cobalto, as engrenagens na minha cabeça giram. Penso na varanda de Hayley, nos vasos fedidos também com bolinhas de gude, e por algum motivo me lembro de quando tive uma febre tão alta que achei que minha mãe estava comigo na cama. Delirando e com sede, eu imaginei que ela me oferecia um copo de água. Tentei pegar várias vezes, lacrimejando por conta do fogo na minha garganta. Nunca fiquei tão confusa como naquela ocasião, meus dedos se fechando no ar, de novo e de novo.

Pela primeira vez, não podia confiar nos meus olhos ou no meu cérebro.

Agora, enquanto observo o sr. Wilkens caminhar até as plantas, sinto a mesma coisa. Ele puxa algumas ervas daninhas no meio do manjericão. Agachado, noto um arranhão na sua palma. Parece recente.

— O que aconteceu com a sua mão?

— Hum? — Ele se levanta, franzindo a testa antes de enfiar o punho no bolso. — Cortei numa das varetas dos tomateiros hoje de manhã. Me distraí.

Assinto, mecanicamente, com a mente girando, as pistas se encaixando.

As varetas do tomateiro. Madeira. Igual à treliça do lado de fora da janela do meu quarto?

O sr. Wilkens sorri, com cara de preocupação.

— Tá tudo bem, Ella?

— Acho que tô sentindo o impacto. De todas as noites sem dormir, o estresse dessa situação...

— Claro. Nossa, nem consigo imaginar. O café vai ajudar. Na verdade, já deve estar pronto. Vamos entrar.

Não consigo parar de piscar, como uma máquina entrando em pane. Sou como uma página que não quer carregar, o círculo girando eternamente. Preciso de um reset. Desligar tudo. Tirar da tomada e pôr de volta. Fico na vitrine de artigos esportivos, enquanto o sr. Wilkens vai para a cozinha, falando sem parar.

Nem ouço.

Olho para o taco de beisebol. Mais especificamente, o que está escrito ali.

Para Sam.

Tudo desaparece, menos a letra S.

Todo o barulho cessa, e o ar abandona meus pulmões com violência.

Esqueço como se respira. Não faço direito. Os sons chegam distorcidos, esticados como chiclete, e o chão se move sob meus pés, como se eu estivesse no convés de um barco durante uma tempestade. Algo amarelo chama minha atenção. Bem diante da bola de basquete do St. Louis Cardinals, vejo um reflexo do jardim: dois girassóis perfeitos.

Está tudo aqui. Tudo o que Hayley registrou detalhadamente no diário.

— Preciso ir no banheiro — digo, então sigo cambaleando pelo corredor, ignorando o sr. Wilkens. Logo mais, tudo vai estar estampado no meu rosto.

Tento algumas portas até encontrar a certa e me tranco.

Me viro para a torneira, com as mãos apoiadas uma de cada lado da pia. O rosto no espelho não me pertence. É de uma garota com olheiras escuras e lábios pálidos. Alguém que pegou no sono no meio dos cordeiros e acordou na cova dos leões, rodeada por carcaças.

— Ella? — Uma leve batida quase me faz gritar. — Você tá bem? Parece... indisposta.

— Tô. — Não soo convincente. — Foi só um mal-estar. Do estresse. Já vou sair.

— Tá. Vou estar aqui se precisar de mim — diz o sr. Wilkens.

Diz Sam.
Diz S.
Jogo um pouco de água fria no rosto.
Coragem, Ella. A gente pode surtar depois.
A porta do banheiro não faz barulho quando abro bem devagar e ponho a cabeça para fora. Sem nenhum sinal dele, corro na direção da saída.
— Tudo bem?
Estou a alguns passos da porta quando o sr. Wilkens se levanta preocupado do sofá de couro.
— Tudo — digo, e ele se aproxima. — Quer dizer, não. Eu não tô me sentindo bem. Preciso ir pra casa.
— Sinto muito. Vou pegar a chave. Te dou uma carona.
— Eu vou a pé.
Enfio os pés nos tênis, pego a bolsa e dou um passo adiante.
— Ella, isso é ridículo. — O sr. Wilkens franze os lábios. O tom é lento e paciente, como se ele estivesse lidando com o chilique de uma criança. — São quase vinte quilômetros. E se você não tá se sentindo bem...
— Obrigada por tudo, de verdade.
Ponho a mão na maçaneta.
— Ella, por favor, vamos conversar rapidinho. Me diz o que está acontecendo.
Consigo ver o carro através do pequeno vitral na porta. Tem um arranhão no para-choque. Como fui burra. Burra e cega.
Ao abrir a porta, uma mão machucada agarra meu ombro.
— Ella, vai ficar tudo bem.
Levo um golpe na lateral da cabeça e tudo escurece.

33
ella

Não sei onde estou. Os ouvidos estão zumbindo, um barulho agudo e penetrante. O coração bate tão violentamente que a língua incha a cada pulsação, quase pulando da boca.

Vou morrer, vou morrer, vou morrer, minha mente repete sem parar. Luto para recuperar o controle e formar algum pensamento sensato. Não sei por que vejo metade preto. Até que percebo que consigo abrir só um olho, porque no outro tem um saco de gelo.

— Graças a Deus, Ella. Fiquei tão preocupado.

O sr. Wilkens está sentado numa cadeira na minha frente. Apesar do frio cortante do gelo, vejo preocupação nos seus olhos. O lado esquerdo do meu rosto lateja, e sinto uma pontada nas têmporas.

Então eu lembro.

O pânico volta com força total. Meu sangue está uivando de medo, meus pensamentos ficam incoerentes. Tento levantar para afastá-lo, porém acabo caindo, porque meus tornozelos estão amarrados, assim como os pulsos, atrás das costas.

O sr. Wilkens me pega antes que eu chegue ao chão, mas derruba o saco de gelo. Então me põe sentada.

— Ella. — Ele parece pessoalmente ofendido. — Calma. Só tô tentando te ajudar.

— Me solta! — Eu me debato, freneticamente. — Alguém me ajuda! Por favor!

— O que você tá dizendo? Não vou te machucar...

— *Socorro!* — Olho em volta. Não sei onde estamos. O teto é baixo, não tem janelas. Só um carpete grosso, alguns sofás velhos de couro, uma bateria bem equipada e duas caixas de som tão altas quanto eu.

Estou no porão. Um lugar projetado para isolar sons que chegariam a um estádio inteiro.

— *Por favor!* — grito mesmo assim, sem encarar a realidade.

— Ella, a gente pode conversar? Você vai acabar se machucando. Não tá nada bem. — O sr. Wilkens, ou melhor, *Sam*, se acomoda na cadeira e pega o saco de gelo. — Vou te desamarrar, mas você precisa se acalmar primeiro, tá bom? Pode fazer isso pra mim? Ficar calma?

Olho nervosa ao redor do cômodo. Tem uma escada à direita, atrás do cara. Nenhuma tábua solta, nenhuma saída de ar, nenhuma mísera fenda. *Fugir, fugir, fugir.*

Nunca senti tanto medo.

Meu pai me contou uma vez sobre um cachorro que teve quando criança. No feriado de Quatro de Julho, ele foi deixado no porão, para não ouvir os fogos de artifício. Só o encontraram no dia seguinte, debaixo do galpão nos fundos da casa, com feridas profundas nas patas da frente, as gengivas rasgadas, os dentes quebrados. Tinha conseguido escapar pela porta do porão, tão maciça que meu avô calculava que um homem adulto com um machado levaria uma noite toda na tarefa.

Eu ouvi a história com a certeza de que havia um exagero. Agora vejo que não.

Quero me soltar com os dentes. Quero abrir um buraco do meu tamanho em Wilkens e subir a escada correndo, coberta pelas entranhas dele.

— Ella — ele diz, baixo como um suspiro. — Nossa, você tá morrendo de medo. Odeio isso. Olha pra mim. — Wilkens apoia o gelo na minha bochecha, e eu obedeço ao sentir o choque de temperatura. — Não vou te machucar. Tô te protegendo de você mesma.

É difícil pensar com a cabeça latejando desse jeito insuportável. A voz dele soa escorregadia como mel, as palavras me confundem. Sinto que estou me afogando, completamente perdida. Não lembro onde está a superfície, em que direção preciso nadar.

Fecho os olhos com força.

Não pensa. Só corre.

Tento me soltar de novo. O plástico fino corta minha pele. Percebo que estou presa por um lacre.

Ele anda de um lado para o outro.

— Surtos psicóticos não são incomuns depois de vivenciar um trauma. É claro que você se sente assim. Depois de passar por tanta coisa. Perdeu a melhor amiga, se apaixonou por um cara que te traiu e que agora está preso. Você ficou sozinha de novo. Faz sentido procurar uma fuga da realidade. — Wilkens olha para mim, com cara de súplica. — Espero que saiba que não é verdade, Ella. Você não está sozinha. Nunca. E quero *de verdade* que você fique bem. Eu me importo. Tá me ouvindo? Não vou deixar que nada te aconteça.

Permaneço imóvel, enquanto meu coração ameaça quebrar as costelas e saltar do peito. Penso no grande terreno da casa, no jardim tranquilo. Mesmo que os gritos escapem do porão, as únicas testemunhas seriam as borboletas, os beija-flores, talvez um corvo.

Noto que Wilkens segura uma tesoura bem aberta. A iluminação fraca projeta uma sombra no meu rosto quando ele se aproxima, sorrindo esperançoso. Wilkens consegue fazer isso parecer tanto uma punição quanto uma recompensa.

— E aí, Ella? Você vai cooperar?

Só então raciocino direito. Chego a uma conclusão concreta.

Vou morrer. Vou morrer se não der um jeito nisso.

Não consigo correr nem me soltar. A única maneira de sair é com a permissão de Wilkens. Preciso fazer com que ele acredite em mim.

— Tem razão — digo, com a voz rouca de tanto gritar. — Eu... não tô bem. Tive um surto.

Pela primeira vez desde que acordei, a expressão dele muda.

— É mesmo?

Wilkens não está convencido.

Eu me concentro nessa sombra de dúvida.

— Você mesmo disse. Tentei me machucar. Não consegui lidar com a traição do Sawyer... Tipo, ainda não consigo nem lidar direito com a morte da Hayley. Você... só estava tentando me ajudar. Sei que é verdade.

Lágrimas rolam pelas minhas bochechas, fazendo o olho machucado arder.

Acredita em mim, por favor.

O sr. Wilkens baixa a tesoura, enigmático.

— Agora entendi que você só tentou me ajudar. — Umedeço os lábios. Luto contra a bile que sobe pela garganta por conta do que estou prestes a dizer. — Entendi que... que você provavelmente só queria o melhor pra Hayley também. Não tinha intenção de machucar ninguém. Você nunca...

Percebo que fui longe demais quando ele deixa a tesoura cair e pressiona os olhos.

Burra, burra, burra. O cara nunca acreditaria que eu aceitaria o que ele fez com Hayley.

— Que inferno, Ella. — A voz falha.

Agora sei que não há mais nada que eu possa fazer.

A tesoura fica caída no carpete, e Wilkens se joga na cadeira.

— Merda, merda, *merda*. Você acha que eu queria isso? Acha que eu queria tudo isso? Gosto de você, Ella. Você é uma boa menina. Inteligente. E eu amava... tá me ouvindo? Eu *amava* a Hayley. — Ele leva o punho fechado ao coração, como se fosse cair no chão entre nós, sangrando e pulsando. — Já passei por tanta coisa. Você faz ideia dessa *agonia*? E agora... agora tenho que fazer *isso*? Você vai facilitar as coisas? Ou vai dificultar?

Percebo que Wilkens está chorando. Um lamento agudo sai da garganta enquanto ele se balança sentado para a frente e para trás.

Talvez seja porque sei que não vou me safar dessa. Talvez seja porque finalmente estou começando a enxergar tudo, quem S. realmente é, o que aconteceu com Sawyer.

Talvez seja porque sou *eu* quem vai morrer agora, e é *ele* quem está chorando.

Independente do motivo, todo o meu sofrimento, todo o meu medo, toda a minha tristeza se calcificam. Formam um diamante afiado e reluzente de fúria.

— Seu merdinha patético. Você machucou a minha melhor amiga. Ela te amava. Confiava em você. Você seduziu a Hayley e depois acabou com a vida dela. Você... jogou a gente pra fora da estrada! Você *matou* a Hayley! E me fez entregar o Sawyer pra polícia! — Estou meio que acusando, meio que fazendo uma constatação. Minha cabeça lateja. Que dor forte. — Foi você o tempo todo. Você é o S. do diário, *e é você que devia estar preso...*

— E o que é que você sabe? — Ele caminha como um tigre. — Como foi a sua infância, hein? Historinhas pra dormir, seu pai e sua mãe presentes em todas as apresentações da escola? Você nunca entenderia. Eu tinha cinco anos, e quando não ouvia nada vindo do quarto dos meus pais, quando o choro e os golpes terminavam, eu me perguntava se o meu pai tinha matado a minha mãe. Eu me perguntava se ela estava morta e eu seria o próximo. Sabe como é viver isso? Sabe o que isso faz com uma pessoa?

Wilkens junta as palmas das mãos diante do peito.

— Eu amava a Hayley. Tudo o que fiz foi pra proteger a garota. Vi o futuro dela assim que a gente se conheceu. Overdose aos dezenove anos. Intoxicação aguda aos vinte. Ela era linda e estava destinada a destruir a si mesma. Sabia como era ter uma figura paterna violenta e uma mãe como a Phoebe. Tudo o que eu fiz foi por bem.

— Como pode achar isso? — retruco. — Que qualquer coisa é justificável? Você *matou* a Hayley!

— Não me importo se você acredita em mim ou não. Mas é a verdade. Não sou um monstro. Eu só queria conversar. Ela não atendia as ligações. Fiquei morrendo de medo de nunca mais ver a Hayley. O que... é irônico, eu sei. — Ele leva o punho fechado à boca. — Ela me provocou. Não tive escolha a não ser seguir vocês, perseguir vocês... Eu só queria conversar. Só queria que vocês parassem pra gente conversar. Quando atravessaram a mureta, eu quase morri. Uma parte de mim morreu, aliás. Parei na hora. Olhei lá pra baixo, chamei as duas. Mas o carro tinha ido longe. Quando eu estava prestes a descer, um carro surgiu na curva. Precisei ir embora, ou entenderiam tudo errado. Meu Deus, eu quase me joguei de um barranco quando descobri que a Hayley... que a Hayley tinha morrido.

— Você tem razão, Sam. Você não é um monstro, porque monstros... bom, os monstros não temos como evitar, né? Tipo cachorros ou guaxinins com raiva. Nenhum pensamento racional. Chamar você de monstro seria te dar uma desculpa. Por sua causa, ela morreu. Você matou a Hayley. E quase me matou. Tanto aquela noite como todas as noites dos últimos seis meses. — Puxo o ar, tremendo. — A culpa ficou me esmagando esse tempo todo. Quase fui parar lá embaixo também.

— Ella — Wilkens diz, apertando o nariz.

Mas ainda não terminei.

— Você se acha tão inteligente. Tão sábio. — De queixo erguido, encaro com desprezo. — Mas você não me ensinou *merda nenhuma*. A Hayley, sim. Ela me ensinou que eu podia ser amada mesmo se fosse mais humana, mais feia, mais desagradável. Ela me ensinou a ser corajosa, e que tá tudo bem quando não consigo. Ela me protegeu e tentou ensinar a me proteger sozinha. — Engulo em seco. — Mas eu não aprendo rápido.

Sei como as coisas vão terminar, mas pelo menos posso ter um momento de paz. *Não matei a Hayley.* As lágrimas me purificam, como se eliminassem todo o veneno do meu corpo.

— Ella, essa demora só piora tudo. Vou perguntar mais uma vez. A escolha é sua. Você vai facilitar as coisas? Ou vai dificultar?

Eu me forço a encarar Wilkens, com o rosto petrificado. Para que ele seja obrigado a me olhar de volta enquanto tira minha vida. Aí eu noto. Uma figura. Alta e magra, de capuz

e máscara, toda vestida de preto. Ela desce a escada, empunhando alto o taco de beisebol autografado.
 A pessoa de capuz está um degrau acima de Wilkens. Ao erguer o taco, a dedicatória "para Sam" cintila na luz fraca do porão.
 — Vou dificultar — digo.
 O taco atinge o crânio de Wilkens, o som é explosivo como o de uma bala. Ele berra e pende para a frente, mas mesmo instável consegue se manter de pé. Põe a mão na cabeça e geme ao ver o vermelho-vivo. A pessoa de capuz o golpeia outra vez, como se segurasse um martelo.
 Wilkens vai ao chão, sem soltar nenhum barulho.
 A pessoa larga o taco e tira o capuz, revelando o cabelo curto preso num coque, com um undercut na lateral. Sem a máscara, vejo um rosto pálido e mais fino do que eu recordava, mas com as mesmas sardas nas maçãs do rosto salientes e os mesmos olhos verde-esmeralda.
 — Oi, Ella.
 Será que morri?, me pergunto por um segundo. *No fim das contas, Wilkens me matou?*
 Porque na minha frente...
 ... está Hayley.

34
hayley

Não sou a favor de violência, sério.

Mas vou abrir uma exceção para Sam, só dessa vez. E, cara, como foi bom acertar aquele crânio, como se batesse num sino, sentir o impacto subindo pela madeira e fazendo meus dedos vibrarem — os mesmos dedos que ele quebrou e que sempre serão meio tortos.

Sam odeia sangue, nem tocava em mim quando eu estava menstruada, por isso adorei o som do gemido quando sua mão ficou vermelha. Voltar aqui foi um grande risco. Sawyer sabia que não havia outra opção, porém insistiu que eu fosse rápida.

— Vai ter sido tudo em vão se alguém além da Ella descobrir — ele disse.

Então cá estamos, com Sam estirado no chão.

Ella e eu, eu e Ella, sozinhas no porão de Andrew Samuel Wilkens.

De repente, fico nervosa. Apesar de tudo, depois de tudo que tive que fazer, fico nervosa.

Porque a minha melhor amiga é a última pessoa no mundo que eu quero que me odeie, e é quem tem mais motivos. Sei pelo que Ella passou. Por causa do que a fiz acreditar.

Eu também me odiaria. Mesmo sabendo dos meus motivos.

Que vontade de soltar Ella sem me revelar. Posso cortar o lacre, pôr a carta dobrada nas suas mãos e sair correndo antes de qualquer coisa. Como uma covarde. Mas eu nunca faria isso, não de novo, não com Ella. Ao ver seus olhos, sinto a vergonha subir pela garganta, como um caldeirão fervendo... É tentador.

A vontade de levá-la comigo para a Carolina do Norte fica ainda mais forte, assim descobriríamos juntas quais serão nossos próximos passos, como sempre planejamos. Quero tanto isso que quase me convenço.

Com certeza o tempo está acabando.

Ella começa a pender na cadeira, como se fosse desmaiar, por isso corro para segurá-la pelos ombros.

— Eu sei — digo, com sinceridade. — Eu sei. Eu...

Cinco minutos. No máximo, cinco minutos antes do meu fim.

— Merda — digo, fechando os olhos com força.

A carta vai ter que servir.

Me deparo com o rosto de Ella, tomado por diferentes emoções. Uma mistura agonizante de mágoa, confusão e amor.

— A polícia vai chegar em cinco minutos. Liguei lá de cima, com o seu celular. É só você dizer que conseguiu ligar antes de ser arrastada pra cá. Falei que ele devia ter uma arma. — Viro a cabeça para a tesoura de poda, possivelmente letal. — Isso vai servir, não se preocupa.

Tiro do bolso um canivete-suíço, pesado como uma pedra, e começo a dar um jeito no lacre nos seus pulsos.

— Estava na sua calça, tá? Você levou horas, mas conseguiu se soltar. Então esperou ele ir mijar e livrou os tornozelos.

O plástico arrebenta com um barulhinho. Os braços de Ella caem imediatamente para trás do corpo. Ella não move um dedo. Procuro controlar a culpa crescente e corto o lacre dos pés.

Seus olhos me encaram, e eu acho que ela nem pisca. O plástico arrebenta de novo, e as pernas ficam moles como os braços. Limpo rapidamente a faca e a guardo antes de pegar a mão de Ella, deixando o canivete ali com cuidado.

— Foi isso que você usou. Estava no bolso de trás da calça. Você conseguiu se soltar sozinha.

Fecho seus dedos no metal frio. As mãos estão congelando. Ella continua sem piscar.

Eu mordo o lábio enquanto olho para Sam, deitado com o rosto para baixo, ao lado do taco. *O taco.* Fico de pé, limpo o cabo com as mangas, tomando o cuidado de não encostar a pele.

— Ele que trouxe pra cá. Você não sabia se ia virar uma arma ou se era só pra te assustar. Você pegou Sam de surpresa quando ele voltou do banheiro e ficou de costas.

O canivete-suíço continua na sua palma, e eu deixo o taco sobre suas pernas.

Quando Ella o segura com a mão livre, fico sem fôlego.

— Ella... eu queria...

Sam geme e se mexe. Quase bato nele de novo, mas ouço o alarme à distância. O som de sirenes está cada vez mais alto.

Ajoelhada diante da minha amiga, pego a carta dobrada.

— Tá tudo aqui nessa carta. Não é suficiente, não chega nem perto. — Eu enfio na meia dela, até debaixo do pé, para não cair. — Mas é tudo por enquanto.

Encosto na sua bochecha, do lado machucado, e observo seus olhos, ainda arregalados e opacos.

— Bom... — Encosto a testa na dela. — Você se soltou

sozinha e bateu nele com o taco. Eu nunca estive aqui. Preciso que você diga isso.

As sirenes soam mais alto. Ella não diz nada. Sinto o coração bater forte na garganta.

— Ella. Você se soltou sozinha e bateu nele com o taco. Eu nunca estive aqui — repito. Silêncio. — Ah, Ella, eu sei. *Eu sei*. Mas preciso te ouvir dizer...

— Você nunca esteve aqui.

Meus olhos se enchem de lágrimas enquanto me afasto e observo Ella, seu lindo rostinho, o maxilar numa postura desafiadora que é uma novidade surpreendente para mim.

— Você não é mais um filhote de passarinho, né? — sussurro. — É uma águia. Uma fênix. Minha Ella, com olhos e cabelo de fogo. — Eu pressiono os lábios rachados na sua bochecha macia e gelada. — Te amo pra sempre, Ella. Não importa o que você decida.

Então vou embora.

35

a carta de hayley

Querida Ella,

    Merda. Por onde eu começo? Sabe quantas vezes tentei te escrever uma carta? Ontem à noite, derrubei um copo de água na papelada da mesa e tentei fingir que foi um acidente, e não vergonha, não covardia.

    Mas chega de desculpas, Ella. Eu te amo, e você merece saber de tudo.

    Eu queria te contar sobre Sam. Claro que não serve de consolo, mas saiba que você era a pessoa pra quem eu mais queria me abrir. Principalmente no início, quando tudo era mágico, ele tirava flores de trás da minha orelha, e eu dormia e acordava sorrindo, sempre sorrindo.

    Como deve imaginar, Sam pediu segredo. Ele dizia que eu era muito madura pra minha idade, que era pouca a diferença de anos entre a gente, mas ainda precisávamos tomar cuidado. Ele seria demitido e talvez até preso. ("Essas leis terríveis não deixam margem para nuances", Sam reclamava.) Até eu completar dezoito anos, a gente teria que se encontrar escondido.

    Pra você eu admito, Ella: eu nem acreditava que ele tinha me escolhido. Que vergonha. Por isso faço questão de escrever. É difícil acender uma vela nos cantinhos da minha alma que passei anos escondendo. Mas estou aprendendo que posso ficar com vergonha mesmo sem um motivo. E é assim que me sinto quando penso na gratidão por Sam ter me escolhido.

Depois de ver a Phoebe entregar seu amor de boa vontade pra qualquer cara que desse o mínimo de atenção (na verdade, qualquer pessoa, menos eu), e depois de ver o quanto isso custou, jurei que nunca aconteceria comigo. Jurei que nunca colocaria um homem acima de mim. Agora entendo que nada é tão simples.

Afinal, não queremos todos ser amados? Ser vistos e, ainda assim, escolhidos? Quem não se esforçaria por isso?

Mas não é desculpa. O que aconteceu entre mim e a Phoebe não tem conserto. Decidi que não vou deixar a minha mãe saber que sobrevivi. Pelo menos por enquanto. Talvez pra sempre (não sei como vai ser quando tiver cinquenta anos, se ela ainda estiver viva). Parece duro, e talvez seja mesmo. Só que o dano está feito, e eu acredito de verdade que a distância será melhor pra nós duas.

Não escolhemos quem nos dá a vida ou quem nos cria, mas podemos escolher a nossa família. Talvez a Phoebe me amasse da maneira que podia, só que eu mereço mais. Mereço ser protegida e valorizada. Mereço me sentir segura. Pra ela, eu não passava de uma inconveniência. Um fardo, uma pedra no caminho da sua chance de receber amor.

Ela não ter me protegido do Sean foi a gota d'água. Ela escolheu o cara mesmo sabendo que ele me deixava desconfortável, que ficava olhando pra mim de toalha e que só podia estar roubando, da gente ou de outras pessoas, porque jamais bancaria aqueles presentes ou metade das próprias compras. Quando perguntei sobre uma correntinha de ouro que deu pra Phoebe, o Sean me olhou de um jeito perigoso, cheio de raiva.

"Tá me chamando de ladrão?", ele retrucou, uma voz tão baixa que fiquei morrendo de medo.

Nada disso importou. Quando ele traiu a Phoebe com uma mulher mais nova, aí sim o ego dela foi ferido, então ela terminou tudo.

Eu costumava usar o desprezo pela Phoebe como uma armadura. Jurei que nunca seria como ela, que se desdobrava só para ter uma esperança minúscula de que alguém passaria mais de um dia ao seu lado. Jurei que nunca seria idiota assim. Tão fraca. Jurei que eu distribuiria o meu amor apenas se fosse tratada como uma rainha. Os homens sentiriam sorte por me amar. Pena que tudo era só medo disfarçado de autopreservação, uma receita pro fracasso.

Não havia perigo antes do Sam.

Eu gostava do Sawyer. Mas o escolhi justamente porque só gostava. Tinha um carinho enorme por ele, e nunca passaria disso. Claro que ele era gato, divertido e bonzinho. Nunca insistiu pra ir mais longe, e acho que gostava de mim na mesma medida. A verdade é que a gente funcionava melhor como trio. Qualquer coisa melhorava com você, Ella. Até Sawyer dizia isso. Era perfeito.

Então Sam apareceu.

O que posso dizer sobre o início, Ella? Fui convencida de que era muita sorte ser amada por ele. Bancava o mágico, tirando coelhos da cartola, fazendo um jogo de espelhos. Me distraía com uma paixão que eu não conhecia. Não vi suas mãos tocarem a porta do alçapão que ele chamava de amor.

Sam me disse pra continuar com Sawyer, porque seria mais seguro, chamaria menos atenção. Parecia cruel, porém encontrei consolo no fato de que, quando me envolvi com Sam, o relacionamento com Sawyer tinha ficado agradável de tão morno.

Nem sempre é fácil identificar os sinais de alerta. Agora eu sei. Um comentário por ciúme aqui. Uma crítica a uma ex ali. Ele fazia tudo parecer elogio.

"Você é muito mais bonita do que a minha última namorada, muito mais tranquila e compreensiva. Ela nunca me deixaria fazer isso."

Eu ficava balançada.

Eu só queria que ele continuasse, me concentrando em ser extremamente tranquila e compreensiva. Só queria ouvir ele dizer que me amava mais e mais.

Não vou entrar em detalhes. Ainda estou lidando com tamanha vergonha. Sinceramente, Ella, a carta não é pra isso. Vou te contar o que aconteceu e por que precisei fazer aquilo. O que você precisa saber é que comecei a sentir medo o tempo todo. E vergonha de ter medo. E vergonha de ter vergonha de ter medo.

A questão com Sam é que o ciúme não tem limites. Primeiro, o alvo eram caras aleatórios. Depois ele ficou com muitíssimo ciúme de você. Sam não tinha só medo de ser traído. Ele se sentia ameaçado por qualquer pessoa que passasse tempo comigo. Claro que você estava inclusa.

Conforme o tempo passava, Sam ia cada vez mais longe pra sempre descobrir onde e com quem eu estava, e o que fazia.

Então eu engravidei. O meu pior pesadelo. Fiquei encurralada de verdade. Já seria difícil fazer um aborto com um companheiro que me apoiasse. E Sam... A raiva possivelmente se tornaria mortal. Porque eu não queria um filho dele. Ou porque eu ia, sim, ter um filho dele. A única opção era me esconder. Ou tentar, pelo menos. Eu estava morrendo de medo. Não ia ficar escondida pra sempre, óbvio, mas esperava conseguir até bolar um plano.

No entanto, passei só quatro horas escondida. Então descobri que ele tinha posto um localizador da Apple no meu carro, sempre monitorando. Sam entrou escondido na farmácia, revirou o lixo.

Eu tinha razão. A gravidez o levou ao limite. De alguma forma, ele conseguiu ao mesmo tempo se mostrar possessivo em relação ao possível bebê e se sentir ameaçado por ele. Sam odiava que eu não estivesse encantada com a gravidez. Nem contei como realmente me sentia, que chorei no carro depois de descobrir, que procurei clínicas de aborto no Google.

Foi então que comecei a encontrar localizadores em toda parte e me dei conta de que estava totalmente ferrada.

Um dia, Sawyer me encontrou no intervalo quando eu estava escondida num canto, no meio de um surto nervoso. Eu vinha agindo estranho demais, claro que ele percebeu que tinha algo rolando. Eu evitava Sawyer e qualquer discussão sobre assuntos relevantes. Quando me olhou com uma preocupação sincera, sem nem um pingo de julgamento, eu o agarrei pelo pulso, desesperada, o puxei até uma sala vazia e tranquei a porta.

Contei tudo. Por mais que o nosso relacionamento já tivesse se tornado de fachada, não tinha certeza de como ele reagiria. Se ficasse magoado ou bravo, eu ia entender.

Mas Sawyer lidou com tudo superbem.

Você conhece esse garoto. Ele é gente boa. Mas é humano. Pediu um tempo pra absorver o relato e concordou em manter as aparências enquanto isso. Alguns dias depois, ele admitiu que, embora tivesse ficado chateado e magoado, acabou compreendendo o que eu estava passando. Então contou que, quando era mais novo, a mãe, o irmão e ele tinham ficado hospedados num abrigo pra vítimas de violência doméstica, numa cidade vizinha.

Sawyer sabia que eu era uma vítima e queria me ajudar ao máximo.

Começamos a fazer planos. Mas era difícil. Quase impossível.

As semanas passavam, o Sam demandava mais tempo de

mim, ficava mais controlador. Eu e Sawyer só conseguíamos nos falar rapidamente no bebedouro ou em salas vazias, no horário das aulas.

Era exaustivo, e comecei a perder as esperanças.

Então Sam teve pena. Sabia que eu estava mal, perdida. E "deixou" que eu fosse dormir na sua casa. Não falei quase nada aquela noite. Me sentia vazia. Como se eu fosse apenas vergonha e desespero num esqueleto.

Você notou, claro. Ah, Ella, como eu queria te contar. Você perguntou delicadamente, de várias maneiras, tantas vezes, o que podia fazer pra ajudar. Mas não era seguro. Não era só a minha vida em jogo.

Era a noite da festa do Scott.

Sawyer disse que você não lembra muita coisa da festa. Também disse que... Ah, Ella, como expressar a dor de saber que você se culpa? Talvez... não sei, talvez agora você se perdoe. Olha como você foi a melhor amiga que alguém poderia ter.

Mas voltando à festa do Scott.

É claro que Sam nunca me deixaria ir. E, normalmente, você não toparia. Só que eu não ia suportar passar a noite inteira em silêncio, sem poder me abrir com você. Não ia suportar a mágoa no seu rosto quando eu me recusasse a desabafar. Você estava tão desesperada pra ser útil que, quando dei a sugestão, pulou na mesma hora pra se trocar.

Revirei minha bolsa com cuidado, inclusive o forro, só pra garantir que Sam não tinha enfiado um localizador. Havia um no meu carro. Por eu ter encontrado vários esconderijos, ele ficou mais criativo (aprendeu a remontar as partes). Eu já tinha desistido.

O que eu não imaginava era que o Sam tinha posto um localizador no seu carro também, Ella.

Quando chegamos na festa, meu celular tocou. As ligações eram um hábito. Mandei você ir entrando pra dar uma olhada na festa.

Sam pareceu meio esquisito na primeira chamada. Meio nervoso. Achei que fosse porque seria a nossa primeira noite separados em semanas. Então as mensagens começaram a chegar. Perguntando onde eu estava outra vez. "Só confirmando", ele dizia. Isso já era um pouco incomum, porém nada ameaçador se comparado a outros episódios.

Encontrei você tomando uma cerveja (era uma Natural Light, Ella, nem uma freira fica bêbada com aquilo). Você me disse que o Sawyer não estava lá, já tinha procurado em todo lugar.

Meu celular continuava vibrando. A cada mensagem do Sam, eu ficava mais paranoica. Ele sempre parecia estar um passo à frente. Nada era impossível. Será que Sam tinha contratado um investigador particular pra me seguir?

Comecei a olhar o rosto suado de cada um naquela casa lotada, pensando se não estariam trabalhando pro Sam. E você notou, Ella. Percebeu que tinha algo de errado. E que eu não estava bebendo.

Eu não fazia ideia do futuro, mas não ia beber estando grávida. Fui até a cozinha, peguei quatro copos vazios, servi vodca em três e, olhando em volta, pus água no último.

"Quem quer shots?", gritei, segurando os três copinhos na pista de dança. Aos gritos, três mãos se ofereceram na multidão. Dei uma leve cheirada antes de virar a água e fazer uma careta, tipo "cara, essa é forte".

Repeti duas vezes, por segurança. Na terceira, notei você me olhando do outro lado do cômodo, com cara de preocupada, ainda com a cerveja na mão. Eu queria ter te dito pra relaxar, afinal eu só estava me hidratando.

O celular não parava de vibrar. Quando Sam ficava daquele jeito, era impossível responder. Como dar conta de cinquenta mensagens enviadas em minutos? Você espera, depois responde todas de uma vez. Em geral, diziam mais ou menos a mesma coisa, e uma resposta dava conta das outras.

Então ouvi uma notificação diferente. Uma chamada de vídeo.

Fiquei horrorizada. Se ele estava disposto a me ligar por vídeo, arriscando ser visto por você e pela sua família... eu estava encrencada. No mínimo, se não ligasse de volta em cinco minutos, Sam saberia que algo estava errado.

Você tentou espiar a tela.

"Quem é?"

"O Sawyer. Espera aqui. Vou ligar pra ele."

"Por que você não..."

Logo saí de perto. Encontrei o Scott, que já estava bêbado, e perguntei se havia um quarto vazio. Cara, que arrepio só de lembrar como os olhos dele se iluminaram. Na hora, não me toquei. Scott me mandou pro quarto dos pais, no andar de cima.

Eu estava com um vestido vermelho decotado, aí pus uma camiseta do guarda-roupa antes de ligar.

"Que roupa é essa?" Sam perguntou, com o cabelo todo para cima, como se tivesse puxado, e os olhos arregalados.

"Peguei uma camiseta emprestada da mãe da Ella." Fui rápida na mentira. "Sujei o pijama de ketchup. Foi pra lavar."

"Você tá no quarto dos pais dela? Por quê?"

"Estamos vendo um filme lá embaixo. A família inteira. Não consegui responder as mensagens, desculpa. Subi pra ter um pouco de privacidade. Eles pausaram o filme. Não quero que fiquem me esperando. Você precisa de alguma coisa, lindo?"

Sam olhou como se quisesse me puxar pela orelha, algo que adorava fazer.

"Então você tá na casa da Ella?"
Comecei a suar frio.
"Claro. Onde mais eu estaria?"
Ele assentiu.
"Onde mais você estaria?" Sam repetiu devagar, como se fosse uma ameaça.
"Em lugar nenhum. Tô na casa da Ella."
Eu torcia pro sinal estar ruim, assim ele não veria toda a cor deixando meu rosto.
Alguém bateu na porta.
Entrei em pânico.
"É o pai da Ella, droga, preciso ir, acho que ele quer se trocar..."
Encerrei a ligação rapidinho.
Dobrei o corpo, respirando com dificuldade. Eu nunca tinha desligado na cara do Sam, nem por acidente. Ele ia me matar. E ele sabia. De alguma forma, o Sam tinha descoberto que eu não estava na sua casa. "Como? Como?", eu pensava.
Scott entrou tropeçando.
"Desculpa a demora. Eu admito... sempre torci pra que você sentisse o mesmo. Mas tinha medo de mais de me declarar..."
"Espera. O quê?"
Eu não fazia ideia de nada daquilo, Ella. Não podia ter vindo num momento pior.
"Desculpa, Scott, é uma emergência. Vou embora."
"Não... Hayley!" Ele soava tão triste e desesperado. Quase me senti mal. "Hayley... tô abrindo o coração. Nunca fiz isso. Tô te dizendo que... que eu tô apaixonado por você, sei lá."
"Você não tá apaixonado, Scott. Só bêbado, e vai esquecer tudo amanhã."
Fui delicada. Scott é um imbecil, mas eu não via graça

nenhuma em deixar o cara mal. Ele tem lá suas questões. Todo mundo tem.
 Saí logo do quarto porque a gente precisava cair fora o mais rápido possível. Scott me seguiu, aos gritos.
 "Hayley, para, espera. Por favor. Eu só... quando a gente briga, ou discute, ou conversa... é, tipo, o momento mais feliz da minha vida. Por favor, não me dá um fora. Por favor. Não sei como... espera!"
 Mas eu já estava na sala de estar. O Scott tentou agarrar meu pulso, implorando. E aí... meu Deus, Ella, ele começou a chorar. Espero que o Scott não se lembre de nada disso. Acho que ele preferiria entrar num programa de proteção a testemunhas a chorar na frente de alguém.
 Depois que me livrei do nosso amigo, eu te encontrei com uma tigela de pretzels na mesa.
 "A gente precisa ir", falei, com as mãos nos seus ombros. "Agora."
 "Que camiseta é essa?"
 Você piscou algumas vezes, com rugas de preocupação entre as sobrancelhas.
 "Merda, esqueci."
 Tirei a camiseta, que dizia MAIS UM VINHOZINHO?, e te puxei na direção da porta.
 "Hayley, o que tá acontecendo?"
 "Não tenho tempo de explicar."
 Antes de entrar no seu carro, algo me ocorreu, e eu congelei. Sam sabia onde eu estava. Eu tinha apagado os aplicativos de rastreamento, a localização não estava sendo compartilhada. Não tinha nada na minha bolsa. Nada no meu vestido, no meu sutiã.
 Mas o seu carro...
 "O que você tá fazendo?"

As rugas de preocupação aumentaram quando ajoelhei para olhar os pneus e passei os dedos nos rodas, embaixo do chassi.

"Pode abrir o porta-malas?", perguntei, abaixada. Você estava tão aflita, Ella, porém obedeceu. Eu revistei tudo em pé também e não encontrei nada. Ele tinha escondido em algum lugar. Eu sabia que sim.

Não havia tempo.

Entramos no carro, mas você não deu a partida.

"Vai, Ella, por favor."

Imaginei que estaríamos a salvo na sua casa. Sam não chamaria a atenção dos pais de uma aluna. A gente ia ficar em paz. Talvez ele se acalmasse um pouco, reagindo melhor no dia seguinte.

Você engoliu em seco, nervosa.

"Tomei uma cerveja. Hayley, você parece tão assustada e... nada bem. Quer que eu ligue pros meus pais?"

"Não, nada de pais, Ella, foi só uma cerveja e já faz mais de uma hora."

Meu celular vibrou.

"Vamos, vamos!"

Você fez careta igual quando sua mãe grita na minha frente. Então saiu com o carro.

Achei que tínhamos conseguido. Não estávamos longe.

Então um carro apareceu atrás do nosso na escuridão da noite. Estava seguindo a gente. Tentei manter a calma. Tem outros carros no mundo, afinal.

Só que a maioria não faz isso com o farol alto.

Eu precisava de alguma segurança. Compartilhei a localização com Sawyer. Fern precisava trabalhar, por isso Sawyer tinha ficado em casa com o Callan. Mas eu sabia que, em caso de emergência, ele podia deixar o irmão com os vizinhos.

E era uma emergência.

"Talvez eu precise de ajuda. E. tá dirigindo. S. tá atrás da gente."

Olhei pra trás, o carro acelerava na nossa direção. Os faróis pareciam cada vez maiores.

Ele ia bater na gente.

Gritei e me virei no banco, pra enxergar melhor. Nunca tinha te visto tão assustada. Eu queria te tranquilizar, mas o medo impedia meu cérebro de funcionar.

"Mais rápido!" gritei, desafivelando o cinto. Precisava ver. Precisava ter certeza.

"O que você tá fazendo?", você gritou, pisando fundo.

Consegui identificar o logo da Ford no capô do carro amarelo cor de infecção. Aí tive certeza.

"Meu Deus", choraminguei. "Ele tá tentando me matar!"

Só que eu não estava sozinha. Não mais.

Me virei pra você, minha melhor amiga. Isso não podia acontecer.

"Ele vai matar a gente", eu disse, bem quando a estrada fazia uma curva pra esquerda.

Sam bateu no nosso para-choque, nos mandando pra direita.

Foi tudo muito rápido.

Ouvi o som estridente do metal quando derrubamos a mureta e caímos no barranco. O impacto foi maior do seu lado, e você bateu a cabeça no vidro e desmaiou antes da ação do airbag.

Eu nem acreditei que estávamos vivas. Verifiquei o seu pulso e comecei a chorar sentindo a sua respiração. Um metro pra direita e o carro teria caído no rio.

O vidro da minha janela ficou estilhaçado. Assim como a maior parte do para-brisa, e eu sofri uns cortes feios no rosto.

Saí do carro, tremendo tanto que precisei me ajoelhar, com medo de cair na água.

Sam finalmente tinha feito aquilo. Tinha tentado me matar. Matar a gente.

Peguei o celular e liguei pra polícia. Aí lembrei que Sam tinha um tio que trabalhava lá. Ele não sabia sobre a gente, mas era do tipo "em defesa da família". Quando chegasse a hora, quem escolheria? O sobrinho querido ou uma adolescente vinda de um lar complicado?

De qualquer maneira, como eu teria provas? Não havia testemunhas. A menos que Sam pegasse prisão perpétua, eu nunca estaria a salvo.

"Puta merda! Ella! Hayley!"

Vi o carro do Sawyer lá no alto, estacionado torto quase na beirada. Ele desceu rápido o barranco, fazendo pedregulhos rolarem.

"Não!", Sawyer gritou quando viu você imóvel, ainda de olhos fechados.

"Ella não morreu." Comecei a chorar. Estava em choque. "Sawyer, Sawyer, se alguma coisa acontecesse com..."

Um soluço cortou a frase.

"Fiz alguns cursos de primeiros-socorros, depois que a minha mãe... você sabe." Ele entrou pelo banco da frente, tirou o cabelo do seu rosto com toda a delicadeza e verificou como você estava, com a seriedade de um cirurgião. Então me chamou. "A pulsação tá forte. Bom sinal. Mas vou me sentir melhor quando a Ella estiver numa ambulância."

Chorei mais, só que de alívio. Sawyer se virou para fora do carro, sem tirar os dedos do seu pulso.

"Ele não vai parar, Sawyer. Não até eu morrer."

"Graças a Deus vocês estão bem. Digo, você..."

"Eu tô bem. Mas ainda não liguei pra polícia, por causa do Rick."

Ele examinou o cinto de segurança. E arregalou os olhos para mim.

"Você não estava de cinto?"

Dou de ombros. Ele fica furioso, depois passa.

"Na verdade... é até bom." Sawyer disse, olhando pro para-brisa, pro rio e pra mim. Ele apontou em direção à água, a correnteza rugia mais violenta do que de costume. Olhei pra lá e pro carro, avaliando o ângulo e o impacto.

"Só pra deixar claro... você tá sugerindo o que eu tô pensando?"

Ele estreitou os olhos, a boca virou uma linha tensa.

"Você mesma disse que ele não vai parar até que você morra."

Eu te olhei, Ella, então tomei uma decisão.

"Não. Não posso fazer isso. Ella vai pensar que me matou. Vai se culpar. Não posso fazer a minha amiga passar por isso."

Sawyer assentiu.

"Tá. E o que Sam vai fazer com Ella?"

Continuei te olhando. Um corte seco nos lábios e outro sangrando acima da sobrancelha direita. Uma mancha vermelha na blusa cor de lavanda. Ia ficar com os dois olhos roxos.

"Não." Eu me curvei no chão, pressionando o rosto na terra, sentindo gravetos e pedras entrarem na pele e nos ferimentos. "Não acredito que vou fazer isso."

Eu chorei, balançando o corpo pra trás e pra frente.

Sawyer me deu trinta segundos antes de pigarrear.

"A gente não tem tempo..."

"Eu sei, mas... e se eu entrasse em contato daqui a algumas semanas? A gente pode arranjar outro celular e..."

O Sawyer balançou a cabeça.

"Ella só vai estar segura se você desaparecer."

"Ella sabe guardar segredo."

Sawyer me olhou muito sério.

"Imagina ver o Wilkens todo dia no último ano? Não manda a garota coberta de sangue pro tanque dos tubarões. Mas talvez um dia, Hay. Talvez um dia."

Aquilo teria que bastar, pelo menos por enquanto.

Como parte do cinto tinha amassado na batida, estava óbvio que eu estava solta. Fazia sentido pensar que eu tinha voado direto no rio com o impacto.

Sawyer pediu que eu segurasse seu pulso enquanto ele abria um buraco maior no para-brisa, com uma pedra. Quando um pedaço gigante de vidro caiu dentro do carro, ele agarrou sem pensar e fez um corte na palma.

"Não pode ter sangue meu aqui." Atirou o caco no rio. "Mas precisa ter o seu. No para-brisa. Se der, um pouco de cabelo também."

Eu tinha várias opções de cortes e feridas. Arranquei alguns fios ensanguentados e deixei com todo o cuidado nas pontas afiadas do para-brisa.

"Tá bom assim?" perguntei.

"Vai ter que servir."

Ainda bem que meu vestido tinha bolso, assim havia onde pôr o celular e deixar o resto no carro.

Para minha agonia, isso incluía você.

Fiz Sawyer prometer que ia te proteger do Sam e tomar conta de você em geral. Decidi que seria melhor ligar pra emergência do seu celular. Não foi difícil soar desorientada e ferida, me passando por você. Em poucas palavras, expliquei que tinha batido o carro, ficado machucada e não sabia onde a minha amiga tinha ido parar. No fim, deixei o aparelho na sua mão.

O Sawyer e eu permanecemos ali enquanto dava. Na verdade, até passamos um pouco do ponto.

"Sirenes, Hayley. A gente não pode ser pego."

"Ella, Ella, Ella, me perdoa", eu disse, com a voz acabada, já me abaixando pra me despedir com um beijo na bochecha. O Sawyer me levou até um abrigo, e foi assim que a Hayley Miller morreu e a Hazel nasceu.

Por via das dúvidas, não vou incluir nesta carta meu novo sobrenome ou o estado em que estou morando.

Só vou dizer que a Hazel leva uma vida boa. Pela primeira vez em muito tempo, uma vida segura. Conheci pessoas maravilhosas no abrigo. E uma delas dirigiu por quatro horas pra me levar até um lugar onde eu finalmente pude fazer o aborto.

Nunca me senti tão aliviada, Ella. O único estresse no procedimento foi o acesso intravenoso. Tenho até vergonha de admitir, mas morro de medo de agulha. Fora isso, senti um alívio tão forte, quase espiritual. Eu andava com enjoo o tempo todo. Pior ainda, quando pensava no futuro, só via um buraco negro.

Depois do aborto, voltei a ver a Alemanha como possibilidade. Paris. Um diploma de psicologia. Um pequeno apartamento com uma garota chamada Ella e talvez um gato. (Eu sei, eu sei, talvez eu esteja me precipitando.) A questão é: de repente, eu visualizei um futuro que gostaria de viver.

Quando me abri pro grupo, fiquei com medo de ser julgada. Que meus novos amigos fossem dizer que era errado me sentir desse jeito. Que era egoísmo. Mas sabe de uma coisa? Ninguém me julgou. Ninguém mesmo. Algumas pessoas inclusive se identificaram com a minha história.

Essa é uma das lições mais reconfortantes que aprendi aqui: sempre que crio coragem e admito um pensamento ou sentimento que venho reprimindo por vergonha, algo que parece absolutamente imperdoável, pelo menos uma pessoa diz: "Comigo é igual". Em geral, é bastante gente, um coro: "Comigo é igualzinho".

Não paro de pensar em tudo que nunca te contei, em tudo que nunca dissemos, e de me perguntar: as coisas seriam diferentes se eu tivesse compartilhado tudo com você? Talvez tudo tivesse se desenrolado da mesmíssima maneira, mas pelo menos não teria sido tão solitário.

Mudando totalmente de assunto... bom, o Sawyer e eu conversamos bastante. Por mensagem e ligação. Discutimos quão arriscado seria manter contato, mas com um aplicativo criptografado e muito cuidado, concluímos que tudo bem.

A verdade é que eu precisava disso. Deixei pra trás todo mundo e tudo o que eu conhecia. De repente, violentamente. Estar segura é um alívio, claro, mas também mergulhei num poço de tristeza. Que saudade de você. Saudade dos nossos amigos, do conforto de qualquer coisa familiar.

Nem sei dizer quantas vezes perguntei ao Sawyer se não podíamos te incluir nas conversas. Ele quase cedeu. No fim, a gente sempre decidia que era perigoso demais. Pelos menos enquanto você ainda estudasse na North Davis.

Então pedi que ele contasse tudo sobre você. Algo que o Sawyer adorava fazer. Não quero falar por ele, então não vou entrar em detalhes. Mas preciso te dizer que vocês dois juntos... não chega a ser uma surpresa. Claro que dá certo. Vocês se encaixam. Meus momentos mais felizes eram quando estávamos os três. Agora, meus dois melhores amigos são um casal e... a questão, Ella, é que você não precisa se sentir nem um pouco culpada. Entendeu?

Só vou enviar a carta quando for seguro. Não tenho uma previsão, mas aí Sawyer vai poder passar o meu novo número de celular.

Caso você queira voltar a ter contato comigo, claro.

Eu te amo. Obviamente, quero a Ella na minha vida até estar precisando da caneca de dentadura incrível que eu fiz (e que poderia estar num museu). Espero que tenha sobrevivido ao forno. Mas com certeza você pensou em coisas muito mais importantes nesses últimos meses do que as prateleiras da sala da sra. Langley. Posso fazer outra, se quiser. Uma ceramista dá aula como voluntária no abrigo, então meio que fiquei boa nisso.

Tudo para dizer que... Bom. Você sabe como eu me sinto.

Não vou fingir que sei como você se sente, e independente de como estiver, tem todo o direito. Mas você deve estar passando por um turbilhão de emoções. Não vou pedir perdão, porque é difícil imaginar que mereço depois de tudo o que te fiz passar.

Pelo menos, depois de ler a carta, espero que você compreenda os motivos.

E que saiba que nunca, nem por uma fração de milissegundo, eu deixei de te amar mais do que qualquer outra coisa no mundo todo.

Com amor,
(Pra polícia) Hazel
(Mas pra você, Ella, pra sempre meu filhote de passarinho) Hayley

36
ella

Este quarto de hospital é muito melhor do que aquele de tantos meses atrás. Tem um abajur na mesa de cabeceira, com um brilho suave e quente, e pela janela vejo árvores e montanhas à distância. É uma pena que eu só vá ficar aqui vinte e quatro horas, em observação.

— Tem certeza de que ela não precisa de mais nada?

Minha mãe está ao pé da cama, alisando o lençol branco sem parar. Meu pai pega sua mão e dá tapinhas delicados.

— A tomografia saiu perfeitamente normal. Fora os hematomas, não encontramos nenhuma questão física. A verdade é que outra pessoa já teria recebido alta. Mas como é o segundo trauma na cabeça da sua filha em menos de seis meses, achamos melhor ser cuidadosos — a dra. Shepherd diz, com um sorriso tranquilizador para mim.

Gosto dela. Tem sido paciente com as perguntas dos meus pais e deu um grito quando viu um repórter local tentando entrar despercebido no meu quarto.

— Sai daqui antes que eu te faça uma lavagem intestinal!

Minha mãe está fungando.

— Hematomas... Ele devia passar o resto da vida atrás das grades. Que homem horrível, um miserável.

— Acho que ninguém aqui vai discordar disso, sra.

Graham — a médica diz, e anota alguma coisa no meu prontuário.

— Se não for assim, quando sair da cadeia, esse infeliz vai morrer pelas minhas próprias m...

— Ooopa. Tem repórteres de mais pra você dizer esse tipo de coisa, querida.

Meu pai vira o pescoço para dar uma espiada pela porta, então olha para minha mãe como se dissesse: *Eu te ajudo a esconder o corpo.*

— Se precisar de alguma coisa, aperta esse botão, Ella. Sou eu que vou te acompanhar até a alta amanhã. — O sorriso da médica é amigável. — Você é uma garota muito corajosa. Espero que saiba disso.

Enquanto ela sai do quarto, meu pai enxuga os olhos com um lencinho e minha mãe aperta meu pé com tanta força que quase dói. Eu me ajeito na cama enquanto meus olhos acompanham as nuvens, sem ver nada de verdade.

— Tudo bem, Ella? Você tá tão quieta. O que foi? É dor de cabeça? — minha mãe pergunta, pairando como um passarinho ansioso.

Jess está sentada ao lado da cama, jogando no Nintendo Switch.

— Olha, fiquei muito impressionada com você esmagando a cabeça daquele babaca.

— Eu não *esmaguei* a cabeça dele...

— Esmagou e fez bem! — minha mãe diz, com uma raiva assassina nos olhos.

Meu pai e eu trocamos um olhar.

Tento agradar a minha mãe.

— Eu poderia comer alguma coisa.

— Tenho manga desidratada, bala de tamarindo, *pastillas de leche*, *polvorón*... Ah, espera, não tenho *polvorón*, esfarelou no fundo da bolsa...

Minha mãe revira os pertences como um guaxinim, com a franja caída para a frente. Sinto um carinho imenso, como se tivesse engolido um balão de ar quente.

— Bala de tamarindo, por favor.

Não é a bala com sal (minha preferida), e sei que já faz três anos que minha lola mandou para a gente, porém fico grata enquanto desembrulho e dou uma mordida.

Meu pai põe a mão na minha canela e aperta de leve. Minha mãe se aproxima da cabeceira, franzindo a testa para o travesseiro.

— Você parece desconfortável. Deixa que eu ajeito.

— Tô bem, mãe.

— Posso só...

— Mãe. — Solto um suspiro enquanto afundo no colchão. — Tá bom assim.

Estou exausta. Meu cérebro parou de funcionar há horas.

Minha mãe assente, mas não sai dali. Suas mãos não param, nervosas, se coçando para serem úteis. Então ela olha para baixo e funga, começando a chorar. É a segunda vez na vida que a vejo chorar. Alguém funga à direita, e eu me dou conta de que meu pai está se desmanchando também. É a segunda vez na última hora que o vejo chorar.

— Ella — minha mãe diz —, eu sinto muito. O seu pai e eu sentimos. Você não pôde contar com a gente. Teve que lidar com tanta coisa... e tudo sozinha. Odeio que não tenha se sentido à vontade pra contar o que estava acontecendo. Não soubemos como lidar com a perda da Hayley e o acidente... não soubemos te apoiar. A gente devia ter se esforçado mais. Dado um jeito. Ter deixado claro que, independente do que você faça, independente de quem você se torne, independente de qualquer coisa... — A voz falha. — Pra nós, você sempre vai ser a nossa Ella perfeita. Exatamente como é.

Engulo em seco.

— Mesmo se eu nunca voltar pra equipe de natação?

Os dois assentem.

— Mesmo se eu não fizer faculdade?

Os dois se entreolham.

— Bom, não precisa ir tão longe...

Sorrio, aliviada, por eles ainda terem expectativas em relação a mim. Não transformei os dois de maneira irreversível.

Minha mãe prende meu cabelo atrás da orelha.

— Te amamos mais do que tudo. Nada vai mudar isso.

— Nunca! — meu pai garante, com um soluço de choro, e me abraça forte.

— Espera. — Jess tira um olho do videogame para ficar esperançosa. — Isso quer dizer que eu posso fazer um piercing na sobrancelha?

Minha mãe vira a cabeça devagar e encara Jess.

— Nunca.

— Ah, não, esse papinho todo de "independente de qualquer coisa" não pode ser só pra Magr-Ella...

— *Jesslyn Marie Trinidad Graham* — minha mãe a repreende, e juro que as luzes ficam um pouco mais fracas enquanto ela fala.

Jess, normalmente inabalável, parece um pouco assustada.

— Brincadeira, mãe!

Quando minha mãe não está olhando, meu pai toca a própria sobrancelha e faz sinal de positivo para a minha irmã.

Tudo o que consigo fazer por enquanto é sorrir. Na verdade, uma combinação de fatores faz o sol entrar pelas fendas da minha alma. Porém ainda estou processando tudo, absorvendo os últimos acontecimentos.

Tipo, até quatro horas atrás, eu pensava que Hayley estivesse morta. E quatro horas antes disso, pensava que o sr. Wilkens era a única pessoa em quem eu podia confiar.

Vou precisar de um minuto.

— Toque-toque — alguém diz na porta.

Seema entra carregando um saco de Doritos, um Pernalonga de pelúcia, com o dente da frente grande demais, e uma bexiga da Patrulha Canina. Ela dá uma puxada no fio da bexiga.

— É, eu sei. Mas ou era isso ou uma escrito "parabéns pela aposentadoria", o que seria simplesmente errado.

— O Chase sempre foi o meu preferido — Jess diz, olhando para o personagem do cachorro balançando por conta do ar-condicionado.

— Você é das minhas — Seema responde.

— Que bom te ver, Seema — minha mãe diz. — Tá se sentindo melhor?

— Muito melhor. Sinto muito por ter saído correndo na outra noite.

Minha mãe faz um movimento de mão, como se aquilo não fosse importante.

— Só tô feliz por você... Só tô feliz.

— Eu também — meu pai diz, com os olhos no jogo de futebol americano no mudo passando na TV do quarto.

Jess olha para mim e para Seema do seu jeito perspicaz antes de levantar e alongar os membros.

— Vamos comprar comida chinesa — ela diz para nossos pais, então me olha. — A menos que você queira outra coisa.

— Comida chinesa tá ótimo. — Solto um suspiro. — Obrigada, Jess.

Depois de eu dizer "amo vocês", Jess conduz os dois para fora do quarto. Seema tira os sapatos, puxa uma cadeira, apoia os pés na cama e chuta os meus de leve.

— E se eu tivesse quebrado um dedo? — pergunto, arqueando a sobrancelha.

— Eu sabia que não. O prontuário fica do lado de fora. E eu precisava de algo pra ler enquanto esperava a sua família se desculpar com você.

Seema joga na cama o saco de Doritos Cool Ranch e o Pernalonga de pelúcia.

— Não acredito que você ainda lembra o meu sabor preferido.

Ela sorri. Abro o Doritos e enfio um punhado na boca.

— Como eu ia esquecer? Uma vez você pegou no sono com uma mão no pacote. Sujou todo o sofá branco que minha família tinha acabado de comprar, por dois mil trezentos e vinte e oito dólares e vinte e dois centavos. Com impostos. Como eu sei quanto custou? Meus pais sempre me lembravam disso e meio que pararam de me deixar convidar as amigas.

Viro a cabeça devagar.

— Desculpa de verdade por isso.

Seema pega um monte de Doritos também.

— Relaxa. — Ela enfia na boca de uma vez. — A maioria das manchas fui eu. Só pus a culpa toda em você.

Atiro um Doritos em Seema, que faz um ótimo desvio. Depois de jogar no lixo o salgadinho que foi parar no chão, minha amiga me encara, muito séria.

— Desculpa por ter passado do ponto ontem à noite. É que tudo o que você disse... bom, atingiu bem o que minha terapeuta gosta de chamar de "grandes dores". A maior parte do que eu disse... foi da boca pra fora. Fora que você estava passando por muito mais coisa do que eu imaginava.

Tipo, o Wilkens? Sério? — Ela balança a cabeça. — Eu não fazia ideia. Sinto muito.

Volto a afundar na cama.

— Também tenho que pedir desculpa. A verdade é que você estava certa. Não tenho sido uma boa amiga.

Seema dá de ombros.

— Olha, você estava lidando com umas merdas bem pesadas. Tipo, de manhã um funcionário da escola quase te *matou. Caramba.*

— Tá, mas... eu não tenho ideia do tipo de coisa que tá se passando na *sua* vida. E... isso não é legal. — Brinco com a pelúcia macia das orelhas cinza do Pernalonga. — Prometo melhorar.

Ela abre um sorriso largo.

— Combinado.

Sacudo o Pernalonga na mão.

— Posso perguntar...?

— Você não lembra? — Seema me mostra embaixo do pé do coelho. No calcanhar tem o logo do parque de diversões Six Flags Over Georgia.

Dou uma gargalhada dramática.

— Não vai me dizer que...

— Pior que sim. Quando vi o jornal, fiz o impensável. O impossível. Enfrentei o trânsito de Atlanta até o Six Flags, *comprei um ingresso*, esperei na fila daquela porcaria, entrei em mais de uma lojinha, comprei esse Pernalonga de pelúcia, uma salsicha empanada e um doce, entrei no carro, *parei pra pegar a bexiga...*

Ergo uma das mãos no ar.

— Seema. Vou guardar esse bichinho pelo resto da vida. É uma das coisas mais legais que já fizeram por mim, de verdade. — Franzo a testa. — E uma das mais esquisitas.

— Bom, fiquei me sentindo mal. Se eu tivesse dormido na sua casa, a gente teria cortado o mal pela raiz. Quando o desgraçado entrasse pela janela, eu acabaria com ele com golpes de caratê.
— Você faz caratê?
— Não. Mas fico puta quando me acordam antes do meio-dia. — Seema limpa algumas migalhas da roupa. — Fala sério, Ella. Como você tá?
— Como eu tô? — Me recosto, olhando para o teto. — Vamos ver... Fiquei morrendo de medo do cara que eu gosto, porque acreditei que ele era abusivo e assassino.
— Pois é.
— Alguém invadiu o meu quarto, então eu entreguei esse cara injustamente pra polícia.
— Pois é.
— O invasor era o *psicólogo* da escola. Depois ele quase me matou com uma tesoura de jardinagem.

Seema para com a mastigação barulhenta e exagerada e vira a cabeça devagar.

— Ella. Que maluquice.
— Pois é.

Damos risada, tentamos acertar Doritos na boca uma da outra e ficamos imaginando por que fizeram o dente do Pernalonga quase do tamanho do meu polegar. Preciso disso. De alguns minutos de normalidade.

Ainda não sei como me sinto em relação à carta de Hayley.

Em relação a Hayley.

Bom, a verdade é que sinto tudo. *Tudo.*

Quando vi o rosto dela, meu coração explodiu. Meu cérebro explodiu.

Amo Hayley, claro. Sempre vou amar. Mas ela tem razão.

Não sou mais o filhote de passarinho dela. O que quer que venha a seguir, sei lá o quê, vai ser diferente.

Vejo Seema bocejar e pegar um travesseiro sobrando na cama. Então penso: *Quer saber? Diferente é bom.* Sei que Hayley fez tudo aquilo porque não tinha opção. Para salvar sua vida, e a minha também.

Vou precisar de algum tempo para processar os fatos e me recuperar, porém meu relacionamento com Hayley vai ficar mais significativo e valioso depois dessas coisas que atravessamos, sem dúvida. Talvez até mais saudável.

Filhotes de passarinho ficam no ninho. Vulneráveis a todos ao redor. Não se alimentam sozinhos, são incapazes de proteger a si mesmos. Sou mais do que isso agora. Muito mais.

Minha família volta, e Seema fica para jantar com a gente. Jess mostra a ela seu time de Pokémon no Switch. Minha mãe diz que, se eu quiser *muito*, podemos assistir às versões estendidas da saga *O Senhor dos Anéis* quando eu for para casa. Meu pai finge desmaiar de surpresa, tão bem que quase cai mesmo da cadeira. Aí eu noto que talvez esteja mais feliz do que nunca desde a fuga elaborada de Hayley. Bom, se consigo me sentir assim no mesmo dia em que o psicólogo da escola tentou me matar, tenho muita sorte.

Depois do jantar, acabo pescando durante a conversa, até que vão todos embora para me deixar dormir. Eu me aninho na cama e penso em Hayley antes de pegar de vez no sono.

37

sawyer

Quando não é Rick que vem me buscar, imagino que seja um bom sinal. O policial me entrega meu celular e minha carteira, então Hayley conseguiu. Ele nem olha na minha cara quando diz que eu posso ir. Abro a boca, com vontade de falar: *Cadê o pedido de desculpa?*

Mas acho que aprendi a lição. Ou pelo menos estou tentando. Aí fico de bico calado.

Estou na frente da delegacia, esperando minha mãe vir me buscar, apertando os olhos por causa do sol do fim de tarde, quando uma viatura para e alguém muito familiar está sendo tirado do banco de trás.

— Isso é besteira! Não roubei nada! Meu chefe é paranoico!

Sean está algemado, discutindo com o policial de rosto vermelho que o arranca de dentro do carro.

— Um paranoico com câmeras de segurança de última geração. Espero que você tenha aproveitado seus brinquedinhos caros. Porque vai passar um tempinho aqui com a gente — o policial diz, voltando a puxá-lo.

Quando Sean passa por mim, fazemos contato visual. Dou um tchauzinho, e o cara xinga alto antes que as portas da delegacia se fechem.

Minha mãe chega em alguns minutos.
— Acho que você é a pessoa mais feliz que já busquei na delegacia. Devo perguntar?
Ela fica observando enquanto entro no carro.
Balanço a cabeça, dando um inevitável sorriso maníaco.
— Melhor só dizer que a justiça foi feita uma vez na vida. É muito bom ver isso.
— Então você ficou sabendo. Eu estava em dúvida.
Sean some da minha cabeça.
— Fiquei sabendo o quê?
Minha mãe faz careta e sai com o carro.
— Digita "escola North Davis" nas notícias.
Uma foto de Wilkens na delegacia aparece na mesma hora. Sem fôlego, passo os olhos pelos artigos, pulando os vídeos relacionados.
Ella está bem. No hospital, mas viva. Vivíssima. Relaxo no banco do carro.
Ninguém fala de Hayley. Espera. Não é verdade. Há uma menção numa nota.

Novos indícios apontam para a possibilidade de envolvimento de Andrew Wilkens no acidente de carro em maio que terminou com Ella Graham, de dezessete anos, gravemente ferida, e com Hayley Miller, outra estudante de dezessete anos da North Davis, morta...

Que vontade de mandar uma mensagem para Hayley. Porém concordamos que não correríamos riscos desnecessários. Vou esperar até que eu esteja sozinho.
Quando chegamos, minha mãe me para antes de entrarmos em casa. Ela põe as mãos na cintura, os olhos fazem uma varredura no meu rosto. Enfio as mãos nos bolsos e baixo a

cabeça. O que vem aí é merecido. Minha mãe aperta os olhos e cutuca minha bochecha.

— O quê... hum, o que...

— Tô tentando descobrir quantas tatuagens você fez no xadrez. Nenhuma de lágrima, que ótimo. Alguma escrito "mamãe"?

Suspiro com força.

— *Mãe.*

— Ah, olha ele. Meu Saw-Saw resmungão. Vamos, você deve estar com fome. O Callan tá na casa de um amigo, eu avisei que não vou trabalhar hoje. Posso cozinhar alguma coisa.

Eu a sigo até a cozinha, pego a cola de madeira e entro embaixo da mesa quebrada. Ouço panelas batendo e a porta da geladeira abrindo e fechando. Examino a perna da mesa: não há muito que a cola possa consertar. No entanto, permaneço um minuto ali.

— Então... você não tá brava?

O barulho de metal para.

— Eu vi as notícias, Sawyer. O que mais quero no mundo é te sacudir, saber tudo e chorar porque vocês três tiveram que lidar com aquele homem. Mas... vou te dar espaço. Quando estiver pronto, você vai falar. Enquanto isso, que tal ovos mexidos?

Saio de baixo da mesa.

— Tem mais alguma coisa?

— Ah, claro que sim, meu senhor. Temos omeletes também.

— Tá. Vou adivinhar. A terceira opção é ovo cozido?

Minha mãe ri e faz um gesto com a mão.

— Não desanima. Também posso fritar um ovo.

Digo que ovo mexido está ótimo, e ela cantarola pela

cozinha. Apoiado na parede, fico olhando para a foto de Wilkens na delegacia.

Quando Hayley contou sobre o relacionamento com Sam, eu me senti impotente como uma criança e fui tomado por emoções conflituosas.

— Posso pensar um pouco? — perguntei na hora. — Preciso de um tempo pra... digerir. Tudo bem?

— Sem pressa — ela disse, triste.

Então eu me permiti sentir ciúme, mágoa, raiva e preocupação enquanto processava tudo o mais rápido possível. Alguns dias depois, encontrei com Hayley e conversamos bastante.

— Desculpa. Desculpa por ter mentido pra você. Por não ter terminado.

Eu estava encostado na lousa da escola, de braços cruzados, com o cérebro frenético.

— Foi o Wilkens que falou pra você não terminar comigo?

Hayley confirmou com a cabeça.

— Ele quis que você guardasse segredo?

Ela confirmou outra vez.

— E agora você tá grávida... e ele te bate?

Hayley mordeu o lábio, claramente numa tentativa de segurar o choro, porém as lágrimas acabaram rolando. Estendi a mão.

— Posso?

Hayley concordou, e eu virei sua mão pra cima. Com delicadeza, arregacei a manga e soltei um palavrão por causa das marcas de dedos num tom de roxo amarelado, do tamanho de uvas.

Soltei o ar com força pelo nariz.

— A minha mãe, o Callan e eu passamos alguns meses

num abrigo pra vítimas de violência doméstica quando eu era menor e ele era só um bebê. O lugar é decente, a algumas horas de carro. Posso te levar lá.

— Ele me encontraria — Hayley sussurrou. — Com certeza.

Olhei pensativo para a janela.

— Sei como vai soar, mas... e a Phoebe?

— Ela não sabe. Só você sabe. E a minha mãe não ajudaria em nada.

— Nem a Ella sabe? — perguntei, surpreso.

— O ciúme dele é patológico. E ultimamente o foco tem sido a Ella, por isso me distanciei. Tenho medo de que o Sam possa... Já é ridículo imaginar, dizer nem se fala. Ele faz uns comentários...

— Não é ridículo. — Um músculo no meu maxilar treme. — Você não vai gostar, mas... e a polícia? Eu vou junto na delegacia.

— O tio dele é xerife. Os dois são próximos. O Sam deixou claro que pode contar com a proteção do Rick...

— Hayley. O relacionamento de vocês é ilegal. Desde que ele te tocou pela primeira vez, e tudo mais — falei da maneira mais gentil possível.

— Acho que sim. — Ela deu de ombros.

Recuei um pouco para dar espaço antes de perguntar:

— Hayley... posso te dar um abraço?

Parecia que era o nosso primeiro abraço de verdade.

— Obrigada — ela sussurrou. — Eu sempre soube que você era um cara legal, mas...

— Relaxa, Hayley — falei, me afastando. — Não é nada.

— Vou falar uma coisa... eu te amei, de certa maneira. — Ela fez uma careta. — Isso pode ter soado mal. A verdade é que...

— Você não precisa se explicar. Eu sinto o mesmo. Você é uma das minhas melhores amigas.
— Talvez você precise de mais amigas.
O ar escapou pelo meu nariz, numa risadinha.
— É, talvez. — Voltei a ficar sério. — Olha. Por enquanto, a gente vai continuar dizendo que tá namorando. Pra não levantar suspeitas. Publicamente, tudo continua igual.
— Obrigada. — Ela ficou aliviada.
— Talvez você ainda não saiba bem — comecei a dizer, cauteloso —, mas tem ideia do que vai fazer com...?
Baixei os olhos para a barriga dela.
— Ainda não.
— Nada disso é culpa sua, Hayley. Vou te apoiar e te ajudar a encontrar uma saída.
— Tá. Beleza. A gente vai dar um jeito.
E demos.
A verdade é que eu já sabia que tinha algo acontecendo. Infelizmente, reconheci alguns sinais. Porém não insisti. Não sabia o que perguntar. Mas quando ela me contou, foi pior do que eu imaginava. Muito pior. Os hematomas... e o fato de que a segurança das duas estava em jogo...
Deixar Ella na noite do acidente foi uma tremenda agonia. Fazia só alguns segundos que eu estava dirigindo quando vi pelo retrovisor a ambulância parar na beira da ponte. Fiquei morrendo de medo de ser parado, me perguntava o que aconteceria depois disso. Seríamos presos? Tínhamos adulterado a cena de um crime e fugido. Tudo o que eu sabia era que Hayley continuaria sendo alvo de Wilkens.
Eu pensei que as coisas só podiam melhorar com Hayley no abrigo. Pena que pensei errado.
A verdadeira agonia começou na volta às aulas, quando tive que assistir ao sofrimento de Ella.

Hayley e eu sempre voltávamos ao assunto, nos perguntando se era mais seguro que a nossa amiga soubesse ou não. Então, quando comecei a me apaixonar por Ella... Meu Deus, que confusão.

— Aí... você deu uma carona pra Ella. Qual é o problema? — Hayley perguntou.

— Quase dei um beijo nela, Hay. Tive vontade. Muita.

— E daí?

— Você não vê nenhum problema nisso? Se a gente começasse a namorar, eu teria que mentir todo santo dia sobre a coisa mais importante da vida dela. Quanto tempo você acha que eu aguentaria?

Até que um dia eu a vi com Wilkens e Scott no corredor. Foi como um lembrete para focar no principal: manter Ella em segurança. Eu tinha me aproximado demais. Perto de mim, Ella estaria prestes a descobrir sobre Hayley, e Wilkens não a deixava em paz. Com seu jeito ardiloso, ele arrancaria tudo de Ella.

Eu precisava ficar longe, devia vigiá-la à distância.

Mesmo assim, logo depois a gente acabou ficando.

Quando Hayley contou que ia entregar a carta, concluí que era tanto por Ella quanto por mim. Não que as coisas entre a gente estivessem indo bem. Independente do que Wilkens tenha dito a meu respeito, eu reagi mal.

Ainda penso nos olhos dela no labirinto, quando peguei seu braço. Entre isso e a noite em que Callan fugiu de mim, não tenho nem me olhado no espelho. O desgosto é como um tijolo na minha barriga o tempo todo.

Agora minha mãe aparece ao meu lado.

— Os ovos estão prontos. Uau. — Ela aponta para o meu celular. A foto de Wilkens continua na tela. — Você ainda tá vendo isso aí?

Meus ombros tremem.

— Mãe... Eu não... não quero ser como ele. Como meu pai.

Ela ergue meu queixo, assentindo devagar, e põe a mão no meu ombro.

— Então não seja — minha mãe diz, calma. — Não estou dizendo que é fácil, Sawyer. Não é mesmo. Mas é uma escolha. Você não é um lobisomem. — Ela aponta para Wilkens. — Ele não é um lobisomem. Não pode culpar a lua ou qualquer coisa por transformá-lo numa criatura completamente perversa. Ele quer que a gente acredite que também ficou horrorizado, que não teve nada a ver com as roupas rasgadas ou o sangue nas mãos. E talvez até acredite nisso.

Minha mãe afasta um cacho da minha testa e passa a mão pela minha gola.

— O seu pai culpava a bebida. Culpava a raiva. Mas você acha que nunca fiquei bêbada que nem ele? Que nunca tive raiva que nem ele? Seu pai tinha um chefe velho, rabugento e desagradável quando trabalhava como mecânico. Ele esqueceu um trapo sujo de óleo na bancada uma vez, e todos viram. O velho acabou com ele na frente dos funcionários e até de alguns clientes. Disse que era um fracasso, um idiota incorrigível, um incompetente. E o que seu pai fez? Absolutamente nada. Só arrumou as coisas em silêncio e foi embora. Não acha que ele ficou com raiva, Sawyer? E por acaso a raiva o transformou, como a lua cheia? Por acaso, depois de um apagão, ele viu o chefe ensanguentado? Olhou horrorizado os nós dos dedos machucados, como se a fúria e a violência fossem inevitáveis?

Minha mãe faz carinho na minha bochecha, a palma fresca e lisa é como uma pedra de um rio.

— Não, Sawyer, claro que não. Ele ficou quietinho. Voltou pra casa em silêncio. No jantar, você chorou quando ele disse para parar de comer batata frita. Suas mãozinhas abriam e fechavam, você choramingava pedindo mais... Quando não parou, ele esmagou as batatinhas no seu rosto, transformando em purê na sua bochecha. Ainda estavam quentes, e você gritou, e eu gritei, e quando finalmente te afastei...

 A voz se quebra em um milhão de pedaços.

 — Não me lembro disso. — Passo as mãos nas suas costas. — Por que não lembro?

 — Ah, Saw. — As mãos dela se fecham com força. — Você só tinha dois anos.

 Dou um minuto para minha mãe. E um minuto para mim mesmo.

 — *Como?* — pergunto afinal, com a voz baixa e falha.

 — Primeiro, você tem que se responsabilizar. O que fez na outra noite foi inadmissível. Bater na mesa, jogar um brinquedo.

 — Tem razão. Não paro de pensar nisso. — Baixo a cabeça. — E eu briguei com Ella também. Eu sabia... na verdade, tinha um pressentimento de que o sr. Wilkens era problema. Eles andavam conversando bastante, fiquei preocupado com a segurança dela. Eu estava frustrado, sobrecarregado, aterrorizado. Aí... destruí um fardo de feno. Chutei até não poder mais. E ergui a voz. Fiquei péssimo na hora. Nossa. Me senti... me senti tão culpado.

 Minha mãe assente.

 — Que bom. É pra se sentir mesmo. Isso também foi inadmissível.

 — Não vou fazer de novo. Nem uma coisa nem outra. Nada do tipo. Não importa quão chateado eu esteja. — Aponto para o peito. — Acho que guardo coisas de mais. Sei lá. Não é desculpa. Só quero ter certeza de que não... nunca mais vou fazer isso.

— Fico feliz que você vai se esforçar. Vou te apoiar e te lembrar da sua responsabilidade sempre que necessário.

— Obrigado.

Fecho todas as abas com o rosto de Wilkens.

— De nada, Saw. Ovos mexidos?

— Por favor. Mãe, acho... acho que preciso ver Ella com meus próprios olhos. Ou não vou conseguir parar de me preocupar, sabe?

Minha mãe despeja um pouco no seu prato.

— Tá bom — ela diz, hesitante. — Mas talvez Ella não queira falar com você.

— Eu vou entender.

— Nunca mais, digo.

— Isso... doeria. Mas vou entender também.

Minha mãe olha para mim.

— Então tá. Que bom.

Quando chego ao hospital, o sol já está se pondo. Ella está dormindo. Penso em ir embora, agora que vi que está a salvo. Mas sou ganancioso. Quero ouvir sua voz. Ver seus olhos.

Eu sento num banco, decidido a ficar apenas alguns minutos. Se Ella não acordar, vou embora. Posso tentar outro dia. Logo percebo que faz vinte e quatro horas que não durmo, e aí vem o impacto.

Acabo despertando com sua voz. Abro os olhos e vejo que tenta me passar um travesseiro. Ella parece bem. *Está* bem.

Ella diz meu nome. Num tom *feliz*.

Como um bobo sentimental, deixo os meus olhos se encherem de lágrimas.

38
ella

— Desculpa — Sawyer diz, enxugando os olhos. Parece constrangido, e as bochechas coram. Apesar de tudo o que aconteceu entre a gente, de que eu agora sei que ele sabia que Hayley estava viva o tempo todo e nunca me contou, só de ver aquele rosto sinto um friozinho na barriga.

— Pelo quê? — pergunto.

Sawyer dá risada.

— Não sei nem por onde começar. Quer que eu faça uma lista completa ou prefere uma versão resumida? — Ele balança a cabeça. — Mas antes... você tá bem? Que pergunta idiota, eu sei. Nessa cama de hospital, depois do Wilkens ter tentado te matar, a sua melhor amiga ter voltado dos mortos e...

— Sawyer. Eu tô bem. Quanto à Hayley... vou precisar de um tempo pra processar, claro. As minhas emoções estão meio confusas, mas no fim das contas... — Meus olhos se enchem de lágrimas. — Tudo o que eu mais queria virou realidade. A Hayley tá viva. Ela tá *viva*, Sawyer.

Ele abre um sorrisinho torto. Quero passar os dedos nos seus lábios.

— Desculpa não ter contado, Ella. Eu queria. A Hayley também. A gente se alternava. Ela me implorava pra contar,

depois eu que implorava... Mas morríamos de medo do que Wilkens podia fazer com você, ou com a Hayley, se descobrisse que ela estava viva. A Hayley conhecia o cara muito melhor. Eu tinha que confiar nela. E, no fim, claro que a Hayley estava certa. — Sawyer puxa o ar por entre os dentes.
— Agora me diz. Ver o desgraçado levar uma tacada na cabeça foi tão prazeroso quanto eu imagino?
— Melhor ainda. Quando a polícia levantou o Wilkens, ele se mijou todo.
— Isso — Sawyer diz, sério — é nojento. E fantástico.
Meus dedos se coçam para pegar as mãos de Sawyer, para sentir cada parte da pele. Porém eu mantenho os braços junto ao corpo.
Temos coisas mais importantes com que lidar primeiro. Considerando o remorso evidente nos olhos castanho-escuros de Sawyer, ele concorda comigo. Dou uma pigarreada.
— Aquela noite, no labirinto... você me assustou de verdade.
— Eu sei. — Sawyer engole em seco, fechando os olhos com força. — Nossa, Ella, sinto muito mesmo. Você nem imagina. Aquilo... não foi legal.
— Não. Não foi mesmo.
Sawyer assente.
— Falei com a minha mãe sobre o assunto. Vou te fazer a mesma promessa. Eu nunca vou fazer nada do tipo outra vez.
— Sua testa está franzida. Ele parece sincero. — Tenho muito a melhorar. Muito mesmo. A minha mãe falou de terapia, me deu alguns livros... Mesmo que eu ainda não esteja onde deveria, tem limites que nunca mais vou cruzar, juro.
— Tipo gritar e quebrar coisas? — pergunto, erguendo a sobrancelha.
Ele faz uma careta.

— Exatamente. No mínimo. Independente de como eu me sinta.

Abaixo a cabeça para os olhos marejados de Sawyer.

— Fico feliz em ouvir isso. Claro que na teoria é mais fácil do que na prática.

— Com certeza — Sawyer sussurra.

— Mas — continuo depois de uma pausa — eu tô disposta a te dar uma chance. — Noto uma faísca de esperança em Sawyer. — Tudo bem ficar bravo. O que você não pode é gritar comigo ou socar, chutar ou atirar coisas. Se rolar de novo, acabou. Entendeu?

— Claro — Sawyer repete, firme. — É mais do que eu mereço. Mas vou te recompensar. Sinto muito mesmo. Muito, muito, muito...

Ele para de falar, confuso, quando dou risada. Balanço a cabeça.

— Não tô rindo de você. É que... você tá parecendo eu com tantos pedidos de desculpa.

Sawyer solta uma risadinha, e seus ombros relaxam.

— É diferente. A minha desculpa tem motivo. — Ele inclina a cabeça, olhando para mim. — Mas quer saber? Não ouço nenhum pedido desnecessário da sua parte já faz um tempo. Na verdade, você finalmente percebeu que não tinha por que se sentir culpada, né?

— Ah. — Fecho um olho. — Sim e não. No geral, cansei disso. Mas na verdade ainda tenho que pedir desculpa por você quase ter sido preso por minha causa.

Sawyer solta uma risada bem-humorada e me deixa pegar sua mão. Aí ele fica muito sério e quieto, olhando para os dedos entrelaçados.

— Não foi por sua causa, Ella — Sawyer diz, baixo. — Foi o Wilkens. Você foi uma vítima.

Respiro fundo e faço que sim com a cabeça. Por um minuto, ficamos juntos em silêncio na semiescuridão. A luz entra mais pela porta entreaberta, e a cicatriz na sua sobrancelha está cintilando, prateada e linda.

De repente, fico louca para dar um beijo nele.

— Ella, eu sempre... Olha. Antes que a Hayley e eu... antes de começar a conversar com as duas... eu sempre te via. Enquanto fazia embaixadinha no pátio, precisava dizer pra mim mesmo: *Tá, nas próximas cinco, você não pode olhar pra garota de cabelo preto comprido.* Mas só conseguia por três. Ou duas. Nunca cheguei a cinco.

Pisco, surpresa.

— Por que você nunca disse nada?

Ele dá de ombros.

— Eu não te conhecia, mas sabia quem você era. Só tirava nota máxima, era boa em tudo, vinha de uma família estruturada... — Ele suspira, e o som parte meu coração. — O que você ia querer comigo?

Ergo a sobrancelha e traço círculos na parte interna do seu pulso.

— Pensei em várias coisas.

— Ah. Isso... nossa, assim fica meio difícil me concentrar. Tô tentando... te dizer uma coisa. Quando a Hayley me convidou pra sentar com vocês, fiquei muito empolgado porque ia te conhecer. Mas sabia que nunca ia rolar. E aí fiquei com a Hayley. E, você sabe, aquilo funcionava. A gente tinha passado pelas mesmas coisas. Com os nossos pais e tal. E quando começamos a namorar... ergui uma barreira mental. Não cobiçarás a melhor amiga da namorada etc.

— Tá... mas por que tá me dizendo isso?

Arrasto as unhas pela parte interna do braço dele, que se arrepia de prazer.

— Não quero que você pense que eu sacaneei a Hayley. E você precisa saber que... bom, eu sempre... pra mim, Ella... — Sawyer me olha como se eu pudesse destruí-lo com uma única palavra. — Você é incrível. E eu quero você.

Embora Sawyer e eu tenhamos discutido sobre seu comportamento, concordando com os termos dessa segunda chance... será que não é melhor esperar? Dar tempo ao tempo. Deixar a poeira baixar depois de tantas revelações, de tantas verdades escondidas. Mas, sinceramente, estou cansada de esperar. De pensar no que eu *deveria* fazer. De me disfarçar nas sombras enquanto outras pessoas escolhem se servir primeiro.

E, depois de tudo o que aconteceu hoje, quero ir atrás do que *eu* quero.

Decidi que mereço isso.

Mereço ir adiante sem remorso, com o coração rumo às minhas vontades.

— Também quero você — digo, e o beijo.

Sinto gosto de suco de laranja e chocolate. Beijar Sawyer é como respirar, como encontrar algo melhor que respirar.

— Ella. — Sawyer se afasta, ofegante. — Você tá no hospital. A gente precisa pegar leve.

Sorrio com a boca na dele.

— Mas você tá tornando isso muito... *difícil*.

Levo o rosto ao seu pescoço.

— Engraçado. Achei que você fosse dizer que eu tô...

— Bom, também. — Ele se ajeita no lugar, desconfortável. — Claro.

Aquele sorriso torto me emociona.

— Você tem razão. A gente tem todo o tempo do mundo.

Seus olhos se iluminam.

— É?

— É. Mas primeiro... — Abaixo sua cabeça pelo queixo. Então finalmente, *finalmente*, pressiono os lábios na cicatriz da sobrancelha. — Faz tanto tempo que eu quero fazer isso, você não tem ideia — murmuro contra a pele dele. Então me deparo com Sawyer piscando sem parar, as bochechas coradas.

— Nossa. Eu... hum, desculpa. Não sei por que meio que deu tilte no meu cérebro. Não acho as palavras pra... Desculpa.

— Será que essa é a sua palavra preferida? — retruco, irônica. — *Desculpa*.

Ele balança a cabeça, rindo, e beija minha testa.

Passamos o restante da noite conversando baixo sobre tudo e sobre nada, agora que podemos ser totalmente abertos um com o outro, pela primeira vez. Pegamos no sono, e quando acordo Sawyer está dormindo na cadeira ao lado da minha cama, com a cabeça aos meus pés e de mãos dadas comigo.

O sol surge rosa e dourado no horizonte. Dois falcões voam à distância, as silhuetas subindo e descendo acima das nuvens e sumindo de vista.

39
ella

Passei os primeiros meses do ano na infâmia. Agora estou tendo um gostinho da fama. Por mim tudo bem, apesar de ser meio injusto, já que na verdade foi Hayley quem bateu no Wilkens com o taco de beisebol.

Ela me diz que foi um esforço coletivo, sem dúvida nenhuma, e que ter passado a manhã toda com Sam foi muito mais difícil do que qualquer golpe. Sawyer concorda, e eu estaria mentindo se dissesse que uma partezinha de mim não está amando como os meninos do primeiro ano abrem caminho pra mim nos corredores, cheios de respeito, ou o fato de que agora posso cumprimentar Beth, Rachael e Nia sem ficar desconfortável.

Todo mundo só fala da prisão de Sam. Não apenas na escola, mas na fila do mercado, nas redes sociais, no drive-thru. O assunto ia envelhecer muito mais rápido se eu não soubesse o quanto o desgraçado deve estar odiando isso.

No hospital, eu recebi um buquê de flores enorme com um bilhete: *Legal que você não morreu. E muito legal você quase ter matado o psicólogo da escola. Sei que eu sou um cuzão. E talvez tenha exagerado com você. Scott. (P.S.: O primeiro passo é reconhecer.)*

Quando li isso, pensei na carta de Hayley, nos sentimentos que Scott reprime.

A nova psicóloga da escola é incrível. A sra. Powell tem mestrado em psicologia e em assistência social, e uma das primeiras medidas que tomou foi organizar um seminário sobre violência doméstica, rendendo um ótimo público. Vejo muito mais alunos entrando e saindo da sala do que na época do Wilkens.

Sawyer fala com a sra. Powell uma vez por semana. Ela passa lição de casa, e ele nunca deixa de fazer. Quanto comento que Sawyer quase nunca fazia as tarefas que os professores passavam, a resposta é que nenhuma lição nunca pareceu tão importante quanto as da nova psicóloga. E eu concordo.

Na semana passada, vi Scott entrar na sala dela também, quando pensou que ninguém estivesse prestando atenção. Há esperança para ele, afinal?

No momento, estamos todos no zoológico. Minha família inteira, Callan e a mãe de Sawyer, e Seema. Quando fiz o convite, ela disse que minha mãe já tinha se adiantado e que claro que ela iria.

Callan, montado nos ombros de Sawyer, decidiu que quer ser um gorila quando crescer.

— Como assim "quando crescer"? — Sawyer murmura no meu ouvido.

— Tá gostando de trabalhar no ensino fundamental, Fern? — minha mãe pergunta à mãe de Sawyer.

— Tô adorando, sabia? — Fern sorri tanto que massageia a bochecha. — De verdade. O salário é ótimo, ainda posso trabalhar com crianças e almoçar com o Callan todo dia. É um sonho.

— Como você achou a vaga? — meu pai pergunta.

— Depois de muita procura. Gostaram de mim depois de uma entrevista, mas não me contrataram. Mas a recepcionista tinha uma amiga que é professora na escola do Callan e me recomendou pra um cargo administrativo. No fim, deu certo.

— Chega, Ratatouille, cansei. O Alfredo vai fazer um intervalo — Sawyer diz, pondo o irmão no chão.

— Qualquer um pode cozinhar! Qualquer um pode cozinhar! — Callan grita.

Seema e Jess chegam correndo.

— Você tem que ver isso. Um macaco ficou encarando a Jess um tempão, aos gritos, e você não vai acreditar no tamanho do... Olá, adultos. Todos bem? — Seema abre um sorriso cheio de dentes.

— Tão bem quanto estávamos dez minutos atrás — a mãe de Sawyer diz, com os olhos brilhando.

— No tamanho do quê? — meu pai pergunta, genuinamente interessado.

— Da banana do macaco — Jess diz.

— Hum. Eu devia ter adivinhado. — Meu pai olha animado para uma barraquinha de comida. — Já volto.

Sawyer aparece ao meu lado, com o cabelo despenteado e sem Callan.

— Vamos comprar sorvete pro pessoal?

Memorizamos todos os pedidos. Callan fica muito decepcionado quando dizem que três bolas de cada sabor não é uma opção. Quando abaixo para avisar que talvez a lojinha venda giz de cera, ele fica animado.

— Se o Callan comer o giz de cera, você que vai limpar os dentes — Sawyer me avisa.

Enquanto esperamos na fila, nossos celulares vibram no bolso, ao mesmo tempo.

> **H**
>
> DIGAM OI PRA MINHA NOVA COLEGA DE QUARTO.

Dou um gritinho quando vejo a foto de uma gatinha preta com as patas brancas.

> Botei o nome de Magr-Ella.

> Hahaha

— É sério isso? Você falou do meu apelido? — resmungo. De repente, Sawyer fica bastante interessado numa rachadura na calçada.

> Talvez eu mude o nome, mas logo mais vocês dois vão ter que vir conhecer a gata.

— Isso é uma possibilidade? — sussurro, animada. — Acha que a gente pode visitar? Ficar cara a cara?
— Tudo é possível — Sawyer diz, com um beijo rápido.
Conseguimos não derrubar os sorvetes, e Callan não suja a roupa de ninguém além da própria, uma enorme vitória.
Quando estamos todos vendo as línguas roxas e compri-

das das girafas se enrolarem em galhos, dou as costas para os animais e me concentro nesse grupo de pessoas que eu amo, entre família e amigos.

Não faz muito tempo que eu achava que estava sozinha num mundo que era um labirinto de espinhos impossível de atravessar.

Eu estava isolada, mas também parecia seguro. Ninguém podia me machucar — o mais importante, eu não podia machucar ninguém. Por outro lado, agora eu vejo que tudo era apenas uma mentira nascida da vergonha. Uma mentira que pessoas como o sr. Wilkens gostavam de explorar. Pessoas que querem te convencer de que você está tão sozinha quanto elas.

Principalmente quando a verdade é que você não está.

Nunca vou substituir Hayley, e ainda bem que não preciso disso. A distância não tem nada a ver com nosso amor; apesar da saudade, ter uma foto da sua nova gatinha no meu bolso basta por enquanto. Sentir a mão de Sawyer na minha. Ser abraçada por Seema. Ver minha mãe sorrir quando Jess e Callan pedem dinheiro ao meu pai e a Fern para dar comida às girafas.

Antes eu estava perdida, iludida e assustada demais para ver essas pessoas que sempre estiveram aqui. Mesmo no escuro, estavam ao alcance da minha mão.

Não sei o que vai acontecer ou onde eu vou parar, porém com o amor da minha família e dos meus amigos, não tenho mais medo do futuro. Longe disso.

Na verdade, como uma amiga muito querida diria: *Tá, vamos ver o que vem por aí.*

nota da autora

Se você ou alguém que você conhece está enfrentando uma situação insegura em casa, aqui estão algumas opções para buscar auxílio de forma confidencial.

Central de Atendimento à Mulher
Telefone: 180

Disque Denúncia de Violência Contra Crianças e Adolescentes (Disque Direitos Humanos)
www.gov.br/pt-br/servicos/denunciar-violacao-de-direitos-humanos
Telefone: 100

Centro de Valorização da Vida (cvv)
www.cvv.org.br
Telefone: 188

Associação Brasileira de Familiares, Amigos e Portadores de Transtornos Afetivos (Abrata)
www.abrata.org.br
Telefone: (11) 3256 4831

**Associação Brasileira de Estudos
e Prevenção do Suicídio (Abeps)**
www.abeps.org.br

Fênix — Associação Pró Saúde Mental
casademaria.org.br/index.php/fenixprosaudemental/
Telefone: (11) 98762-5905

Plataforma Mulher Segura
Plataforma que conecta mulheres em situação de violência aos canais de apoio disponíveis por todo o Brasil.
www.mulhersegura.org/

agradecimentos

Tem uma quantidade inacreditável de pessoas a quem eu devo agradecer do fundo do coração. Para começar, a você, por ler este livro. Obrigada, obrigada, obrigada. Você me deu o mundo se arriscando a escolher o meu trabalho. Quer tenha amado ou odiado, fico feliz só pelo tempo gasto.

Não se engane achando que alguma história é escrita apenas pelo autor ou pela autora. Sem o esforço e o brilhantismo de tantas outras pessoas, *Tudo que nunca dissemos* não seria nada além de uma pilha confusa e desconexa de palavras, com piadas de peido de mais (embora eu não tenha certeza de que tal coisa exista).

Meu próximo agradecimento sincero vai para minha editora Lanie. Tenho muita sorte de poder escrever com você. Obrigada por fazer meu texto brilhar, por me ensinar o caminho das pedras e por ser a colaboradora mais gentil, criativa e encorajadora do mundo. O que eu faria sem você? (Provavelmente publicaria uns dez capítulos só de referências extremamente desnecessárias a *O Senhor dos Anéis*.) Também agradeço a Romy Golan e a todos da Rights People por me representarem no exterior.

Devo um abraço a Eliza, que foi quem me apresentou a Lanie. A verdade é que eu nunca teria escrito este livro sem isso, então fico eternamente grata.

Também sou muito agradecida ao pessoal da Penguin Random House por ter acreditado em mim. Estou em dívida com todo mundo que trabalhou para tornar o livro o que ele é — se *Tudo que nunca dissemos* te tocou, foi por conta do esforço e da visão criativa de Jen Klonsky, Simone Roberts--Payne e sua equipe. Ainda me belisco todo dia, surpresa que vocês tenham decidido apostar em mim. Obrigada a Natalie Vielkind pela parte de produção, a Kelley Brady pela linda capa e, em especial, à brilhante Janet Rosenberg — sua preparação de texto levou o manuscrito a outro nível e fez com que parecesse que eu sei usar pontuação direito.

Eu não poderia ter feito nada disso sem o apoio das pessoas que amo! Obrigada a Bex Carlo, que me ensinou tanto e tem sido amorosa e brilhante desde o início da minha jornada pela escrita. Nunca me sinto tão bem quanto tomando raspadinha de kombucha na nossa mesa de sempre.

Todo o meu amor e gratidão a Allison, Amaris e Joanna, minhas companheiras de drinques. Obrigada por terem soprado um dente de leão desejando que eu conseguisse terminar o rascunho a tempo. Com certeza esse é o único motivo pelo qual eu cumpri o prazo, nosso amor é assim poderoso! Amo vocês três para sempre e mal posso esperar para voltarmos a morar juntas! (Juro que ainda estou economizando para pagar aquele condomínio, pessoal.)

Ah, o que eu faria sem Michael e Will? Teria me fechado numa concha, óbvio. Sem o apoio carinhoso, o incentivo, a sabedoria e a inteligência infinita de ambos, eu não estaria aqui agora. Obrigada por concordarem com as chamadas por Zoom tarde da noite quando eu estava arrancando os cabelos, depois do horário de dormir. Obrigada, Michael, por continuar do meu lado ao longo dos anos (em especial *aqueles* anos), por sempre me fazer rir, independente da hora e das circunstâncias, e *principalmente* por tolerar meu excesso de informações sobre Lalo. Só não fique esperando que eu vá parar com isso.

Um grande viva para o pessoal da St. Pete! Mesmo que estejamos todos espalhados pelo país, meu amor por vocês cruza as fronteiras estaduais. Obrigada por sempre apoiarem meu espaço de trabalho ambíguo. Um agradecimento de coração a Kevin, que me manteve sã durante o verão jogando muito pôquer R2D2 comigo e me salvando de umas ciladas. Obrigada também a John, que com certeza vai ler isso, porque leu tudo o que já escrevi na vida. E agradeço de coração a todos que me apoiam desde as fanfics: vocês sempre terão um lugar especial no meu coração (principalmente você, Si!).

A Jess e Kyle, que são praticamente da família. Amo muito vocês dois. Obrigada por me amarem imensamente, dizendo que eu era suficiente mesmo quando eu certamente não achava e vivia chorando no sofá de vocês, aos vinte e poucos anos. Jess, obrigada por ser minha Hayley. Nem sempre foi fácil crescer onde crescemos (mas onde por acaso é fácil crescer?), mas pelo menos eu tinha você... e muito salgadinho.

Quero agradecer à minha mãe genial e maravilhosa. Espero um dia ter metade da sua coragem, da sua força e do seu cérebro afiado. Te devo mais do que sou capaz de expressar. Agradeço por todos os sacrifícios para que eu levasse essa vida inimaginável e pela sua paciência durante a caminhada dolorosa das minhas tentativas de aprender tagalo. *Mahal kita.*

Meu pai me diz que eu deveria ser escritora desde que eu escrevia "qor favor" em vez de "por favor". Nunca acreditei nele, porém ele sempre acreditou em mim. Obrigada por ser o melhor pai que alguém poderia pedir. Você é o pai que eu gostaria que Hayley e Sawyer tivessem. Não sei o que fiz em outra vida para merecer tanto, mas minha gratidão ultrapassa qualquer medida. Te amo até no espaço sideral.

Obrigada a Peetz, que eu amo absurdamente e tem sido meu pilar de alegria e risadas quando estou para baixo. Eu te seguiria até o fim do mundo para te dar uma cabeçada às três da manhã, cara. Obrigada por me mostrar coisas importantíssimas, como vídeos do YouTube com o som tranquilizante de catorze bebês chorando algumas oitavas abaixo.

Se algum dos meus personagens é divertido, é porque tenho Vic como inspiração, a pessoa mais legal que já conheci. Explicar o quanto amo Vic e o quanto significa para mim é impossível, por isso vou só agradecer pelo apoio constante e sem qualquer julgamento, principalmente testemunhando meus muitos (*muitos*) crushes questionáveis por personagens de desenho animado.

Ainda que eu saiba que ela não vai ler isso, preciso agradecer ao coraçãozinho fora do meu corpo, Pabu. Durante quase todo o processo de escrita, ela ficou deitadinha nos meus braços, ronronando feliz e soltando puns na minha cara. Pabu só passou por cima do teclado algumas vezes e nunca deletou nada que um CTRL+Z não consertasse. Eu a amo de um jeito nada saudável ou equilibrado, e nem imagino como seria escrever sem ela.

Por último, preciso agradecer ao meu amor não só desta vida, mas de todas as próximas (pretendo passar a eternidade com você): Babs. Não existem palavras que abarquem tudo o que sinto, mas você prefere concisão, de qualquer maneira.

Então, Babs?
Obrigada.

ESTA OBRA FOI COMPOSTA POR VANESSA LIMA EM BEMBO E IMPRESSA EM OFSETE PELA GRÁFICA BARTIRA SOBRE PAPEL PÓLEN NATURAL DA SUZANO S.A. PARA A EDITORA SCHWARCZ EM JULHO DE 2024.

A marca FSC® é a garantia de que a madeira utilizada na fabricação do papel deste livro provém de florestas que foram gerenciadas de maneira ambientalmente correta, socialmente justa e economicamente viável, além de outras fontes de origem controlada.